METIDO
de terno e gravata

VI KEELAND &
PENELOPE WARD

METIDO
de terno e gravata

Tradução
Débora Isidoro

essência

Copyright © Vi Keeland e Penelope Ward, 2016
Copyright © Editora Planeta do Brasil, 2018
Copyright© Débora Isidoro
Todos os direitos reservados.
Título original: *Stuck-up suit*

Preparação: Roberta Pantoja
Revisão: Mariane Genaro
Diagramação: Departamento de criação da Editora Planeta do Brasil
Capa: Renata Vidal
Imagem de capa: Westend61 / Getty Images

DADOS INTERNACIONAIS DE CATALOGAÇÃO NA PUBLICAÇÃO (CIP)
ANGÉLICA ILACQUA CRB-8/7057

Keeland, Vi
Metido de terno e gravata / Vi Keeland, Penelope Ward ; tradução de Débora Isidoro. – São Paulo : Planeta do Brasil, 2021.
240 p.
ISBN 978-65-5535-440-9
Título original: Stuck-up Suit
1. Ficção norte-americana I. Título II. Ward, Penelope III. Isidoro, Débora
21-2296   CDD: 813.6

Índices para catálogo sistemático:
1. Ficção norte-americana

2021
Todos os direitos desta edição reservados à
Editora Planeta do Brasil Ltda.
Rua Bela Cintra 986, 4º andar – Consolação
São Paulo – SP – 01415-002
www.planetadelivros.com.br
faleconosco@editoraplaneta.com.br

Este livro é dedicado a todas as menininhas que querem usar verde-limão na aula de balé quando todas as outras estão de rosa.

CAPÍTULO 1

Soraya

Pus o pé direito no trem e parei antes de entrar ao ver que ele já estava no vagão. *Merda!* Estava sentado na frente do meu assento habitual. Recuei.

— Ei, olha por onde anda! — Um homem de terno quase derrubou o café quando dei um encontrão nele ao sair do terceiro vagão andando de costas sem olhar para trás. — Que porra é essa?

— Desculpa! — falei de passagem, abaixando para não ser vista pela janela do trem e correndo pela plataforma para me afastar alguns vagões. As luzes vermelhas ao lado de cada porta começaram a piscar, e uma campainha alta anunciou que o trem ia partir. Entrei no vagão sete quando as portas já estavam se fechando.

Levei um minuto para recuperar o fôlego depois da corrida por quatro vagões. *Definitivamente, eu precisava voltar para a academia.* Sentei em um assento virado para a frente, ao lado de outro já ocupado, em vez de escolher um realmente vazio, mas voltado para o interior do vagão. O homem baixou o jornal quando me sentei ao lado dele.

— Desculpe — disse. — Não consigo viajar nos assentos laterais. — Os dois assentos na frente dele estavam vazios. A etiqueta do passageiro sugeria que eu me sentasse em um deles, mas acho que ele preferiria a minha companhia a ficar sujo de vômito.

O homem sorriu.

— Também não consigo.

Pus os fones de ouvido, suspirei aliviada e fechei os olhos quando o trem começou a se mover. Um minuto mais tarde, senti a batida leve em meu ombro. O passageiro ao meu lado apontava um homem em pé no corredor.

Relutante, tirei um fone.

— Soraya. Sabia que era você.

Aquela voz.

— Hum... oi. — Como era mesmo o nome dele? Ah, espera... como pude esquecer? Mitch. *Mitch estridentchi.* Eu ainda não estava falando com minha irmã por causa daquele desastre. Pior encontro às cegas que já existiu. — Como vai, Mitch?

— Bem, melhor agora que te encontrei. Mandei algumas mensagens, mas acho que digitei seu número errado, porque você nunca respondeu.

É. É isso.

Ele coçou o saco por cima da calça. Eu tinha quase me esquecido dessa preciosidade. Devia ser um tique nervoso, mas toda vez que ele se coçava, eu olhava para a mão dele e tinha que fazer um esforço enorme para não soltar uma gracinha. *Mitch estridentchi e sua coceira persistentchi. Valeu, Maninha.*

Ele pigarreou.

— Quer tomar um café?

O cara de terno ao meu lado baixou o jornal de novo, olhou para Mitch e depois para mim. Não consegui ser grosseira com o coitado. Ele era legal.

— Hum. — Toquei o ombro do engomadinho de terno. — Não posso. Este é meu namorado, Danny. Reatamos há uma semana. Não é verdade, amor?

A decepção se estampou no rosto de Mitch.

— Ah. Entendo.

O falso Danny entrou na brincadeira, tocando o meu joelho.

— Não divido o que é meu, parceiro. Cai fora.

— Não precisa ser grosso, Danny. — Olhei feio para o engomadinho.

— Isso não foi grosseria, *baby.* Isso, sim, teria sido... — Antes que eu pudesse evitar, ele beijou minha boca. E não foi um selinho. A língua passou sem-cerimônia por entre meus lábios. Dei um empurrão forte em seu peito, tirando-o de cima de mim.

Limpei a boca com o dorso da mão.

— Desculpa, Mitch.

— Tudo bem. Ah... desculpe pela interrupção. Se cuida, Soraya.

— Você também, Mitch.

Assim que ele se afastou, fechei a cara e olhei para o falso Danny.

— Por que fez isso, babaca?

— Babaca? Há dois minutos eu era amor. Decide, gatinha.

— Você é bem cretino.

Ele me ignorou, pôs a mão no bolso interno do paletó e pegou o celular, que estava vibrando.

— É minha esposa. Pode esperar um minuto?

— Sua *esposa*? Você é *casado*? — Levantei. — Caramba, você realmente é um babaca.

Ele estava com as pernas esticadas e não as tirou da frente para eu passar, então passei por cima. Quando aproximou o celular do ouvido, eu o arranquei da mão dele e falei sem colocá-lo perto da orelha:

— Seu marido é um tremendo babaca.

Joguei o celular no colo dele e me afastei na direção oposta à de Mitch.

E é só a droga da segunda-feira.

Esse tipo de merda era a história da minha vida. Encontrar homens com quem tinha saído e que não queria mais ver. Homens casados.

Fui para outro vagão para não ter que olhar de novo para "Danny" ou Mitch.

Para minha alegria, não estava lotado e havia um assento vazio virado para a frente. Minha pressão caiu assim que me sentei nele. Fechei os olhos por um momento e deixei o balanço do trem me acalmar.

A voz ríspida de um homem interrompeu o momento de serenidade.

— Faz a porra do seu serviço, Alan. Faz o seu trabalho. É pedir demais? Por que estou pagando seu salário, se tenho que administrar cada porcariazinha? Suas perguntas não fazem sentido! Encontre a solução, depois ligue de novo quando tiver uma resposta digna da minha atenção. Não tenho tempo para pergunta idiota. Meu cachorro teria pensado em algo mais inteligente do que o que você acabou de propor.

Que cretino.

Quando virei para dar uma olhada na cara do dono da voz, não consegui conter o riso. É claro. É claro! Não era à toa que ele achava que podia cagar em cima de todo mundo. Com uma aparência como a dele, as pessoas provavelmente ajoelhavam à sua volta o tempo todo, tanto no sentido literal quanto no figurado. Ele era lindo. Além de lindo, cheirava a poder e dinheiro. Revirei os olhos... mas não consegui desviá-los dele.

Esse cara usava uma camisa justa de listras finas que facilitava imaginar a silhueta esculpida embaixo dela. O paletó azul-marinho de aparência cara estava sobre seu colo. O sapato social preto nos pés grandes parecia ter sido engraxado recentemente. Ele era bem o tipo de homem que deixava as pessoas engraxarem seus sapatos no aeroporto e evitava fazer contato visual com elas. O acessório mais notável, porém, era o olhar furioso no rosto perfeito. Agora ele havia desligado o celular e se comportava como se alguém tivesse pisado em seu calo. Uma veia latejava em seu pescoço. Ele passou a mão pelo cabelo escuro, frustrado. Vir para este vagão certamente havia sido uma boa escolha, considerando só o colírio. O fato de ele nem notar as pessoas que o cercavam me permitia apreciar a paisagem tranquilamente. Ele era um gato com aquela cara brava. Alguma coisa me dizia que estava *sempre bravo*. Era como um leão, o tipo de espécie que é melhor admirar de longe e que oferece risco de dano irreparável em caso de contato real.

Suas mangas estavam erguidas, exibindo um relógio caro e enorme no pulso direito. Com aquela expressão azeda, ele olhava pela janela enquanto mexia no relógio, girando-o de um lado para o outro. Parecia um hábito nervoso, o que era irônico, levando em conta que eu tinha certeza de que ele deixava muita gente nervosa.

O celular tocou de novo.

Ele atendeu.

— Que é?

A voz era o tipo de barítono rouco que sempre me atingia entre as pernas. Eu era maluca por uma voz profunda, sexy. Mas era raro a voz combinar com o homem.

Segurando o celular com a mão direita, ele usou a outra para continuar manipulando o metal do relógio.

Clique, clique, clique.

— Ele vai ter que esperar — grunhiu. — A resposta é que eu chego aí quando chegar... Que parte disso não ficou clara, Laura?... Seu nome não é Laura? Como é, então?... Então... *Linda*... fala que ele pode remarcar, se quiser.

Depois de desligar, resmungou alguma coisa.

Pessoas como ele me fascinavam. Era como se fossem donas do mundo só por terem sido abençoadas pela genética ou por oportunidades que as colocavam em uma posição econômica superior. Ele não usava aliança de casamento. Aposto que ocupava o dia inteiro com atividades autocentradas. Café caro, trabalho, almoço em restaurantes elegantes, sexo sem amor... tudo de novo. Sapato brilhando e talvez uma partida de tênis entre uma coisa e outra.

Aposto que ele também era egoísta na cama. Não que eu fosse dispensá-lo, mas era. Nunca havia estado com alguém tão poderoso quanto esse homem, portanto, não tinha conhecimento prático de como isso se traduzia no quarto. A maioria dos caras com quem tinha saído era de artistas famintos, hipsters ou aqueles tipos que abraçam árvores. Minha vida estava bem longe de *Sex and the City*. Era mais para Sexo Meio Triste. Acho que não ia me importar de ser a Carrie para o Mr. Big por um dia, porém. Ou sr. Grande Babaca, nesse caso. *Comtodaporradecerteza.*

Mas havia uma falha nessa minha fantasia: eu não fazia o tipo do cara. Ele devia gostar de loiras magérrimas e submissas da alta sociedade, não italianas cheias de curvas de Bensonhurst com atitudes sarcásticas e cabelo multicolorido. Eu era quase uma mistura de Elvira e Pocahontas com uma bunda grande. Meu cabelo preto e comprido quase alcançava a cintura. As pontas eram pintadas com uma cor diferente a cada duas semanas, dependendo do meu humor. Essa semana, estavam azul-royal, o que significava que as coisas estavam bem boas para mim. Vermelho indicava que era bom ficar fora do meu caminho.

Meus pensamentos aleatórios foram interrompidos pelo guincho do freio do trem. De repente, o sr. Grande Babaca se levantou, e uma nuvem de perfume caro saturou o ar por onde ele passava. Até o cheiro do homem era tremendamente sexy, embora exagerado. Ele passou apressado pela porta, que fechou em seguida.

Foi embora. Era isso. Fim do espetáculo. Bem, foi bom enquanto durou.

Minha parada era a próxima, e eu me aproximei da mesma porta por onde ele havia saído. Meu pé bateu em alguma coisa dura e plana, e eu olhei para baixo.

Meu coração começou a bater mais depressa. O sr. Grande Babaca havia deixado parte dele para trás.

Ele deixou cair o telefone.

A porra do telefone!

Tinha descido do trem tão apressado que o celular deve ter escorregado da mão dele. E eu devia estar muito ocupada apreciando o traseiro suculento dentro daquela calça para perceber. Peguei o iPhone e o senti quente na mão. O aparelho tinha o cheiro dele. Queria aproximá-lo do nariz, mas me contive.

Cobri a boca e olhei em volta. Se minha vida fosse um programa de televisão, o som das gargalhadas seria introduzido agora. Ninguém olhava para mim. Ninguém parecia se incomodar por eu estar com o telefone do sr. Calça Elegante.

O que eu ia fazer com aquilo?

Guardei dentro da minha bolsa de estampa de leopardo e, com a sensação de que carregava uma bomba, saí da estação para a ensolarada calçada de Manhattan. Sentia o telefone vibrando com a chegada de notificações, e ele tocou uma vez, pelo menos. Eu precisava de um café antes de pegá-lo de novo.

Comprei a bebida no ambulante de costume e fui tomando enquanto percorria os dois quarteirões até o escritório. Naquele dia em particular, estava atrasada, por isso decidi adiar a investigação sobre a vida do sr. Grande Babaca para depois do almoço.

Quando sentei na minha mesa de trabalho, tirei o celular da bolsa e percebi que a bateria estava no vermelho, então o conectei ao meu carregador. O cargo de assistente de uma lendária colunista conselheira certamente não era o emprego dos meus sonhos, mas pagava as contas. Ida Goldman era responsável pela "Pergunte a Ida", uma coluna diária que existia havia anos. Ultimamente, Ida estava tentando me treinar, sugerindo que eu experimentasse escrever algumas respostas. As mensagens selecionadas eram publicadas no jornal, enquanto as respostas para outras perguntas eram postadas no site dela. Parte do meu trabalho era fazer a triagem das perguntas que chegavam e decidir quais delas encaminhar para minha chefe.

O trabalho de Ida era sempre atencioso e politicamente correto, mas minha abordagem era mais direta, sem rodeios. O resultado era que ela nunca havia publicado minhas respostas. De vez em quando, eu não resistia e acabava respondendo a algumas perguntas que não passavam pela triagem. As que teriam sido eliminadas de qualquer jeito. Essas pessoas precisavam de um pouco de orientação, e eu achava que seria um desserviço ignorar seus pedidos de ajuda.

Descobri recentemente que meu marido tem uma coleção de pornô. O que eu faço? – Trisha, Queens
Aproveita! Investe em um bom vibrador. Não esquece de deixar tudo como estava depois de se divertir enquanto ele estiver no trabalho.

Fiquei bêbada em uma festa e beijei o namorado da minha melhor amiga. Agora não consigo parar de pensar nele. Eu me sinto péssima, mas acho que posso estar me apaixonando por ele. Algum comentário sensato? – Dana, Long Island
Sim. Você é uma vadia. Até terça que vem, Dana!

Meu namorado me pediu em casamento há pouco tempo. Eu aceitei. Ele é o homem mais doce e gentil que já conheci. O problema é que o diamante que ele me deu é menor do que eu esperava. Não quero magoá-lo. Preciso encontrar um jeito delicado de expressar minha decepção. – Lori, Manhattan.
Deus tem o mesmo dilema com relação a você, querida. P.S.: Quando seu noivo chutar essa sua bunda egoísta, dá o número do meu telefone para ele.

Responder a alguns e-mails de um jeito honesto e direto sempre me deu a energia de que eu precisava para começar o dia. A manhã passou depressa. Na hora do almoço, o telefone do sr. Grande Babaca estava carregado, e o levei comigo para a sala de descanso. Eu tinha pedido comida tailandesa para nós duas.

Depois do almoço, Ida saiu da sala e me deu dez minutos de privacidade para bisbilhotar o celular. Por sorte, não era protegido por senha. Primeira parada: fotos. Não eram muitas, e se eu esperava poder encontrar alguma indicação de quem era esse homem olhando as fotos, fui surpreendida. A primeira era a de um cachorrinho branco e fofo. Parecia um tipo de terrier. A foto seguinte era dos seios nus de uma mulher com uma garrafa de champanhe entre eles. Eram claros, perfeitamente redondos e completamente falsos.

Eca. Depois tinha mais fotos do cachorrinho, e a seguir uma de um grupo de idosas fazendo uma aula de ginástica com música, talvez. *Mas que porra é essa?* Não consegui segurar a gargalhada. A última foto era uma selfie dele com uma senhora. As roupas eram mais casuais, o cabelo estava meio bagunçado, e ele sorria. O cara estava lindo. Era difícil acreditar que esse era o mesmo sujeito esnobe de terno a bordo do trem, mas o belo rosto confirmava que era ele.

Mais cinco minutos, e eu teria que voltar à minha mesa. Não havia conta de e-mail conectada ao telefone, então abri a lista de contatos e decidi ligar para o primeiro nome na lista: Avery.

* * *

— Ora, ora, Graham Morgan. Há quanto tempo. O que aconteceu? Já esgotou o alfabeto inteiro e vai começar tudo de novo? Não esqueceu que não sou um dos seus brinquedinhos, né? — Ouvi uma buzina e o ruído do tráfego ao fundo, depois a batida da porta de um carro que abafou os barulhos da cidade. — Edifício Langston. E não vai pelo parque. As cerejeiras estão em flor, e não preciso da minha pele irritada antes de uma reunião. — Ela terminou de falar com o motorista e lembrou do telefone. — E aí, Graham, o que você quer?

— Hum... oi. Não é o Graham, na verdade. Meu nome é Soraya.

— So... o quê?

— So-ra-ya. Significa princesa em persa. Embora eu não seja persa. Meu pai só pensou...

— Tanto faz, seja qual for seu nome, fala o que quer e por que está tomando meu precioso tempo. E por que está ligando do celular do Graham Morgan?

Graham Morgan. Até a porcaria do nome é sexy. Faz sentido.

— Na verdade, encontrei este telefone no trem. Tenho certeza de que pertence a um homem que vi hoje de manhã. Quase trinta anos, talvez? Cabelo preto penteado para trás, meio comprido para um cara de terno, enrolado em cima do colarinho. Ele vestia um terno risca de giz azul-marinho. E tinha um relógio grande.

— Lindo, arrogante e furioso?

Ri baixinho.

— Isso, é ele.

— O nome dele é Graham Morgan, e sei onde você deve levar o telefone.

Peguei uma caneta da bolsa.

— Tudo bem.

— Está perto da linha 1 do trem do metrô?

— Não muito longe.

— Muito bem. Pegue a 1 e vá até o centro. Depois da Rector, desça no South Ferry Terminal.

— Entendi.

— Quando descer do trem, vire à direita na Whitehall e depois à esquerda na South.

Eu conhecia a área e tentei visualizar os prédios. Era uma região comercial.

— Esse não é o caminho para o East River?

— Exatamente. Jogue o telefone do babaca no rio e esqueça que um dia viu a cara dele.

Ela desligou. *Bom, isso foi interessante.*

CAPÍTULO 2

Soraya

Eu tinha planejado devolver o celular naquela manhã.

Não, é sério. Eu tinha.

Por outro lado, também planejei terminar a faculdade. E viajar pelo mundo. Infelizmente, o máximo que me afastei da cidade no último ano foi quando, sem querer, dormi no trem Path e fui parar em Hoboken.

Com o telefone em segurança no compartimento lateral da bolsa, sentei no vagão sete, uma fileira para trás e no bloco ao lado, na diagonal do sr. Grande Babaca, olhando de soslaio enquanto ele lia o *Wall Street Journal*. Eu precisava de mais tempo para estudar o leão. Criaturas no zoológico sempre me fascinaram, principalmente o jeito como interagiam com os humanos.

Uma mulher embarcou na estação seguinte e sentou-se na frente de Graham. Era jovem, e o comprimento de sua saia beirava o impróprio. As pernas bronzeadas eram firmes, nuas e sexy, e até eu olhei para elas por um momento. Mas o leão não atacou. Não parecia nem ter notado a jovem enquanto alternava entre a leitura do jornal e o tique de mexer distraído na pulseira daquele relógio grande. *Eu imaginava que ele fosse mais galinha.*

Quando o trem chegou na estação em que ele descia, decidi que devolveria o celular. Amanhã. Mais um dia não faria diferença. Passei o restante da viagem olhando as fotos no aparelho. Dessa vez as estudei, prestei atenção aos detalhes do fundo, em vez de olhar só para o objeto focal.

A foto dele com a senhora foi tirada na frente de uma lareira. Eu não havia notado isso antes. O console era coberto por uma dezena de porta-retratos. Dei zoom no retrato que ficou menos distorcido. Era de um menino e uma mulher. O menino parecia ter uns oito ou nove anos e vestia uma espécie de uniforme. A mulher, pelo menos eu pensava que era uma mulher, tinha um corte de cabelo quase militar. O menino podia ser Graham, mas eu não tinha certeza. Quase perdi minha estação dando zoom no que descobri ser um carteiro no fundo de outra fotografia. Que porcaria eu estava fazendo?

Parei no vendedor de café de sempre e pedi:

— Quero um *latte* de baunilha grande, gelado, sem açúcar, com leite de soja.

Anil balançou a cabeça e riu. Às vezes, quando havia uma fila de mulheres que pareciam ter se perdido procurando um Starbucks, eu pedia alguma coisa ridícula. Em voz alta. Pelo menos uma delas sempre acreditava que o Anil's Halal Meat servia bebidas cheias de frescura. Basicamente, havia quatro opções: café preto, com leite, com açúcar ou ir a outro lugar. Ele encheu um copo de café puro, como eu pedia sempre, e me entregou. Eu me afastei rindo ao ouvir uma mulher perguntar se ele fazia Frappuccinos.

Quando cheguei ao escritório, Ida estava particularmente azeda. *Que maravilha.* O mundo todo pensava que "Pergunte a Ida" era uma amada instituição americana. Só alguns poucos sabiam a verdade. A mulher que distribuía doses generosas de conselhos açucarados se divertia transando e baixando o nível.

— Encontre o número do telefone do Celestine Hotel — disse ela ao me cumprimentar.

Liguei o velho computador em que ela me fazia trabalhar. A internet do meu celular era muito mais rápida, mas eu não ia usar meu pacote de dados porque ela se recusava a entrar no século XXI. Cinco minutos mais tarde, levei o número ao escritório dela.

— Aí está. Quer que eu faça uma reserva para você?

— Pega a pasta de viagem no arquivo.

Entreguei a pasta e esperei, porque ela não havia respondido à minha pergunta. Ida procurou até encontrar um cartão dobrado, do tipo que o hotel oferece com o nome da camareira. Ela leu o cartão, depois me deu.

— Ligue para o hotel. Diga a eles que Margaritte não sabe limpar um quarto. Que, na última vez que me hospedei no Celestine, o carpete não foi aspirado e havia fios de cabelo preto na parede do boxe.

— Tudo bem...

— Mencione Margaritte especificamente, depois diga que quero outra pessoa limpando o quarto. E peça um desconto.

— E se eles não derem um desconto?

— Faça a reserva assim mesmo. Meu quarto estava perfeitamente limpo da última vez.

— O carpete e o boxe não estavam sujos?

Ela suspirou irritada, como se eu testasse sua paciência.

— A diária que eles cobram é um roubo. Não vou pagar quatrocentos dólares por uma noite.

— E por isso quer que eu provoque a demissão de alguém?
Ela levantou uma sobrancelha grossa e delineada.
— Prefere que seja você?
É. Essa vadia devia dar conselhos sobre moralidade.

* * *

Para minha sorte, era quarta-feira, o dia em que Ida, semanalmente, se reunia com seu editor. Então, pelo menos, só precisei aguentá-la metade do dia, antes de ela sair e me deixar com uma lista de tarefas de uma página:

Encomendar cartões comerciais novos (menos coloridos, dessa vez; eu tenho uma empresa, não um circo).

Atualizar o blog. (A pasta amarela tem cartas e respostas diárias. Não improvise quando digitar. O "Pergunte a Ida" NÃO sugira fazer de quatro para animar seu namorado que acabou de perder o adorado Jack Russell Terrier.)

Passar as contas da pasta azul para o QuickBooks. (Use todos os descontos, mesmo os vencidos.)

Mandar contratos para o Lawrence revisar. Nenhuma orientação específica. Logo depois entendi por quê. Ela havia escrito em cada página do documento com um marcador cor de laranja. *Ridículo. Inaceitável.*

Pegar a roupa na lavanderia. (Recibo na minha mesa. Não pague se a mancha na manga esquerda da minha jaqueta mohair não tiver saído.) *Que diabo é mohair?*

Entrega da Speedy Printing hoje à tarde. (Sem gorjeta. Ele atrasou dez minutos na semana passada.)

A lista continuava. Tive que me segurar para não escanear a página e postar no blog depois da última resposta que ela deu a uma mulher que tinha problemas com o chefe. Em vez disso, aumentei o volume (Ida não permitia música no local de trabalho), dei vinte dólares de gorjeta para o entregador, (dinheiro da caixinha de trocados) e tirei uma hora de almoço com os pés em cima da mesa, tempo que usei para xeretar mais no telefone do sr. Grande Babaca. Olhei para os meus pés e admirei o trabalho do Tig, duas penas tatuadas no peito do meu pé direito, pendendo de uma tornozeleira de couro. Muito Pocahontas. Eu precisava passar no estúdio para ele fotografar o trabalho e pendurar na parede, agora que o inchaço havia desaparecido.

Estava quase no limite do meu pacote de dados do mês, por isso usei o telefone dele para pesquisar *Graham Morgan* no Google. Fiquei surpresa ao ver mais de mil resultados. O primeiro era o site da empresa dele – Morgan Financial Holdings. Cliquei no link. Era um site corporativo típico, tudo muito estéril e empresarial. A relação de empresas do grupo ocupava uma página e tinha de tudo, de construtoras a empresas de investimentos. O site cheirava a dinheiro antigo. Eu podia apostar que papai ainda tinha um escritório enorme e visitava a sede todas as sextas-feiras depois do golfe. O tema comum no site também parecia resumir o empreendimento – administração de riqueza. *O rico fica mais rico.* Quem estava administrando meus bens? Ah, espera. É verdade. Eu não tinha nenhum. A menos que a gente contasse meu grande rack. E eu também não tinha ninguém para administrá-lo.

Cliquei na aba "Sobre nós", e meu queixo caiu. A primeira foto era do próprio Adônis, Graham J. Morgan. O cara era lindo, sério. Nariz cheio de personalidade, queixo esculpido e olhos cor de chocolate derretido. Algo me dizia que ele podia ser descendente de gregos. Lambi os lábios. *Droga.* Li a biografia que acompanhava a foto. Vinte e nove anos, formado com honra máxima em Wharton, solteiro, blá-blá-blá. A última frase me surpreendeu: o sr. Morgan fundou a Morgan Financial Holdings há apenas oito anos, mas seu diversificado portfólio de clientes concorre com as mais antigas e prestigiadas empresas de investimento da cidade de Nova York. *Acho que errei sobre o papai.*

Limpei a saliva do teclado e passei para a aba "Equipe". Havia uma relação de trinta diretores e gerentes. E ali também existia um tema comum. Formação primorosa e cara fechada. A exceção era um renegado que se atreveu a sorrir para a foto corporativa. Ben Schilling, gerente de marketing. Entediada com a vida corporativa, mas ainda adiando a volta à minha lista de tarefas, fui de novo aos contatos no celular de Graham. Passei pelo nome Avery e me perguntei se o sr. Grande Babaca só irritava mulheres. Alguns nomes abaixo de Avery, encontrei o primeiro homem: Ben. *Hummm.* Sem pensar muito, mandei uma mensagem de texto:

Graham: E aí?

Fiquei animada quando vi os três pontinhos pulando, indicando que ele digitava uma resposta.

Ben: Trabalhando naquela apresentação. Vai estar pronta amanhã de manhã, como planejado.

Graham: Ótimo. Vou pedir para Linda encaixar você na minha agenda.

Pelo menos *eu* acertava o nome dela. Vi os três pontinhos começarem a pular, depois pararem. E voltarem a pular.

Ben: Pensei que Linda não voltaria mais. Depois do que aconteceu na reunião ontem.

Agora ele estava progredindo. Eu me endireitei na cadeira.

Graham: Aconteceu muita coisa na reunião ontem. A que está se referindo, especificamente?

Ben: Hummm... ao momento em que você gritou está demitida, saia do meu escritório.

O cara era um completo babaca. Alguém tinha que dar um jeito nele. Abri o Safari e recuperei a última página que tinha visitado. No meio da tela, encontrei o que estava procurando: Meredith Kline, Gerente de Recursos Humanos.

Graham: Talvez eu tenha sido um pouco ríspido. Passei a tarde inteira em reuniões. Pode passar pelo RH e pedir para a Meredith pagar um mês de rescisão a Linda?

Ben: É claro. Tenho certeza de que ela vai ficar muito agradecida.

Se eu fosse gentil demais, ele ia acabar desconfiando de alguma coisa.

Graham: Eu fico agradecido por não ser processado. A gratidão dela não me interessa.

Achei que tinha ido longe demais, e joguei o celular na bolsa antes de fazer um estrago ainda maior. Amanhã devolveria o aparelho. E estava ansiosa para encontrar o cretino pessoalmente.

CAPÍTULO 3
Soraya

A Morgan Financial Holdings ocupava todo o vigésimo andar, de acordo com a placa no saguão. Meu estômago roncou enquanto esperava o elevador. Como havia acabado de tomar café, deduzi que era de nervoso, e isso me irritou.

Por que a ideia de ficar cara a cara com esse babaca me deixava nervosa?

A aparência.

No fundo, eu sabia que era por causa da aparência, e isso me deixava nervosa. Eu não era uma pessoa superficial, mas não conseguia impedir que uma parte de mim suspirasse por esse cretino. E essa parte precisava ficar quieta agora.

O elevador fez um barulhinho de campainha e abriu a porta. Entrei acompanhada por um homem mais velho com jeito de empresário. Éramos só nós dois lá dentro quando a porta fechou. Quando ele coçou o saco, olhei para a tatuagem de pena no meu pé para me distrair. Por que eu estava sempre atraindo homens que coçavam suas partes? Felizmente, cheguei bem depressa ao vigésimo andar. Saí do elevador, deixando o homem à vontade para se esfregar com privacidade.

Havia uma placa preta com letras douradas sobre a porta de vidro transparente. *Morgan Financial Holdings.* Respirei fundo, ajeitei o vestido vermelho e entrei. Sim, paguei caro por essa merda. Sem julgamentos.

Uma recepcionista jovem e ruiva sorriu para mim.

— Pois não?

— Estou procurando o sr. Graham Morgan.

Ela olhou para mim como se fosse gargalhar.

— Ele está esperando por você?

— Não.

— O sr. Morgan não atende ninguém sem hora marcada.

— Bom, tenho uma coisa muito importante que é dele, por isso preciso vê-lo.
— Como é seu nome?
— Soraya Venedetta.
— Pode soletrar o sobrenome, por favor? Vendetta? Tipo vingança em italiano?
— Não, é Ve-NE-de-tta. Tem um E no meio. V-E-N-E-D-E-T-T-A. — Se eu ganhasse cinco centavos por cada vez que alguém escreveu meu sobrenome errado... bom, seria mais rica que o sr. Graham J. Morgan.
— Certo, srta. Venedetta. Pode sentar-se ali, se quiser. Quando o sr. Morgan chegar, pergunto se ele pode atender você.
— Obrigada.

Ajeitei o vestido e fui me sentar no sofá fofo de microfibra na frente da mesa da recepcionista. Não devia estar surpresa por saber que o sr. Grande Babaca ainda não havia chegado, já que ele não estava no trem habitual naquela manhã. Queria saber quanto tempo teria que esperar. Tinha tirado só meio dia de folga no trabalho, e teria que voltar depois da hora do almoço.

Estava folheando distraída algumas revistas sobre finanças, e quase nem levantei a cabeça quando a porta se abriu. Meu coração disparou quando vi Graham, aparentemente mais furioso que nunca. Ele vestia calça preta e camisa branca com as mangas dobradas. O relógio brilhava em seu pulso. Ele segurava uma gravata bordô em uma das mãos e um laptop na outra. Quando passou, uma onda intoxicante de perfume me atingiu como um soco no nariz. Ele olhava para frente, completamente indiferente a mim e a tudo que o cercava.

A recepcionista sorriu quando ele passou.
— Bom dia, sr. Morgan.

Graham não respondeu. Só grunhiu baixinho e seguiu em frente pelo corredor.

Sério.
Olhei para ela.
— Por que não avisou que estou esperando por ele?
Ela riu.
— O sr. Morgan precisa de um tempo para superar a pressão da manhã. Não posso importuná-lo com uma visitante inesperada assim que ele chega.
— Bem, e quanto tempo vou ter que esperar?
— Vou falar com a secretária dele em meia hora, mais ou menos.
— Está de brincadeira?
— De jeito nenhum.
— Isso é ridículo. Vou demorar dois minutos para fazer o que tenho que fazer. Não posso esperar a manhã inteira. Vou me atrasar para o trabalho.
— Srta. Vendetta...

— Ve-NE-detta...

— Venedetta. Desculpe. Existem certas regras aqui. Regra número um: a menos que o sr. Morgan tenha uma reunião importante de manhã, ele não deve ser incomodado ao chegar.

— O que ele vai fazer, se o incomodar?

— Não quero descobrir.

— Bom, eu quero. — Levantei do sofá e me dirigi ao corredor com a ruiva correndo atrás de mim.

— Srta. Venedetta. Você não sabe o que está fazendo. Volte aqui imediatamente! É sério.

Parei ao ver a porta de cerejeira escura com o nome de Graham J. Morgan gravado em uma placa presa a ela. As persianas sobre as vidraças que cercavam a porta estavam fechadas.

— Cadê a secretária dele?

A jovem apontou para uma mesa vazia na frente da porta.

— Normalmente ela fica ali, mas parece que ainda não chegou. Mais um motivo para eu não incomodar o sr. Morgan, porque ele deve estar zangado com isso.

Ela olhou para outra funcionária que trabalhava em um cubículo perto da antessala.

— Sabe por que Rebecca ainda não está aqui?

— Rebecca se demitiu. Estão procurando uma substituta.

— Que maravilha! — bufou a recepcionista. — E ela aguentou quanto... dois dias?

A mulher riu.

— Nada mal, considerando...

Que porcaria de pessoa era esse Graham Morgan?

Quem ele achava que era?

De repente, fui invadida pela adrenalina. Cheguei perto da mesa da secretária e apertei o botão do interfone marcado com as letras GJM.

— Que droga você pensa que é? O Mágico de Oz? Aposto que seria mais fácil se eu quisesse falar com a rainha Elizabeth.

O medo nos olhos da recepcionista era evidente, mas ela sabia que era tarde demais, por isso só ficou de lado observando.

Não houve resposta por cerca de um minuto. Depois, ouvi a voz profunda e penetrante.

— Quem é?

— Meu nome é Soraya Venedetta.

— Venedetta. — Ele repetiu meu nome com clareza. Diferente de todo mundo, não errou ao pronunciá-lo.

Ele não falou mais nada, e apertei o botão novamente.

— Estou esperando pacientemente para vê-lo, mas parece que você está aí dentro batendo uma, ou alguma coisa do tipo. Todo mundo morre de medo de você, e ninguém quer avisar que estou aqui. Tenho algo que imagino que esteja procurando.

A voz dele soou mais uma vez.

— Ah, é?

— Sim. E não vou entregar, a menos que abra a porta.

— Quero fazer uma pergunta, srta. Venedetta.

— Faça.

— Essa coisa que diz que estou procurando. É a cura do câncer?

— Não.

— É um Shelby Cobra original?

Um o quê?

— Hum... não.

— Então, está enganada. Não tem nada que possa ter que eu esteja procurando e que faria valer a pena abrir essa porta e ter que lidar com você. Agora, por favor, retire-se do andar ou vou ter que chamar a segurança para acompanhá-la até lá fora.

Vai se ferrar. Eu não ia mais aturar essa palhaçada. Não queria ter mais nenhuma ligação com ele de agora em diante, por isso decidi deixar a droga do telefone. Com o meu celular na mão, tive uma ideia. Um presente de despedida. Tirei três fotos minhas: uma do decote com o dedo do meio bem no centro do quadro, uma das pernas e uma da bunda. Depois gravei meu número no celular dele, e no lugar do nome digitei *De Nada, Babaca*. Escolhi não mostrar o rosto, porque não queria que ele me reconhecesse no trem.

Mandei as três fotos e uma mensagem.

Sua mãe deve sentir vergonha de você.

Dei o telefone à recepcionista e disse:

— Entregue o celular dele.

Saí de lá rebolando, apesar de me sentir um pouco derrotada e muito furiosa.

Meu humor havia piorado quando cheguei ao escritório. A única coisa boa era que Ida tinha uma reunião fora, e não precisei lidar com ela. Aproveitei para ir embora uma hora mais cedo.

Depois do trabalho, passei para ver Tig e sua esposa, Delia, antes de ir para casa. Ele e eu éramos melhores amigos desde crianças, crescemos na mesma rua. Tig e Del eram donos da Tig's Tatoo and Piercing na Oitava Avenida.

Ouvi o barulho de agulha lá dentro. Tig estava com um cliente. Ele era o tatuador, e Delia era responsável pelos piercings. Sempre que eu ficava com esse humor instável, acabava agindo por impulso. Já havia decidido que hoje à noite, em casa, tingiria as pontas do cabelo de vermelho, mas não era o bastante para me deixar satisfeita.

— Del, quero furar a língua.

— Sai daqui. — Ela balançou a mão ignorando minha declaração. Conhecia bem minhas oscilações de humor.

— É sério.

— Você disse que nunca colocaria um piercing. Não quero que volte aqui me culpando quando voltar ao normal.

— Bom, mudei de ideia. Agora eu quero um.

Tig ouviu a conversa e interrompeu o trabalho com o cliente por um segundo.

— Conheço você. Deve ter acontecido alguma merda hoje, para chegar aqui querendo furar a língua de repente.

CAPÍTULO 4
Graham

Meu dia tinha sido dominado por um par de seios sem rosto e uma tatuagem de pena. Pior, eles falavam.

E de todas as coisas que ela poderia ter escrito para mandar junto com aquelas fotos de partes do corpo, escolheu *aquelas* palavras. Ela mandou a única mensagem que me faria desabar e acabaria com o resto do meu dia. Da semana, talvez.

Sua mãe deve sentir vergonha de você.

Foda-se, Soraya Venedetta. Foda-se, porque você está certa.

Essa desconhecida havia me atingido.

Ela havia dito seu nome apenas uma vez pelo interfone, mas não esqueci. Normalmente, nomes entravam por um ouvido e saíam pelo outro.

Soraya Venedetta.

Bom, tecnicamente, o nome completo era *Soraya De Nada Babaca Venedetta*.

Como ela achou meu telefone?

A mensagem continuou me atormentando e eu a li várias vezes.

Sua mãe deve sentir vergonha de você.

Cada vez que eu lia, ficava com mais raiva que na vez anterior, porque, no fundo, sabia que não existiam palavras mais verdadeiras. Minha mãe *teria* se envergonhado de mim pela maneira como eu tratava as pessoas diariamente. Cada pessoa lida de um jeito diferente com a tragédia. Depois que minha mãe morreu, escolhi afastar todos de minha vida, concentrando toda energia nos estudos e na carreira. Não queria sentir mais nada, não queria me conectar com ninguém. O jeito mais fácil de garantir isso era afugentando as pessoas. Se ser um babaca fosse uma forma de arte, eu a dominava. Quanto mais bem-sucedido eu era, mais fácil ficava.

É impressionante o que um homem na minha posição e com a minha aparência pode conseguir. Quase ninguém chamava minha atenção pelas bobagens que eu fazia ou me questionava por elas. Simplesmente aceitavam. Em todos esses anos, ninguém havia falado comigo em meu local de trabalho como Soraya Venedetta tinha feito hoje. Ninguém.

Sua atitude corajosa pelo interfone me impressionou, mas quase esqueci por completo essa história até Ava, a recepcionista, bater na porta da minha sala para me entregar o celular.

E agora, horas mais tarde, eu ainda estava ali sentado e totalmente obcecado com a profunda constatação que vinha das palavras de Soraya. E obcecado também com o par de mamilos salientes embaixo de um vestido que tinha a cor do demônio.

Apropriado.

Soraya Venedetta era um diabinho.

Ela me impediu de prestar atenção ao trabalho, por isso, cancelei uma reunião à tarde e deixei o escritório.

Em casa, fiquei sentado no sofá bebendo conhaque enquanto continuava ruminando. Sentindo que alguma coisa estava errada comigo, meu West Highland Terrier, Blackie, ficou sentado aos meus pés, sem nem se incomodar em tentar me convencer a brincar com ele.

Meu apartamento no Upper West Side tinha vista para o *skyline* de Manhattan. Agora estava escuro, com as luzes da cidade iluminando o céu noturno. Quanto mais eu bebia, mais as luzes pareciam brilhar, e mais minhas inibições desapareciam. Em algum lugar na cidade grande, Soraya devia estar satisfeita com sua atuação, sem saber que havia me destruído com ela.

Olhei de novo para a imagem da pena tatuada no pé dela e pensei que, se não havia mostrado o rosto, provavelmente era porque era feia como o demônio. O pensamento me arrancou uma gargalhada que ecoou na sala fria e vazia. Queria saber como ela era. Queria ter aberto a porta do escritório só para ter podido fechá-la na cara dela.

Meu dedo se aproximou do nome que gravou. *De Nada, Babaca*. Queria fazer essa mulher se sentir tão mal quanto ela fez a mim. Nada me impedia de tentar. E tentei. Respondi à mensagem de texto.

Minha mãe morreu, na verdade. Mas, sim, acho que ela teria sentido vergonha.

Acho que uns cinco minutos passaram antes do celular apitar.

Soraya: Sinto muito.

Graham: Que bom.

Eu devia encerrar a conversa por aí. Ela já devia se sentir bem mal, e isso podia ser o fim da história. Mas eu estava alterado. E cheio de tesão. Passar o dia todo olhando para os seios, as pernas e a bunda dela tinha mexido comigo.

Graham: O que está vestindo, Soraya?
Soraya: É sério?
Graham: Você estragou meu dia. Está me devendo uma.
Soraya: Eu não te devo nada, pervertido de merda.
Graham: Diz a mulher que me mandou uma foto do decote. Belos peitos, aliás. São tão grandes que, quando olhei pela primeira vez, achei que fosse uma bunda.
Soraya: Você é que é um bundão.
Graham: Mostra seu rosto.
Soraya: Por quê?
Graham: Porque quero ver se ele combina com sua personalidade.
Soraya: E isso significaria o quê?
Graham: Bom, não seria nada bom para você.
Soraya: Não vai ver meu rosto nunca.
Graham: Talvez seja melhor. Vai, me dá uma dica do que está vestindo.
Soraya: É vermelho.
Graham: Ainda está com o mesmo vestido?
Soraya: Não, estou pelada, com tinta escorrendo pelo corpo e a língua latejando, graças a você.

Esse comentário foi bem esquisito.

Graham: A imagem que isso sugere é bem interessante.
Soraya: Você é maluco, cara.
Graham: Eu sou um pouco maluco, na verdade. Provavelmente, preciso de um psiquiatra, porque passei o dia todo fantasiando com uma pessoa sem cabeça.
Soraya: Bom, nem adianta pedir um nude. Não vai rolar.
Graham: E se eu mandar primeiro?

Ela deve ter ficado chocada, porque não respondeu mais. Decidi parar de atormentar a mulher, joguei o celular em cima do sofá, peguei Blackie e o coloquei sobre meu peito nu, onde ele ficou até eu dormir.

* * *

No dia seguinte, consegui tirar Soraya da cabeça, mas duas manhãs depois, a obsessão voltou com força total.

O trem estava particularmente cheio, e eu não encontrei um assento vago. Segurando uma das barras de metal para me equilibrar, olhei em volta. Quase nunca prestava atenção às pessoas no trem, e agora lembrava por quê.

Gente bizarra.

Em um momento, olhei para o chão, para o pé de uma mulher do outro lado do corredor. Meu coração disparou quando vi a tatuagem de pena igual à de Soraya. As unhas dos pés estavam pintadas com o mesmo tom de vermelho.

Puta merda.
Era ela.
Ela pegava o mesmo trem! Deve ter sido assim que ela encontrou meu telefone.

Eu não podia levantar a cabeça. Não queria me decepcionar. Seria muito melhor só manter a fantasia sem ter que encarar a realidade.

Mas, Deus, eu tinha que olhar. Precisava saber como ela era.

Contei até dez lentamente e deixei meus olhos subirem por suas pernas, que estavam cruzadas. Saia de couro preto, bolsa de estampa de leopardo, camisa decotada roxa mostrando ao vivo o material com o qual eu havia fantasiado. Meus olhos finalmente ultrapassaram o pescoço.

Porra.
Porra.
Porra.

Ela olhava para a frente. Cabelo preto, liso e sedoso, com as pontas pintadas de vermelho e preso em um rabo de cavalo, expondo o pescoço longo e delicado. Batom vermelho brilhante na boca formando uma curva perfeita. Nariz empinado. Olhos castanhos e enormes. Quem poderia imaginar, o diabo tinha cara de anjo. De fato, Soraya Venedetta era um arraso. Senti o movimento empolgado dentro da calça. Se antes eu tentava esquecer essa mulher, agora seria impossível.

Quando ela virou e me viu olhando para ela, nossos olhares se cruzaram. Sem saber se ela me reconheceu, senti o coração acelerar. Em seguida, ela simplesmente desviou o olhar e, indiferente, se virou para a janela do trem.

Ela sabia como eu era?

Tentei lembrar de alguma coisa. Tinha só umas duas fotos minhas no telefone, nas quais eu aparecia vestido de um jeito casual durante uma visita à minha avó. Talvez ela não tivesse visto as fotos. Não, Soraya Venedetta com certeza teria aberto a boca grande, se houvesse me reconhecido.

Ela não sabia.

Suspirei aliviado e continuei olhando para aquele rosto bonito, fascinado por ela ser a mesma pessoa que virou minha vida de cabeça para baixo no outro dia. Um assento vago chamou minha atenção. Eu me sentei, peguei o celular e procurei o nome dela nos contatos.

Isso seria divertido.

Graham: Seu cabelo é comprido ou curto?

Era a coisa mais inofensiva que eu conseguia pensar em dizer. Imaginei que, se começasse contando o que tinha fantasiado no chuveiro naquela manhã – untar com óleo aqueles seios grandes, incríveis, e escorregar meu pinto para dentro e para fora –, ela poderia não responder de novo.

Soraya: Você tem alguma preferência?

Graham: Comprido. Adoro mulher de cabelo comprido.

Não podia olhar para ela, mas percebi que, se olhasse para a janela, veria seu reflexo. Ela levantou a cabeça e olhou em minha direção antes de olhar de novo para o telefone.

Soraya: Curto. Tenho cabelo bem curto.

Mentirosa.

Depois de mandar a mensagem, ela deu um sorrisinho maldoso.

Eu daria um jeito nela.

Graham: Que pena. Passei o dia inteiro ontem imaginando que seu cabelo era comprido o suficiente para enrolar na minha cintura.

Eu me diverti vendo o sorriso desaparecer. Seus lábios se entreabriram, e tive certeza de que, se estivesse mais perto, ouvira o barulho da inspiração chocada. Ela se mexeu no assento por um minuto antes de responder.

Soraya: Desculpa. Não vai rolar. Estou proibida de me envolver em qualquer atividade oral por um tempo.

Quê?

Graham: Com quem?

Soraya: Por quem. A pergunta deveria ser por quem.

Graham: Etiqueta de mensagem de texto vinda de uma mulher que manda pornô para desconhecidos.

Soraya: Eu não mando pornô para desconhecidos. Você me deixou furiosa, só isso. Queria mostrar o que estava perdendo ao se recusar a sair do seu trono e me receber.

Graham: Se esse é o resultado, vou te deixar furiosa de novo. Muitas vezes.

Ela olhou para a janela por um tempo. Eu estava me aproximando da minha parada. Essa mulher mexia comigo, e eu sabia que não ia conseguir me concentrar na reunião das oito horas com esse comentário sobre a restrição de atividade oral pairando no ar. Por isso cedi.

Graham: Por quem?

Soraya: Delia.

Porra. Ela era lésbica. Essa possibilidade nem havia passado pela minha cabeça. Que tipo de lésbica manda aquelas fotos para um homem?

Graham: Você é gay?

O trem reduziu a velocidade para parar. Se eu não tivesse uma reunião importante, teria ficado só para ver onde ela descia. Contrariando minha decisão sensata, olhei para ela antes de me levantar. Ela estava de cabeça baixa respondendo à mensagem, mas vi um sorriso em seu rosto. Um sorriso lindo, verdadeiro. Não era um daqueles sorrisos ensaiados na frente do espelho que muitas mulheres com quem saí costumavam dar. Não. Soraya Venedetta sorria de verdade. Era um sorriso meio de lado e absurdamente bonito.

Meu telefone piscou anunciando a chegada de uma nova mensagem. Por sorte, ele me fez desviar o olhar dela antes de ser pego.

Soraya: HAHAHA. Não, não sou gay. Delia furou minha língua há dois dias. Daí a proibição de atividades orais até o fim da cicatrização.

Cacete.

Fechei os olhos para tentar me acalmar, mas isso só piorou as coisas. Uma imagem daquele rostinho lindo e da língua com um piercing descendo sobre o meu pau me fez abrir os olhos de repente.

Completamente distraído, quase não consegui sair do trem antes de a porta fechar. Como eu ia conseguir fazer alguma coisa hoje depois dessa nova informação?

CAPÍTULO 5
Soraya

Era um dia lindo, daqueles de céu azul sem nenhuma nuvem. Olhei pela janela tentando entender que merda tinha acontecido comigo. Já havia conhecido homens atraentes antes, saído com alguns, até. Então, por que estar perto de Graham J. Morgan me deixava nervosa como se eu tivesse voltado aos treze anos e o menino fofo sentasse na minha frente na cantina do colégio?

Odiava a reação do meu corpo a ele. A química era natural, impossível de segurar. Não conseguia lutar contra o que me dominava, da mesma forma que não conseguia forçar a química inexistente com Jason, o último cara legal que namorei.

Peguei o trem mais cedo hoje, por isso, estava despreparada para ficar frente a frente com Graham. Quando nossos olhos se encontraram, as pupilas dele dilataram e, por uma fração de segundo, pensei que talvez ele tivesse a mesma reação física que eu à nossa proximidade. Mas depois ele desviou o olhar, completamente indiferente. O fato de mal ter notado a minha existência era uma rejeição física, mas minhas mãos ainda tremiam quando a mensagem dele chegou. A única coisa boa foi que, aparentemente, o choque provocado pelo encontro não devia ter se estampado em meu rosto. Ele nem imaginava quem eu era, e eu planejava manter as coisas assim.

Ida interrompeu meus pensamentos. Ela jogou uma pilha de envelopes sobre minha mesa. Quem escreve cartas e as manda pelo correio para uma coluna de conselhos hoje em dia? *Oi, e-mail? Você está por aí? Sou eu, o século XXI.*

— Acha que consegue responder a algumas para a coluna na internet?
— É claro que sim.
— Talvez consiga dar conselhos adequados, dessa vez.

Eu me sentia bem *in*adequada essa manhã.

— Vou tentar.

— Tentar não é o bastante. Faça direito dessa vez. — Ela bateu a porta da sala, e mostrei o dedo do meio. *Eu avisei.*

Passei cerca de uma hora examinando a pilha, até achar algumas cartas a que me considerava capaz de responder no estilo da Ida. Os primeiros rascunhos resultaram em bolas de papel amassado que não caíam dentro da lata de lixo. Então, percebi que havia um truque para dar conselhos ruins. Primeiro, eu redigia a resposta como achava que deveria ser lida. Depois, mudava cada frase para transformá-la no oposto do que seria meu conselho. Incrível, o processo de duas etapas realmente criou o jeitão da Ida.

Querida Ida,
No ano passado peguei meu namorado me traindo. Ele disse que foi um erro terrível e jurou que havia sido uma vez só. Depois de muito sofrimento, concordei em continuar com o relacionamento. Mas não consigo superar. Tem um homem no trabalho por quem me sinto muito atraída. Acho que dormir com ele pode me ajudar. Dois erros podem salvar um relacionamento? – Paula, Morningside Heights

Primeira etapa.

Querida Paula,
Sim! Dois erros não criam um acerto, mas servem como uma tremenda desculpa! Vai nessa! É claro, um relacionamento requer comprometimento, mas a insanidade também. Trair não é um engano, é uma escolha. Cai na real. Uma vez traidor, sempre traidor. Dá o troco, pega o gostosão e dá um pé no seu namorado, antes que ele faça isso de novo.

Segunda etapa.

Querida Paula,
Não. Dois erros nunca criam um acerto. Se você está realmente disposta a salvar seu relacionamento, evite a tentação a todo custo. As pessoas cometem erros, mas também podem aprender com eles e mudar. Errar é humano, perdoar é divino. Seja divina. Confie nele, acredite que não vai trair de novo.
Se realmente o ama, esqueça essa história.

Depois que peguei o jeito da coisa, produzi o equivalente a dois dias de respostas antes de entregá-las a Ida para revisão. Quando meu celular vibrou por volta do meio-dia, fiquei empolgada achando que era Graham. Por mais ridículo que fosse, estava ansiosa pelas mensagens revoltadas e cheias de tesão. A decepção foi inevitável quando vi que a mensagem era de Aspen. Tinha esquecido completamente nosso encontro hoje à noite. Minha reação imediata foi cancelar. Mas, em vez disso, menti e respondi dizendo que estava ansiosa para aquela noite. Ele era o amigo de um amigo que conheci em uma festa e achei que era legal. Além do mais, ficar sentada em casa esperando pela mensagem de um homem que nunca teria interesse em uma mulher como eu era muito triste.

Depois do trabalho, fiz um esforço extra para ficar bonita, torcendo para que isso mudasse meu humor. Vesti um jeans justo e uma blusa roxa que exibia meus seios abundantes. Calcei a sandália preta de tiras com rebites e me olhei no espelho. Estava ótimo. *Vai se ferrar,* Graham Morgan, que achava que eu não era digna de uma segunda olhada.

Eu morava no Brooklyn e normalmente encontrava os carinhas no local onde íamos. O transporte público não era exatamente favorável a buscar as pessoas em casa, o que funcionava bem para mim, já que eu não gostava de dar meu endereço a desconhecidos. Mas Aspen queria me levar a um lugar em Long Island, por isso foi me buscar.

— Espero que não se incomode. Só preciso fazer uma parada rápida.

— É claro, não tem problema.

Ao contrário de quando nos conhecemos na festa, a carona foi recheada de conversas desconfortáveis. Eu tinha que fazer perguntas para não deixar o assunto morrer.

— Então, aonde vamos? Você falou de uma boate.

— É um clube de comédia. Só abre às nove.

— Você se apresenta?

— Sim. — Ele deu de ombros. — Pensei em matar dois coelhos com uma cajadada só.

Alguma coisa nessa resposta me incomodou. Sugeria que nosso encontro era uma obrigação. Mas tentei tirar o melhor da situação. Fazia muito tempo que eu não ia a um clube de comédia, e talvez ele estivesse tentando se exibir para mim. Quando o celular vibrou na minha bolsa, espiei para ver o que era. Odiava admitir, mas uma parte minha queria que fosse Graham.

Aspen entrou no estacionamento e parou o carro.

— Só vou demorar alguns minutos.

Ele ia me deixar no carro?

— Aonde vamos? — Olhei para a escuridão lá fora. Tinha uma 7-Eleven à esquerda e a funerária White's Funeral Home à direita.

— Preciso passar na White's. Minha tia morreu.
— Sua tia morreu?
— Sim. Não vou demorar mais que dez minutos. — Ele se preparou para sair do carro. — A menos que queira ir comigo.
— Hummm... espero aqui.
Mas que porra?
Fiquei ali sentada e perplexa no estacionamento. Em resumo, ele estava me levando ao funeral da tia e depois ao trabalho. Quando o celular vibrou de novo, decidi que estava precisando da distração.

Graham: Como está a língua?
Soraya: Melhor. O inchaço diminuiu.
Graham: Passei o dia todo preocupado com você.
Soraya: É mesmo?

Sorri. A conversa com o gato pervertido poderia ser o ponto alto do encontro com Aspen.

Graham: O que está fazendo agora, Soraya?

Li a mensagem como se ouvisse a voz sexy falando em meu ouvido. Os pelos dos meus braços arrepiaram. Meu corpo reagia intensamente a esse homem, apesar do que meu cérebro dizia.

Soraya: Estou em um encontro, na verdade.

Meu celular ficou quieto por um bom tempo. Comecei a pensar que a conversa tinha acabado. Mas ele vibrou de novo.

Graham: Posso deduzir que não é dos melhores, se está mandando mensagem no meio do encontro?
Soraya: Seria uma dedução óbvia.
Graham: Como ele se chama?
Soraya: Por que quer saber?
Graham: Para ter um nome para associar ao homem por quem sinto uma antipatia repentina.

Sorri de novo para o telefone.

Soraya: Aspen.
Graham: Ele é um idiota.
Soraya: E você sabe disso por causa do nome dele?
Graham: Não. Sei disso porque você está trocando mensagens com outro homem durante o encontro.
Soraya: Suponho que não estaria mandando mensagens, se estivesse com você.
Graham: Se estivesse comigo, não ia nem lembrar do celular.
Soraya: É mesmo?
Graham: Pode ter certeza.

Era estranho, mas eu concordava com ele. Suspirei e decidi contar os detalhes do meu lamentável encontro.

Soraya: Ele me levou a um funeral.
Graham: No encontro?
Soraya: Isso.
Graham: Espero que esteja escrevendo para mim e andando para a estação de trem mais próxima.
Soraya: O funeral é em Long Island. Estou meio presa, vou ter que ficar com ele até o fim da noite.
Graham: Tem mais, além do funeral?
Soraya: Sim. Depois ele vai me levar ao trabalho dele.
Graham: Como é que é?
Soraya: HAHAHAHA
Graham: Onde você está? Eu vou te buscar.

Isso era... uma gentileza do sr. Grande Babaca?

Soraya: Obrigada, mas está tudo bem.

Ele parou de mandar mensagens depois disso. Pior, Aspen voltou ao carro. As coisas declinaram progressivamente depois disso. Quando chegamos ao clube de comédia, meu acompanhante bebeu duas vodcas com tônica. Quando mencionei que ele estava dirigindo e ia me levar para casa, respondeu que conhecia seu limite. Aparentemente, não conhecia o meu. Três minutos depois de ele subir ao palco e contar as primeiras piadas ruins, fui ao banheiro, e de lá saí pela porta dos fundos. Onze dólares de táxi mais tarde, estava esperando o primeiro dos trens que teria que pegar para voltar para casa. Talvez eu tivesse que dar um tempo nessa coisa de encontros.

CAPÍTULO 6

Graham

Passei a manhã toda de mau humor. Pensando bem, a raiva começou a aparecer em algum momento da noite anterior. Mais ou menos na hora em que uma mulher com corpo de diabo e rosto de anjo me disse que preferia continuar no encontro com um cretino que a levou a um funeral a aceitar minha carona.

Se não tivesse reunião hoje cedo de novo, teria entrado naquele trem e contado a ela quem eu era. Olhando de novo para a foto dos seios deliciosos no meu celular, percebi *exatamente quem eu era...* ultimamente, um *stalker*. E isso me enfureceu ainda mais. *Que se danem ela e o encontro.*

— Rebecca! — Apertei o botão do interfone e esperei minha secretária responder.

Nada.

— Rebecca! — Na segunda vez, berrei tão alto que o interfone nem foi necessário. Todo o maldito escritório deve ter me ouvido.

Nada de novo.

Joguei uma pasta em cima da mesa e saí da sala para ir falar com minha secretária. Tinha uma ruiva na mesa dela.

— Quem é você?

— Meu nome é Lynn. Sou sua secretária há dois dias. — Ela franziu a testa como se eu tivesse que saber do que ela estava falando.

— O que aconteceu com a Rebecca?

— Não sei, sr. Morgan. Quer que eu descubra?

— Não. Quero que vá buscar o almoço para mim. Peito de peru no pão integral levemente torrado e uma fatia de queijo suíço. Não duas. Só uma. Café. Puro.

— Ok.

— A recepcionista cuida do dinheiro para essas coisas. Fale com ela.

Ela sorriu para mim, mas não se mexeu.

— O que está esperando? Vai.

— Ah. Quer que eu vá agora?

Rosnei e voltei para o escritório.

No começo da tarde, meu celular vibrou e vi na tela uma foto nova das pernas de Soraya. Ela nunca tinha tomado a iniciativa de mandar mensagens.

Que porra.

Essa mulher ia acabar comigo. Eu precisava convencê-la a me encontrar.

Graham: Mostra mais.

Soraya: É só isso.

Graham: Que provocadora. Abre as pernas para mim.

Soraya: De jeito nenhum.

Graham: De repente virou moralista?

Soraya: Tenho meus limites, e mostrar o que tenho entre as pernas é um limite firme, com toda certeza.

Graham: E não há limite para quanto isso me deixaria DURO. Na verdade, imaginar é suficiente para me deixar ereto.

Soraya: Pervertido. Não está trabalhando?

Graham: Você sabe que sim. Por que me mandou uma foto das suas pernas, então? Está me provocando.

Soraya: Não precisa de muito.

Graham: Não vai me mostrar sua buceta. Pelo menos me deixa ouvir sua voz.

Soraya: Você já ouviu minha voz.

Graham: Sim, mas você estava sendo agressiva. Quero ouvir como é sua voz quando está molhada e cheia de tesão.

Soraya: E como sabe que estou molhada e cheia de tesão?

Graham: Posso sentir.

Soraya: Fala sério...

Graham: É.

Meu celular começou a vibrar. *Soraya.*

Adotei um tom intencionalmente baixo e sedutor.

— Oi, *baby.*

— Não vem com essa de *baby.*

O som da voz dela foi o bastante para fazer meu corpo vibrar com a empolgação.

Minha voz tinha um tom tenso.

— Quero te ver. Preciso saber como você é.

Meu Deus, preciso te tocar.

— Acho que não é uma boa ideia.

— Por que não?

— Acho que não combinamos. Não sou seu tipo.

Levantei uma sobrancelha e perguntei:

— E qual é meu tipo, exatamente?

— Não sei... uma vadia esnobe, rica? Alguém que complemente um engomadinho metido como você.

Deixei escapar uma gargalhada profunda.

— Engomadinho metido, é?

— Sim. Você é arrogante, acha que pode passar por cima das pessoas.

— Bom, só tem um motivo para eu querer estar em cima de você agora, Soraya. Bem em cima de você.

— Como se tornou esse tremendo babaca, aliás?

— Por que todo mundo é como é? Não nascemos desse jeito. Isso é aprendido.

— Então, a cretinice é uma arte que você domina?

— Sou um cretino porque... — Ele hesitou. — Porque não quero lidar com a merda que sempre aparece quando baixo a guarda.

— O que aconteceu para fazer você manter a guarda?

— Qual é a das perguntas profundas, Soraya? Não me abro com mulheres com quem ainda nem transei.

— Se a gente transar, vai me contar todos os seus segredos?

Pensar em estar com ela foi suficiente para fazer meu pau acordar.

— Eu conto tudo que quiser, se sua oferta neste momento for sexo.

— Exatamente. É exatamente isso que estou dizendo!

Embora estivéssemos discutindo, sentia o humor na voz dela. Sabia que estava sorrindo, como eu, e que gostava da nossa conversa.

Pigarreei e disse:

— Tudo bem, vamos jogar do seu jeito. Como se transformou nessa metralhadora de sarcasmo?

— Sempre fui assim.

Ri baixinho. Por alguma razão, acreditava nisso. Ela parecia ser naturalmente impulsiva, não era uma encenação. Essa era ela de verdade.

— Em que você trabalha, Soraya?

— O que acha?

— Essa é uma pergunta difícil. — Cocei o queixo e apoiei as pernas na mesa. — Com base no pouco que sei sobre você... um par incrível de seios e outro de pernas... talvez seja dançarina em alguma boate escura e enfumaçada.

— Bom, você acertou na parte do escuro e enfumaçado. Meu escritório é um horror, e trabalho para alguém que gosta de se trancar na sala para fumar.

— Espero que ele não se tranque com você.

Caramba. Vai com calma, ela vai achar que você é um maluco ciumento.

— Não é ele, é ela... Ela fuma trancada na sala dela. Trabalho para uma coluna de conselhos. É um trabalho horroroso, mas paga as contas.

— Acho que deve ser bem interessante. Que coluna é?

— Não sei se devo contar. Você pode tentar me procurar no trabalho.

— Não seria irônico? Esqueceu como nos conhecemos?

— É a "Pergunte a Ida".

— Tenho a sensação de que conheço esse nome.

— A coluna existe há anos.

É verdade. *Minha mãe a lia.*

— Minha mãe lia essa coluna. O que faz lá?

— Faço a triagem das cartas que chegam e respondo a algumas no site, e sou assistente da Ida.

Eu ri.

— Quer dizer que você aconselha as pessoas?

— É difícil de acreditar? Por quê?

— Preciso de uns conselhos.

— Tudo bem...

— Como faço para te convencer a encontrar comigo?

— Vai por mim. Às vezes é melhor manter o mistério. Acho que não dá para sair nada de bom desse encontro.

— Por quê?

— Você só quer me pegar.

Tive que parar e pensar se ela estava certa. A atração sexual era óbvia. Mas, no fundo, eu sabia que a conexão com ela ia além disso. Só não conseguia entender de onde ela vinha e o que significava. Soraya tinha acendido em mim um fogo que eu não conseguia apagar. Ter essa mulher nua embaixo de mim era um objetivo, com toda certeza, mas não era só isso. Eu precisava entender o que era.

— Não quero ser babaca, mas tenho sexo sempre que quero, quase com todo mundo. Não tem a ver com isso.

— Tem a ver com o que, então?

— Não sei bem — respondi com sinceridade. — Mas quero descobrir.

Ela ficou em silêncio por alguns segundos, depois tive a impressão de que recuava.

— Preciso desligar.

— Foi alguma coisa que eu disse?

— Só preciso desligar.

— Tudo bem. Quando a gente se fala de novo?

— Não sei.

E desligou.

Soraya Venedetta desligou na minha cara. Senti o impulso de ir atrás dela me dominar.

Segura a onda, Graham.

Meu estômago roncou, e me dei conta de que aquela incompetente da Lynn não havia voltado com meu sanduíche e o café.

Fui até a recepção e perguntei:

— Onde se meteu minha secretária? Ela já devia ter voltado com meu almoço.

— Lamento, mas ela avisou à agência que não vai voltar.

Que maravilha.

Eu estava com dor de cabeça por falta de cafeína. Voltei à minha sala e peguei o paletó, depois saí para ir à lanchonete na mesma rua.

Abri o laptop em cima da mesa e tive uma ideia brilhante. Acessei o site "Pergunte a Ida" e decidi mandar uma pergunta na esperança de ela ser lida por Soraya. Comecei a digitar.

> **Querida Ida,**
> Tem uma mulher que eu não consigo tirar da cabeça. Ela me mandou mensagens com fotos dos seios, das pernas e da bunda, mas não quer me encontrar pessoalmente. A única razão que me ocorre é ela ser muito feia e ter medo de mostrar o rosto. Como posso convencê-la a me encontrar e entender que nem todos os homens são superficiais como ela parece acreditar que são? – Engomadinho Metido, Manhattan

Rindo, fechei o laptop e terminei de comer meu sanduíche de pastrami no pão de centeio. Essa mulher estava me fazendo até comer mal. Dei alguns telefonemas de trabalho e liguei para a casa de repouso para saber de Meme antes de abrir o computador de novo. Tinha uma resposta do "Pergunte a Ida" na minha caixa de entrada.

> *Querido Engomadinho Metido,*
> *É possível que você tenha tirado a conclusão errada. Não há evidências que sugiram que essa mulher é feia. Talvez ela só não esteja interessada em você. Talvez você deva olhar no espelho e pensar que uma personalidade feia é muito mais desinteressante do que um rosto feio jamais poderia ser.*

Joguei a cabeça para trás e ri, impressionado com a presença de espírito dessa mulher. Aquela boca... Eu mal podia esperar para transar com ela. Além de ser divertida, honesta, linda, sexy e diferente de todo mundo com quem eu já havia estado, uma parte dela parecia vulnerável e discreta. Eu queria saber mais sobre por que ela sentia medo de mim. Esse tipo de curiosidade não era característica minha, de jeito nenhum. Embora fosse inquietante, minha necessidade de conhecê-la se sobrepunha a todo o resto.

* * *

Sentar diante dela no trem sem devorá-la com os olhos era uma forma de arte. Como um ventríloquo que dá voz a um boneco sem mover os lábios, eu precisava encará-la sem que ela notasse.

Nessa manhã em particular, era um grande desafio ser sutil, não só porque ela estava uma delícia, mas porque não estava sozinha. Um homem muito tatuado que parecia ser mais o tipo dela que eu estava sentado a seu lado. Os dois conversavam e riam, e eu só queria quebrar o pescoço fino do cara.

Meu sangue realmente começou a pulsar quando ele se inclinou e a beijou. Não consegui ver se foi no rosto ou nos lábios, porque só podia dar umas espiadas rápidas. Então ele se levantou e desembarcou, e ela ficou.

O ciúme que antes espreitava abaixo da superfície agora me cegava. Era tão ofuscante que nem estava pensando direito quando digitei a mensagem.

Quem é ele?

Ela ficou congelada por um instante antes de olhar para mim lentamente. A pele pálida agora estava branca. Ela levantou a cabeça e me encarou. Sabia que era eu.

Sempre soube que pegávamos o mesmo trem?

Pensei um pouco mais nisso. Sem nenhuma hesitação, seus olhos encontraram os meus como se ela soubesse exatamente para onde olhar.

Havia passado esse tempo todo fingindo não saber quem eu era.

Ela devia ter procurado minha foto on-line. Não conseguia imaginar de que outro jeito ela poderia saber que era eu, mas isso não tinha mais nenhuma importância. Tudo que importava era que agora eu estava frente a frente com a mulher que havia invadido minha cabeça, meu corpo e minha alma desde o momento em que abriu a boca para falar naquele interfone.

Minha parada era a próxima, mas eu não ia descer. Bem, na verdade, eu estava interessado em outra coisa: esse concurso de encaradas altamente tenso. Percebi que ela também estava descobrindo que eu sabia quem ela era.

De repente, ela levantou. Provavelmente, ia descer na próxima parada. Eu a segui, andei até a porta e parei atrás dela. Ela olhava para mim pelo reflexo na porta de vidro. Minha boca se abriu num sorriso pretensioso. Eu era como um gato que finalmente encurralava seu ratinho. Uma sugestão de humor passou por sua expressão.

Quando as portas abriram, eu a segui, andando ao seu lado em silêncio. Nós dois caminhávamos muito devagar, sem saber para onde ir ou o que fazer. Quando o movimento diminuiu e as pessoas desapareceram além da escada rolante para o andar de cima, ficamos quase sozinhos na plataforma do trem. Com um movimento repentino, eu a segurei pela cintura e a forcei a se virar e olhar para mim.

O peito de Soraya arfava, e senti seu corpo tremendo. Meu coração batia acelerado. Saber que eu causava esse tipo de efeito sobre ela era surpreendente, excitante. Muito excitante.

O cheiro de sua pele maquiada estava praticamente me inebriando. Isso e a proximidade do corpo junto ao meu me deram uma ereção fenomenal. Eu me sentia como um adolescente prestes a sujar a calça de um terno de três mil dólares.

Quando me aproximei lentamente, ela recuou em direção a um grande pilar de concreto. Eu a prendi contra o concreto e segurei seu rosto entre as mãos, depois cobri sua boca com a minha. Ela abriu os lábios, e minha língua ávida entrou procurando a dela. Tudo desapareceu à minha volta. O som de rendição que ela deixou escapar em minha boca me incentivou a aprofundar o beijo. Os seios quentes e fartos eram como um cobertor elétrico em meu peito. O metal frio de sua língua em contato com o calor da minha provocou espasmos que percorreram meu corpo. Se não estivéssemos em público, eu nem poderia me imaginar interrompendo o beijo. Não havia nada que eu quisesse mais do que possuir essa mulher ali mesmo, na plataforma do trem.

Ela me empurrou e pigarreou.

— Como soube que era eu?

Acariciei seu lábio inferior com o polegar.

— Não vou responder enquanto não me disser quem era aquele cara te beijando.

— Aquilo não foi um beijo. Foi um beijinho no rosto. Era meu amigo, Tig. Ele me encontrou para um café hoje cedo.

— Amigo, é?

— Ele é casado. A esposa dele também é minha amiga.

— Então não rola nada?

— Não, mas, se rolasse, eu não teria que te dar satisfação. — Ela limpou a boca, que ainda devia estar sensível depois do meu ataque. — Então, como soube que era eu?

— A pena no seu pé, gênio. Seus pés apareciam na foto das pernas. Usei a tatuagem para te identificar. Estou te observando há dias. E você, pelo jeito, estava fazendo a mesma coisa comigo.

Ela não negou que sabia quem eu era o tempo todo.

Aproximei a boca da dela.

— Gostou do que viu? Por isso continuou mandando mensagens? Quando percebi que era você, fiquei impressionado com sua beleza.

— Então, toda aquela conversa sobre achar que eu podia ser feia foi...

— Uma tremenda bobagem. Tenho uma atração incrível por você, Soraya. E seu corpo está me dizendo que sente a mesma coisa por mim.

— Não importa o quanto você é bonito. É um ser humano perigoso.

— Não tem ideia de quanto sou perigoso quando quero alguma coisa. Nada me faz parar até conseguir. E nesse momento não tem nada que eu queira mais do que você. Mas, se puder me dizer com toda honestidade que não tem nenhum interesse por mim, eu vou embora, e você nunca mais vai ouvir falar de mim. Se essa sua tremedeira quer dizer alguma coisa, você está sentindo exatamente a mesma coisa.

— Não *quero* me sentir assim por um cara como você.

Ouvir essa declaração foi um verdadeiro balde de água fria. Que tipo de ser humano ela achava que eu era? Podia tratar as pessoas como lixo de vez em quando, mas não era nenhum criminoso, pelo amor de Deus.

— Vou falar uma coisa, Soraya. Posso não ser o homem mais legal do planeta nem o mais adequado para você. Na verdade, sei que não sou. Mas você não pode negar o que está acontecendo entre nós. Só tem um fim para isso.

— Qual?

— Eu dentro de você, bem fundo.

— Isso não pode acontecer.

— Toda noite, sonho com essa porra de piercing na língua girando em volta do meu pau. Só consigo pensar em você. Na verdade, você era tudo em que conseguia pensar antes mesmo de saber que é linda. Mas depois que isso aconteceu, entreguei os pontos. — Acariciei seu rosto de novo. — Passa um tempo comigo.

— Se eu disser que não quero transar com você, ainda vai querer me ver?

Fechei os olhos por um instante, depois os abri e disse:

— Eu vou respeitar.

— Já me magoaram muitas vezes. Jurei nunca mais me entregar a ninguém desse jeito, a menos que tenha certeza das intenções do cara. Se quer passar um tempo comigo, vai ser sem sexo. Quer conversar comigo? Tudo bem. Quer me conhecer? Tudo bem. Mas vai parar por aí. É isso mesmo que quer?

— Eu quero tudo, mas aceito o que puder ter... por enquanto.

— E quando isso vai acontecer?

— Hoje à noite. Vou te buscar, e vamos sair para fazer alguma coisa que não envolva um corpo em decomposição na sala ao lado.

— Você é um romântico.

— Estou aceitando essa coisa de não rolar sexo, mas escreve o que vou dizer: quando chegar a hora, não vou ser eu quem vai implorar por isso.

* * *

Durante o restante do dia, a perspectiva de vê-la mais tarde me consumiu. Para passar o tempo de espera angustiante, decidi escrever para "Pergunte a Ida".

> **Querida Ida,**
> **Estou saindo com uma mulher que deixou claro que não quer fazer sexo comigo. Mas é o seguinte: ela não sabe o que está perdendo. Acha que tem alguma coisa que eu possa fazer para ela mudar de ideia? – Engomadinho Metido, Manhattan**

Cerca de uma hora mais tarde, a resposta chegou na minha caixa de e-mails.

> *Querido Engomadinho Metido,*
> *Tenho a sensação de que presume, talvez, que todas as mulheres do mundo querem abrir as pernas para você. Estou achando que tem um motivo para essa mulher sentir que fazer sexo com você seria prejudicial ao bem-estar dela. Tente conhecê-la por um tempo, dê a ela uma razão para confiar em você. Prove que está interessado. Enquanto isso, VOCÊ devia tomar uma ducha fria. Parece que vai precisar.*

CAPÍTULO 7
Soraya

Soraya: Onde vamos?

Eu havia saído do trabalho uma hora mais cedo para me arrumar. Mais de metade das minhas roupas estavam empilhadas em cima da cama. Normalmente, eu me vestia de acordo com o humor. Não era muito detalhista. Para mim, estilo é uma expressão da personalidade, não é seguir as últimas tendências das passarelas ou de uma das Kardashians. Portanto, estava apavorada por já ter experimentado dez combinações diferentes.

Graham: A um restaurante, infelizmente. A menos que você tenha mudado de ideia. Se decidir que prefere que o banquete seja você na minha casa, estou mais que pronto para mudar os planos.

Se fosse outra pessoa, os comentários pervertidos já teriam me irritado. Mas, por alguma razão, Graham me fazia sorrir. Minha resposta para os convites dele eram sempre tirar uma onda com a cara dele.

Soraya: Na verdade, talvez eu tenha mudado de ideia.

Graham: Dá seu endereço. Ainda estou no escritório, mas chego aí em dez minutos, seja onde for sua casa.

Eu ri da resposta desesperada. Por mais que o julgasse presunçoso, havia algo muito encantador na honestidade com que ele demonstrava o desejo de estar comigo. Normalmente, para um cara como ele, demonstrar desespero era sinal de fraqueza. Isso quase me fazia sentir mal por brincar com ele. *Quase.*

Soraya: Estava falando sobre sairmos hoje à noite. Não sei se é uma boa ideia.

Graham: Bobagem. Se não aparecer, pode me esperar batendo na sua porta.

Soraya: Você nem sabe onde eu moro.

Graham: Sou um homem de muitos recursos. Paga para ver.

Soraya: Tudo bem. Eu vou. Mas você só me deu um endereço. Onde vamos? Preciso saber o que vestir.

Graham: Vai como está vestida agora.

Olhei para baixo.

Soraya: Um sutiã e calcinha de renda cor-de-rosa? Aonde vai me levar? A uma boate de strip?

Ele demorou uns cinco minutos para responder.

Graham: Não me fala essas merdas.

Soraya: Não gosta de rosa?

Graham: Ah, eu gosto. A cor vai ficar linda marcada na forma da minha mão na sua bunda, se não parar de me provocar.

Agressão física não era uma coisa que eu considerasse excitante. Não *era*. Mas pensar nele batendo na minha bunda fez meu corpo vibrar. Eu estava ficando excitada com uma mensagem de texto. *Jesus. Esse homem era perigoso.* Eu precisava de um tempo, por isso joguei o celular em cima da cama e voltei a vasculhar o armário. Achei um vestidinho preto que havia empurrado para o fundo do closet. Comprei-o para ir a um funeral. Dei risada ao pensar que devia tê-lo usado no encontro com Aspen. Quando o tirei do cabide, meu celular avisou que eu tinha uma nova mensagem.

Graham: Você parou de responder. Deve estar ocupada imaginando minha mão batendo nessa bunda linda.

O homem tinha uma capacidade sobrenatural de transformar uma pergunta simples em sacanagem.

Soraya: Estou ocupada tentando escolher uma roupa. O que me leva de volta à pergunta original da minha primeira mensagem. Aonde vamos?

Graham: Fiz reserva no Zenkichi.

Soraya: No Brooklyn.

Graham: É. No Brooklyn. Só tem um. Você disse que morava lá, e como recusou minha carona, escolhi um lugar perto da sua casa.

Soraya: Uau. Legal, ótimo. Queria mesmo conhecer esse restaurante. Mas do seu escritório, chegar lá é meio pé no saco.

Graham: Bem adequado. Já que você é um pé no meu saco. A gente se encontra lá às sete.

A estação de metrô ficava a um quarteirão e meio do restaurante. Quando virei na esquina, tinha um carro preto parando na frente dele. Não sei por que, mas me escondi em uma soleira para ver a pessoa que ia sair do carro. Um pressentimento me dizia que era Graham.

Minha intuição estava certa. Um motorista uniformizado desceu e abriu a porta de trás, e Graham desceu do carro. *Caramba, o homem exalava poder.* Ele usava um terno caro diferente daquele em que o vi de manhã. O caimento não deixava dúvida: foi feito sob medida. Mas não era o terno elegante e caro que dava a ele o ar de supremacia. Era como *ele* usava o terno. Ele estava em pé na porta do restaurante, alto e confiante. Seu peito era largo, os ombros projetados para trás, as pernas afastadas e plantadas no chão com firmeza. Ele olhava para a frente, não mexia no celular nem olhava para os pés a fim de evitar contato visual. Uma das mãos estava no bolso da calça, o polegar do lado de fora. *Eu gostava daquele polegar do lado de fora.*

Esperei alguns minutos, e quando ele olhou para o outro lado, saí do meu esconderijo. Quando ele se virou e me viu, eu me senti meio acanhada. O jeito como ele observava cada passo que dava me fazia querer correr para o outro lado, mas eu também gostava da intensidade daquele olhar. *Muito.* Controlei o nervosismo, caprichei no balanço do quadril e decidi que não seria um rato para esse gato. Eu seria o cachorro.

— Graham. — Acenei com a cabeça quando parei diante dele.

— Soraya. — Ele imitou meu gesto e o tom meio profissional.

Ficamos nos encarando na calçada, a uma distância segura, pelo minuto mais longo da história dos minutos. Depois ele resmungou:

— Foda-se. — E deu um passo em minha direção, agarrou meu cabelo, puxou minha cabeça para trás e devorou minha boca.

Por uma fração de segundo, tentei resistir. Mas eu era um cubo de gelo tentando enfrentar o calor do sol. Era impossível. Em vez disso, derreti sob sua luz ofuscante. Se ele não tivesse usado a outra mão para segurar minha cintura, eu provavelmente teria caído no chão. Minha cabeça queria resistir, mas meu corpo não conseguia. *Traidor.*

Quando finalmente encerrou o beijo, ele falou com a boca sobre a minha.

— Resista quanto quiser, um dia você vai implorar. Escreva o que eu digo.

A arrogância me fez recuperar a razão.

— Você é muito cheio de si.

— Preferia estar enchendo você.

— Porco.

— O que isso diz de você? Está molhada por um porco.

Tentei me soltar do braço em volta da minha cintura, mas isso só o fez me segurar com mais força.

— Não estou molhada.

Ele levantou uma sobrancelha.

— Só tem um jeito de confirmar.

— Sai de perto, Morgan.

Graham deu um passo para trás e levantou as duas mãos em um gesto de rendição. Havia um brilho debochado em seus olhos.

O interior do Zenkichi era escuro, diferente do que eu esperava. Uma japonesa em trajes tradicionais nos levou por um longo corredor projetado para criar a sensação de espaço aberto. A passarela era revestida de pedras e ardósia, como uma alameda de um jardim asiático. Dos dois lados havia bambus altos e lanternas. Passamos por um grande salão, mas a *hostess* continuou andando. No fim do corredor, ela nos acomodou em uma área privada, fechada por cortinas grossas e luxuosas. Depois de anotar o pedido das bebidas, ela apontou uma campainha na mesa e avisou que não seríamos incomodados, a menos que chamássemos. Depois desapareceu e fechou as cortinas. Eu me senti como se fôssemos as duas únicas pessoas no mundo, em vez de clientes de um restaurante cheio e caro.

— É bonito. Mas estranho — comentei.

Graham tirou o paletó e se acomodou de um lado da mesa com um braço casualmente apoiado no encosto do sofá.

— Combina.

— Está dizendo que sou estranha?

— Nós vamos brigar, se eu disser que sim?

— Provavelmente.

— Então, sim.

Franzi a testa.

— Quer brigar comigo?

Graham afrouxou a gravata.

— Descobri que isso me excita.

Dei risada.

— Acho que você precisa de terapia.

— Depois dos últimos dias, acho que pode estar certa.

A garçonete trouxe as bebidas. Ela deixou um copo alto e largo na frente dele, e uma taça de vinho na minha frente.

Graham tinha pedido Hendrick's e tônica.

— Gim-tônica é bebida de velho — falei antes de provar o vinho.

Ele girou o gelo dentro do copo, depois o levou aos lábios e olhou para mim por cima da borda antes de beber.

— Não esqueça o que discutir comigo provoca. Talvez queira dar uma olhada embaixo da mesa.

Arregalei os olhos.

— Mentira.

Ele sorriu e levantou uma sobrancelha.

— Dá uma olhada. Sei que está doida para espiar.

Depois de terminarmos as bebidas e parte do meu nervosismo desaparecer, finalmente tivemos a primeira conversa de verdade. Uma conversa que não envolvia sexo e piercings na língua.

— Quantas horas por dia você trabalha naquele seu escritório enorme e chique?

— Normalmente, chego às oito e tento sair às oito.
— Doze horas por dia? São sessenta por semana.
— Sem contar os fins de semana.
— Trabalha nos fins de semana também?
— No sábado.
— Seu único dia de folga é o domingo?
— Na verdade, às vezes trabalho no domingo à tarde.
— Isso é loucura. Quando tem tempo para se divertir?
— Eu gosto do meu trabalho.
Bufei.
— Não foi a impressão que tive quando estive lá naquele dia. Todo mundo parece ter medo de você, e todos se recusaram a abrir a porta.
— Estava ocupado. — Ele cruzou os braços.
Fiz a mesma coisa.
— Eu também estava. Mudei minha rotina para levar seu celular pessoalmente, sabe? E você não teve a decência nem de sair da sala para agradecer.
— Não sabia o que me esperava do outro lado da porta, ou teria saído.
— Uma pessoa. Havia uma *pessoa* do outro lado da porta. Alguém que tinha mudado a própria rotina por sua causa. Mesmo se eu fosse uma mulher de sessenta anos, casada e grisalha, você devia ter saído para dizer obrigado.
Ele suspirou.
— Sou um homem ocupado, Soraya.
— Mas está aqui em uma noite no meio da semana, e são só sete horas. Não devia ter trabalhado até as oito, se é tão ocupado?
— Abro exceções quando vale a pena.
— Quanta generosidade.
Ele levantou uma sobrancelha.
— Está querendo olhar embaixo da mesa, é isso?
Não consegui segurar o riso.
— Conta mais sobre você. Além de ser obcecado por trabalho, ter um tremendo complexo de superioridade e gostar de bebidas chiques. Essas coisas eu podia ter deduzido só com as minhas observações no trem.
— O que quer saber?
— Tem irmãos?
— Não. Sou filho único.
Eu resmunguei baixinho: *caramba, essa eu nunca teria imaginado.*
— O que disse?
— Nada.
— E você?
— Uma irmã. Mas não estou falando com ela no momento.

— Por que não?
— Por causa de um encontro às cegas muito ruim.
— Ela marcou um encontro para você?
— Isso.
— Com o cara que te levou ao funeral? Como era o nome dele? Dallas?
— Aspen. Não, não foi com ele. Essa desgraça eu escolhi sozinha. Ela me apresentou a um cara com quem trabalhava. Mitch.
— E não foi legal, imagino...
Eu o encarei.
— Dei um apelido para ele: Mitch Estridentchi e Sua Coceira Persistentchi.
Ele riu.
— Não sugere nada muito bom.
— Não foi.
Ele me encarou.
— E eu vou ter um apelido amanhã?
— Você quer um?
— Não se for alguma coisa como Mitch Estridentchi e Sua Coceira Persistentchi.
— Tem alguma sugestão?
Ele pensou por uns trinta segundos.
— Morgan Lindão do Órgão Grandão?
Revirei os olhos.
— Pode confirmar a informação olhando embaixo da mesa quando quiser. — Ele piscou.
Continuei tentando conhecê-lo, embora todos os caminhos levassem ao meio de suas pernas.
— Tem animais de estimação?
— Um cachorro.
Lembrei do cachorrinho que vi quando xeretei as fotos em seu celular e perguntei:
— Que tipo de cachorro? Você tem jeito de quem tem um cão enorme e assustador, tipo um Dogue Alemão ou um Mastim Napolitano. Alguma coisa que represente aquilo que insiste em me convencer a olhar embaixo da mesa. Sabe como é, grande cachorro, grande p...
— O tamanho de um cachorro não é um símbolo fálico — interrompeu ele.
Ah, era o cachorro nas fotos.
— Sério? Acho que li um estudo uma vez que dizia que os homens escolhem inconscientemente o cachorro que representa o verdadeiro tamanho de seu pênis.

— Meu cachorro era da minha mãe. Ela faleceu há doze anos, ele ainda era filhote.

— Sinto muito.

Ele assentiu.

— Obrigado. Blackie é um West Highland Terrier.

— Blackie? Ele é preto? — O cachorrinho na foto era branco.

— Não, é branco.

— Por que Blackie, então? "Pretinho"? Foi só uma piada ou tem algum motivo para o nome?

A resposta dele foi seca.

— Nenhum outro motivo.

Nesse momento, a garçonete serviu nosso jantar. Eu pedi uma entrada de Bonito, basicamente porque o cardápio aconselhava o peixe somente para os mais aventureiros. E Graham pediu sashimi. Os dois pratos eram quase obras de arte.

— Odeio comer isso. É tão lindo!

— Eu tenho o problema contrário. É tão lindo que mal posso esperar para comer. — O sorriso insinuava que o elogio não tinha nada a ver com o peixe diante dele.

Eu me ajeitei no assento.

Começamos a comer. Meu prato era incrível. O peixe literalmente derretia na boca.

— Hum... muito bom.

Graham me surpreendeu ao estender a mão e espetar o garfo em um pedaço do meu peixe. Ele não parecia ser o tipo de pessoa que dividia comida. Eu o vi engolir e assentir com ar de aprovação. Depois peguei um pouco do sashimi dele. Graham sorriu.

— Então, já me contou sobre o Mitch Coceira e sobre o Garoto Funeral. Você namora muito?

— Não muito. Mas já conheci minha cota de babacas.

— Todos eram babacas?

— Não, nem todos. Alguns eram legais, mas não rolou.

— Não rolou? Como assim?

Dei de ombros.

— Não senti *aquela coisa* com eles. Sabe? Nada mais que amizade.

— E tem mais encontros marcados na sua agenda imediata?

— Agenda imediata? — Bufei de um jeito meio indelicado. — Você vai da sacanagem ao tom de professor universitário esnobe com uma tremenda facilidade.

— Isso incomoda?

Pensei um pouco antes de responder.

— Não diria isso. Mas me diverte.

— Eu sou divertido?

— Ah, você é.

— Tenho certeza de que nunca me chamaram de divertido.

— Aposto que é porque muita gente só vê o babaca que você mostra.

— O que sugere que, na verdade, sou mais que um babaca?

Eu o encarei quando respondi:

— Por alguma razão, eu acredito nisso. Acho que é mais que um babaca com um jeitão sexy.

— Você me acha sexy. — Ele sorriu satisfeito.

— É claro que sim. Olha para você. Tem espelho em casa, não tem? Já deve ter percebido. Não deve ser difícil ocupar as noites da sua *agenda imediata*.

— Você é sempre assim, *toda engraçadinha*?

— Quase sempre.

Ele balançou a cabeça e resmungou alguma coisa.

— Falando em agenda imediata, não quero mais nenhum outro cara na sua. Além de mim, é claro.

— Estamos na metade do nosso primeiro encontro, e está exigindo, não pedindo, que eu não saia com outras pessoas?

Ele se ajeitou no sofá.

— Você disse que não vai transar comigo. Que vamos sair e nos conhecer. Isso ainda está valendo?

— Sim.

— Bom, se não vou transar com você, ninguém mais vai.

— Que romântico.

— Para mim, isso é inegociável.

— E vale para você também? Não vai sair com mais ninguém?

— É claro que vale para mim.

— Vou pensar.

Ele levantou as sobrancelhas.

— Precisa pensar nisso?

— Preciso. Eu aviso quando tiver uma resposta. — Sem sombra de dúvida, essa era a primeira vez que Graham J. Morgan não impunha sua decisão a uma mulher.

Horas mais tarde, meu celular vibrou dentro da bolsa. Era Delia perguntando se estava tudo bem. Ela sabia que eu estava em um primeiro encontro. Mandei uma mensagem rápida para avisar que estava segura e olhei que horas eram. Passamos mais de três horas sentados no restaurante. E essa era a primeira vez que eu pensava no celular.

— Você estava certo sobre uma coisa.
— Seja mais específica, costumo acertar sobre a maioria das coisas.
Balancei a cabeça.
— Eu aqui pensando em fazer um elogio, e você estraga tudo com sua arrogância.
— Acho que arrogância é quando você tem uma noção exagerada de suas capacidades. Eu não exagero. Sou realista.
— Engomadinho Metido é um apelido perfeito para você, não é?
Ele me ignorou e perguntou:
— O que ia elogiar?
— Reconhecer, na verdade. Quando trocamos mensagens durante meu encontro no funeral, você disse que, se eu estivesse com você, nem ia querer saber onde estava meu celular. Até ele vibrar agora, eu nem tinha percebido que não o tirei da bolsa.

Isso o agradou. Um pouco mais tarde, Graham pagou a conta, e eu fui ao banheiro. Enquanto me retocava, percebi que não queria que o encontro acabasse. Pensar nisso causou um sentimento quase melancólico que me surpreendeu.

Estacionado do lado de fora do restaurante, o carro preto de Graham nos esperava. Ele devia ter ligado para o motorista quando fui ao banheiro.
— Se não vai para casa comigo, faço questão de te deixar em casa, pelo menos.
— O metrô fica logo depois da esquina. Não tem problema.
Ele me encarou irritado.
— Dá um tempo, Soraya. É só uma carona, não vai ter que sentar no meu pau. E acho que já deve ter percebido que não sou um assassino em série.
— Você é muito grosseiro.
Ele tocou a parte de baixo das minhas costas e me guiou para a porta aberta do automóvel. Eu não resisti. Graham estava certo, estava sendo teimosa, e ele havia concordado com todas as minhas condições. Alguma coisa me dizia que essa flexibilidade toda era rara nesse homem.

Quando chegamos ao prédio onde eu morava, Graham me acompanhou até a porta.
— Quando te vejo de novo?
— Bom, amanhã é sábado, então, acho que segunda no trem.
— Vamos jantar amanhã de novo?
— Tenho um compromisso.
Sua mandíbula ficou tensa.
— Com quem?

Nós nos encaramos em silêncio por um longo instante. O olhar dele era duro. Quando nenhum de nós cedeu por mais alguns instantes, ele resmungou *Cristo* e, antes que eu percebesse o que ia acontecer, minhas costas encontraram a parede e a boca dele estava sobre a minha.

Ele me beijou como se quisesse me comer viva. Antes de encerrar o beijo, segurou meu lábio inferior entre os dentes e puxou. Com força. Com os lábios vibrando contra os meus, disse:

— Não me tira do sério, Soraya.

— Por quê? O que vai fazer?

— Vou reagir. E estou tentando não fazer isso com você.

Ele era honesto, e percebi que devia valorizar essa atitude.

— Vou à casa da minha irmã. É aniversário da minha sobrinha. É isso que vou fazer amanhã à noite.

Ele assentiu.

— Obrigado.

Precisei de toda minha força de vontade para entrar e fechar a porta. Apoiei as costas nela, sem conseguir lembrar a última vez em que me senti tão incomodada e excitada. Talvez nunca. Sua boca era um pecado. Pensar no que ele podia fazer com aquela língua pervertida em *outras* partes do meu corpo me mantinha em um estado de excitação que beirava a loucura. Porém era mais que isso. Seu jeito de ser dominador e controlador, mas exercitar o controle para respeitar minha vontade, era a coisa mais sexy que já tinha visto. O homem despertava algo que estava adormecido dentro de mim. Eu precisava de uma taça de vinho e um orgasmo. Não necessariamente nessa ordem. Se eu queria me manter firme na decisão de nos conhecermos e não transarmos, tomar as coisas em minhas mãos era absolutamente essencial.

No quarto, tirei toda a roupa. Eu não dormia nua todas as noites, mas hoje era uma noite de nudez, com toda certeza. Quando deitei na cama, meu celular tocou.

— Sexo por telefone pode? — A voz de Graham era grossa e cheia de desejo. Meu corpo, que havia esfriado um pouco desde que o deixei do outro lado da porta, esquentou de novo imediatamente. A voz de Graham podia apressar as coisas para mim. Mas...

— Não tem sexo. Isso inclui todas as formas. Com penetração, oral, por telefone.

Ele gemeu.

— *Oral.* Meu Deus, quero sentir seu gosto. E sentir o metal na sua língua no meu pau. Você não tem ideia de como foi difícil me controlar hoje à noite todas as vezes que vi o brilho do piercing quando você falava. Era como se estivesse me provocando a cada palavra. Como você está vestida, Soraya?

Aquela voz. Eu precisava gravá-la falando *como você está vestida, Soraya?* para poder ouvi-la no modo de repetição sempre que precisasse satisfazer minhas necessidades.

— Na verdade, não estou vestida. Acabei de tirar a roupa e me deitar.
— Você dorme nua?
— Às vezes.
Ele gemeu.
— Toque seu corpo.
— É o que pretendo fazer. Mas acho que hoje vou precisar das duas mãos. Portanto, vou desligar primeiro.
— Por quanto tempo vai me deixar maluco, Soraya?
— Boa noite, Graham. — Desliguei sem esperar a resposta. Embora meu corpo doesse de verdade pelo homem, ainda não estava preparada para abrir essa porta para ele. Mesmo que nesse momento, enquanto deslizava a mão pelo corpo sozinha na cama, só conseguisse pensar: *Meu Deus, queria que fosse a mão dele.*

CAPÍTULO 8

Graham

Não tive notícias dela durante o dia todo no sábado, e nem esperava. Soraya Venedetta estava decidida a me enlouquecer. Nunca passei por essa experiência antes. Havia perseguido de maneira incansável empreendimentos que queria realizar, persistido até convencer o outro lado a ceder a uma proposta irrecusável. Mas perseguir uma mulher era novidade para mim. Sim, algumas me fizeram insistir para conseguir um primeiro encontro. Mas no fim da noite, eu não tinha a menor dúvida do que as fazia vibrar. Elas queriam vinhos e jantares, elogios, uma conexão comercial, um determinado estilo de vida. Não era difícil descobrir. *Até agora.*

O que faz você vibrar, Soraya Venedetta?

Quanto mais a mulher me enfurecia, mais eu a queria. Às dez da noite, não consegui mais resistir. Estava me transformando em um chorão ressentido.

Graham: Como foi a festa?

Ela respondeu alguns minutos mais tarde. Senti certa tranquilidade por ela não estar tão fascinada com algum novo conhecido a ponto de esquecer o celular.

Soraya: Estou no trem a caminho de casa. Eu já contei que não gosto de palhaços.

Graham: Não. Mas acho que essa fobia é bem comum.

Soraya: Minha sobrinha monstrinho não ficou assustada. Faz sentido. O que fez hoje?

Eu estava sentado sozinho na sala de casa com pilhas de documentos espalhados sobre a mesinha de centro e um conhaque na mão. Hoje havia sido um dia de catorze horas. Toda vez que eu pensava em entrar em contato com ela, enfiava o nariz no trabalho de novo. Meus olhos desistiram antes da minha vontade.

Graham: Trabalhei até tarde.

Soraya: É aquela velha história... só trabalho e nenhuma diversão...

Graham: Faz do Graham um cara rico.

Soraya: Talvez. Mas de que adianta ser rico, se não tem tempo para curtir seu dinheiro?

Esvaziei o copo com um gole só. Tinha escutado essas mesmas palavras vezes demais para contar. *Da minha avó.*

Graham: Pensou no que eu perguntei?

Soraya: Está falando da minha agenda imediata?

Engraçadinha. Pensar que ela havia saído hoje à noite sem se comprometer a não sair com outras pessoas estava me deixando doido. Ontem, falei para ela que isso era inegociável. Naquele momento, estava tentando pressioná-la a tomar uma decisão do tipo tudo ou nada a meu favor. Mas depois das últimas vinte e quatro horas, tinha certeza de que nunca conseguiria manter um relacionamento aberto com essa mulher. Normalmente, era eu quem evitava compromissos. O feitiço virou contra o feiticeiro, acho.

Graham: Estou.

Soraya: Tenho uma proposta. Você vai comigo a um evento social que eu escolher, eu vou com você a um evento social que você escolher. Se ainda quiser exclusividade depois disso, eu topo.

O que ela estava pensando? Que conviver com os amigos dela me faria perceber que éramos muito diferentes e que um relacionamento nunca poderia dar certo? Ou era o contrário? Ela não se adaptaria ao meu estilo de vida? Evidentemente, superestimava a importância que dou ao que as pessoas pensam nos dois casos.

Graham: Isso é totalmente desnecessário, mas, se te faz feliz, eu topo. Quando vai ser esse evento social?

Soraya: Na quinta-feira à noite. Tig e Delia vão fazer uma festa no estúdio de tatuagem. É aniversário de um ano do estúdio.

Graham: O meu é sexta à noite. O Pink Ribbon Gala no Met. É um evento beneficente anual que eu apoio.

Soraya: Um baile de gala, é? Vou ter que tingir as pontas do cabelo para combinar com meu vestido elegante.

Graham: Temos um encontro?

Soraya: Dois encontros.

Naquela noite, dormi melhor que na semana anterior inteira. Como sempre, na tarde de domingo fui visitar minha avó. Ela me fazia levá-la para fazer compras e depois preparava um dos meus pratos favoritos. Geralmente, essa era minha única refeição caseira da semana.

Segunda de manhã, acordei cedo e corri onze quilômetros, em vez dos sete habituais. Quando estava a caminho da estação de trem, percebi o quanto estava ansioso para ver Soraya. Quando o trem saiu da estação em que ela embarcava sem que tivesse entrado, fiquei de mau humor e liguei para minha secretária para ditar a lista de coisas que ela tinha que fazer antes de eu chegar. Sabia que não era possível fazer tudo, mas pelo menos teria uma desculpa para descarregar minha frustração em alguém.

Naquele dia, eu estava especialmente azedo. Às cinco da tarde, me peguei escrevendo outra vez para o "Pergunte a Ida".

> Querida Ida,
> Tem uma mulher que espero ansioso para ver no trem todos os dias. Hoje de manhã ela não estava lá. Acho que pode estar me evitando de propósito porque não consegue mais resistir à atração sexual que sente por mim e tem medo de ceder e me deixar fazer tudo que eu quiser com ela. Como posso ter certeza? – Celibatário em Manhattan.

Vinte minutos mais tarde, a resposta chegou à minha caixa de e-mails.

> *Querido Celibatário,*
> *Segura sua onda. Diferente do que você parece pensar, o mundo não gira em torno do seu umbigo. Talvez essa mulher tenha tido uma consulta com o médico para pegar a receita nova de anticoncepcional. Coisa que um homem celibatário como você pode entender, isto é, se algum dia tiver a oportunidade de quebrar esse voto de castidade. Talvez deva pegar outro trem por um tempo. Melhor ainda, marque uma consulta com seu médico para fazer uns exames. Pensando na remota possibilidade de ter alguma chance com essa mulher misteriosa do trem, é melhor estar preparado.*

Eu já havia passado o dia inteiro pensando em por que ela não estava no trem de manhã. *Que maravilha.* Agora não ia conseguir pensar em mais nada que não fosse estar dentro dela, a noite toda.

* * *

Soraya não pegou o trem nos dois dias seguintes. Eu tinha a sensação de que ela havia decidido me evitar até nosso próximo encontro. Felizmente, hoje era a noite da festa no estúdio de tatuagem. Caso contrário, eu poderia perder a cabeça.

Estava quase explodindo em vários sentidos. Não controlava as emoções e não me sentia mais saudável guardando tudo isso. Só havia uma pessoa em quem podia confiar para falar de detalhes da minha vida pessoal. Normalmente, nunca ligava para minha avó durante a semana, mas, por alguma razão, sentia que precisava dela para me orientar e impedir que eu fosse um completo babaca durante a noite. Empurrei para o lado a pilha de papéis sobre a mesa e peguei o telefone. Ouvi três toques antes de ela atender.

— Graham? Tudo bem?
— Tudo bem, Meme.
— Você nunca me liga na quinta-feira.
— Eu sei.
— O que está acontecendo? Parecia preocupado no domingo. Algum problema?
— Nenhum problema.
— O que é, então?

Respirei fundo e fui direto ao ponto.

— Eu sou uma pessoa ruim?
— Que pergunta é essa?
— Tem uma... mulher com quem estou saindo. Acho que ela não confia em mim. E estou pensando se tem uma razão para isso. Talvez eu não seja bom para ela. Talvez não seja bom para ninguém.

Meme nunca foi de medir as palavras. Ela deu risada e respondeu:

— Você tem essa tendência de ser meio cretino, meu amor. Mas pelo que me conta, isso faz parte do seu trabalho. Lidar com uma mulher, no entanto, é outra história. E você certamente conhece bem essa história...

— Aí é que está. Conheço... mas essa mulher é diferente. Eu a *sinto* de um jeito diferente. Não sei nem como explicar. Não faz sentido nenhum, na verdade. Não temos nada em comum. Ela é do Brooklyn... italiana, cabeça quente, uma bala de canhão com cabelo colorido. Ela me desafia. Às vezes é até cruel. Mas... eu não me canso dela. E sei que ela não confia em mim. Não sei como me aproximar mais.

Meme bufou:

— Se quer *se aproximar*... isso significa que ela não deixou você fazer tudo que quer?

— Ela não permitiu nada nesse sentido.

— Você não está acostumado com as mulheres que mantêm as pernas fechadas. Existem coisas como uma mulher que se respeita, sabe? Acho que gosto dessa garota.

Suspirei no telefone enquanto ela continuava.

— Leva um tempo para enxergar as pessoas como elas são de verdade. Você precisa ser você mesmo e ter paciência, e ela vai acabar vendo sua verdadeira essência.

— E se a minha verdadeira essência não for boa para ela? E se eu fizer mal a ela?

— Que bobagem é essa?

— Não sei se ainda sou capaz de amar...

— O fato de estar preocupado com isso, Graham, é um bom sinal. Quando a pessoa certa aparece, todo mundo é capaz de amar. Você se apaixonou por aquela Genevieve, lembra?

Ouvir o nome dela era suficiente para revirar meu estômago.

— E também lembro como acabou.

— Sabe o que eu acho?

— O quê?

— Você se esforça demais para controlar tudo, escolhe intencionalmente as pessoas erradas só para não se machucar. E agora está começando a acreditar que é incapaz de qualquer outra coisa. Está começando a acreditar em suas próprias mentiras.

— Talvez.

— Acho que essa moça... como é o nome dela?

— Soraya...

— Soraya... hum... bonito.

Fechei os olhos e girei o relógio no pulso.

— Ela é.

— Enfim, acho que essa garota é um toque de despertar para você, uma lição sobre nem sempre termos o controle de tudo. Siga o fluxo. Deixe as coisas acontecerem por conta própria. Desista do controle. Mais importante, porém, pelo amor de Deus, não seja um babaca.

Não consegui segurar uma gargalhada.

— Vou lembrar disso, Meme.

De repente, percebi que Soraya não era a primeira mulher na minha vida a falar as coisas como elas são.

CAPÍTULO 9
Soraya

Evitar Graham nos últimos dias foi muito difícil, mas senti que precisava me afastar, para o meu próprio bem. A verdade era que não confiava em mim mesma. Qualquer pequeno contato poderia me levar ao limite. Já era horrível passar o dia pensando nele e me satisfazer à noite com imagens dele. E até onde sabia, assim que eu cedesse, ele desapareceria. E eu não queria que isso acabasse. Adorava a empolgação de imaginar o que ele diria ou faria, de antecipar o que aconteceria depois. Não podia correr o risco de ceder depressa demais e perder esse sentimento... ou perdê-lo. Odiava essa minha parte que ainda sentia que ele podia sumir assim que fôssemos para a cama.

Mesmo assim, estava preparada para isso acontecer a qualquer momento, porque realmente não confiava em mim perto dele. Embora tivesse jurado que não faria sexo com ele por enquanto, mantinha as pernas depiladas e usava a lingerie mais rendada que tinha. E também mantinha em dia o anticoncepcional.

Misturei suco de laranja e rum na vasilha de ponche que deixamos em cima da mesa de comida montada no estúdio de tatuagem. Delia havia pendurado luzinhas vermelhas de Natal como decoração, embora não fosse fim de ano. Ela preparava os petiscos ao som de Bob Marley. Tig ainda atendia o último cliente nos fundos, antes de fechar o estúdio para a festa. Um bar improvisado havia sido montado em um canto, e nosso amigo Leroy fazia as vezes de barman e DJ.

Eu sentia frio na barriga quando pensava em Graham conhecendo meus amigos. Não conseguia imaginá-lo chegando com seu terno de um milhão de dólares. Seria uma cena engraçada. Eu esperava que Tig e Delia não me considerassem maluca por convidá-lo. Eles já desconfiavam dele por causa das minhas descrições iniciais de sua personalidade radiante. Havia sido difícil recuar e explicar para eles por que, de repente, eu estava encantada com o sr. Grande Babaca. Eles ainda o chamavam por esse apelido.

Eu verificava o celular o tempo todo, e Graham estava cinco minutos atrasado. As pessoas começavam a chegar, mas eu só conseguia pensar nele. Decidi me distrair comendo uns docinhos. Foi quando ouvi a voz de Delia.

— Por favor, diz que o gostosão tipo Clark Kent que acabou de entrar não é o sr. Grande Babaca, porque vou ter que disputar o cara com você.

Meu coração disparou quando vi Graham na porta.

Meu Deus.

Ele estava vestido de um jeito como nunca tinha visto antes. Nada de terno. Ele usava uma camisa polo preta que se ajustava ao peito como uma luva feita para músculos peitorais e um jeans escuro. O cabelo penteado para trás, mas dividido de lado, dava a ele uma aparência mais jovem. E havia os óculos. O estilo intelectual combinava muito com ele. E era perfeito para *mim*. Perfeito até demais.

Meu corpo reagia mais a cada passo que ele dava em minha direção, seu cheiro característico quase me deixava sem fôlego. Enquanto eu tentava me controlar, Graham me abraçou com tranquilidade e encostou a boca no meu pescoço.

— Senti saudade pra caralho, Soraya.

O som abafado das palavras em minha pele foi demais para mim. A noite nem havia começado, e minha calcinha já estava molhada. Eu estava pronta para levá-lo para dentro do armário do depósito.

Jesus. Tenta se controlar.

Os olhos castanhos de Graham mergulhavam nos meus, desciam até meu decote e voltavam. Eu tinha tingido as pontas do cabelo de roxo e usava um vestido da mesma cor para combinar. Ele pegou algumas mechas e puxou de leve, cochichando em meu ouvido.

— Roxo, é?

Pigarreei.

— É.

— Você me falou que vermelho significa raiva. E roxo?

— Qual é a dos óculos?

— Perguntei primeiro.

— Roxo significa confusão ou dilema.

Ele sorriu.

— Sei.

— E os óculos?

— Honestamente, não tenho dormido bem. Estava preocupado com você, mas queria te dar espaço. Quando não durmo bem, meus olhos secam. Os óculos são mais confortáveis que as lentes de contato.

Ficamos ali nos olhando por quase um minuto antes de Delia interromper o momento.

— Ei, se não é o sr. Grande Babaca...

Merda.

Graham arregalou os olhos e estendeu a mão para ela, depois olhou para mim com uma cara debochada.

— Parece que minha reputação me precede. Prefiro acreditar que Soraya escolheu esse apelido para disfarçar o que realmente sente.

— Escolhi esse apelido antes de nos conhecermos... quando eu estava com seu celular.

— Ah, e por que escolheu esse apelido, especificamente?

— Você me lembrou uma versão ainda mais cretina do Mr. Big de *Sex and the City*. Daí sr. Grande Babaca.

Graham enlaçou minha cintura.

— E você seria quem... Samantha vadia?

Olhei para ele com ar surpreso.

— Você assistia a essa série?

— Minha mãe costumava ver.

— Isso é engraçado. — Sorri.

— Agora que me conhece um pouco melhor, ainda lembra desse personagem quando me vê?

— Bom, você tem um motorista. É, acho que existem algumas semelhanças.

Ele franziu a testa.

— Mas não tem *sexo* na nossa cidade, tem?

Quando o encarei de cara feia, ele beijou meu rosto de um jeito brincalhão e deslizou a mão por minhas costas, provocando um arrepio que percorreu meu corpo todo. Essa noite seria longa.

Depois de apresentar Graham para Leory e alguns outros convidados, eu o levei para conhecer Tig. Meu amigo tinha um cigarro no canto da boca quando apertou a mão de Graham.

— Sr. Grande Babaca... como vai?

Graham revirou os olhos.

— Tudo bem. Você deve ser Tig.

— É isso aí, e não sei se Soraya contou, mas ela é como uma irmã para mim. E como ela não tem irmãos de verdade nem um pai que preste para alguma coisa, isso significa que, se a fizer sofrer, vou ser obrigado a quebrar a sua cara. Só queria deixar as coisas bem claras.

Graham assentiu lentamente.

— É bom saber que cuida dela.

— Fico feliz por estarmos entendidos. — Tig riu. — Eu perguntaria se quer uma tatuagem por conta da casa, já que está aqui... mas alguma coisa me diz que não curte um rabisco.

— Curto o rabisco *dela*. — Graham piscou para mim, depois coçou o queixo, como se considerasse alguma possibilidade. — Na verdade, talvez eu aceite sua proposta. Você faz cobertura?

— Faço. Do que está falando?

— Tenho uma tatuagem que não quero mais. Foi um erro, e queria transformá-la em outra coisa.

Ele era tatuado? Mentira!

— Deixa eu dar uma olhada. — Tig acenou nos convidando a segui-lo.

Meus olhos estavam colados no traseiro de Graham, que ficava incrível naquela calça jeans. Minhas mãos coçavam para dar um apertão nela. Fiquei pensando em como ele reagiria se eu o beliscasse.

O barulho abafado das conversas ficou para trás quando entramos na sala do fundo. Minha respiração acelerou quando Graham levantou a camisa lentamente e a despiu, despenteando o cabelo. Era a primeira vez que via seu peito definido. Seu corpo era muito mais bonito do que eu imaginava. Era óbvio que ele malhava muito. Eu não conseguia desviar os olhos daquele tanquinho. A pele era lisa e bronzeada. Era tudo que eu havia fantasiado e mais. Minhas mãos formigavam com uma necessidade desesperada de sentir sua pele. Meus olhos desceram acompanhando a trilha da felicidade, os pelos que desciam até sumir dentro do jeans, depois subiram e encontraram a tatuagem do lado esquerdo do tronco. Apertei um pouco os olhos. Era um nome em letra cursiva: *Genevieve*. Meu coração ficou apertado. Engoli o ciúme e decidi não fazer a pergunta que estava morrendo de vontade de fazer.

Quem é essa Genevieve?

Tive a sensação de que minhas orelhas queimavam. A única coisa pior do que me preocupar com Graham ser um galinha era a possibilidade de existir alguém que fosse importante para ele, importante o bastante para ele ter marcado permanentemente o próprio corpo com o nome dela.

Tig olhou para mim, percebeu meu desconforto e olhou para Graham.

— Quem é Genevieve?

Graham olhou para mim quando respondeu:

— Uma ex-namorada. Como eu disse, a tatuagem foi um erro. — Sua expressão era séria, e isso me deixou ainda mais curiosa sobre o que havia acontecido entre ele e essa mulher.

Tig pegou um álbum que continha muitos desenhos cheio de detalhes que podiam cobrir as letras do nome. Graham escolheu uma tribal complexa.

Fiquei ali hipnotizada, ouvindo o barulho da agulha. A tensão no ar era densa, e Graham olhava para mim de vez em quando. Tig conseguiu colorir e sombrear o nome de forma que, no fim, parecia que ele nunca havia estado ali. A nova tatuagem ficou sexy sobre a pele morena de Graham. Para ser honesta, eu queria passar a minha língua pelo desenho.

Tig cobriu a tatuagem com um curativo e deu as instruções de cuidados para a cicatrização antes de Graham vestir a camisa.

— Obrigado, cara. Quanto é?

Tig levantou as mãos.

— Por favor. É por conta da casa.

— Eu faço questão.

— É só cuidar da minha menina. É só isso que preciso de você. Mais nada.

Graham olhou para mim.

— Isso eu posso fazer.

Com uma das mãos na parte inferior das minhas costas, Graham me levou para a porta e de volta à sala principal.

— Quer beber alguma coisa? — perguntou ele.

— Sim. Vou beber um pouco daquele ponche ali.

Graham voltou com dois copos da bebida, e nós dois bebemos rapidamente. Um pouco do líquido vermelho escorreu para dentro do meu decote. Antes que eu pudesse limpá-lo, senti o dedo de Graham traçando uma linha no meio do meu peito.

— Menina descuidada — disse ele, lambendo o ponche do indicador.

Aquela lambida praticamente acabou comigo. Eu me sentia muito atraída por ele, mas nunca o desejei tanto como nesta noite. As roupas casuais, os óculos, o jeito como ele olhava para mim, vê-lo sem camisa... era demais. Porém acima de tudo, o ciúme persistente de "Genevieve" era o que mais me perturbava. Um sentimento estranho e incontrolável de posse me dominava. Minha reação era um aviso. Eu já havia ido longe demais, já estava a caminho do sofrimento. Pegue esse fato, misture com um pouco de ponche, e o resultado é uma tremenda confusão.

— Está muito quieta, Soraya. Em que está pensando?

Senti uma espécie de eletricidade começar a permear meu corpo. Nunca em toda minha vida reagi assim a um homem. Nunca senti tanto medo e tanto desejo ao mesmo tempo. Certamente, o monstro do ciúme nunca havia mostrado sua cara horrenda. Eu não queria sentir isso. Precisava me acalmar.

— Já volto — avisei, e fui para o fundo do estúdio. Antes que pudesse me afastar muito, senti a mão firme em minha cintura. Graham me puxou para o escritório de Tig, fechou a porta, me empurrou contra ela e me prendeu entre os braços, as mãos plantadas nos meus quadris.

— Acha que é a única perturbada com o que está acontecendo aqui? — grunhiu ele.

Fiquei em silêncio tentando recuperar o fôlego.

A luz estava apagada, e ele nem tentou achar o interruptor. Na escuridão do escritório, eu quase não enxergava nada. Só sentia o peito de Graham contra o meu e a respiração em meus lábios quando ele disse:

— Você está me enlouquecendo. Preciso te tocar. Por favor, deixa eu sentir seu gosto... só uma vez.

Inclinei a cabeça para trás e puxei a cabeça dele contra o peito. A língua desceu devagar por meu decote, e ele gemeu em minha pele. Graham puxou meu vestido para baixo, expôs meus seios e cobriu um mamilo com a boca. Chupou com tanta força que não consegui segurar um gritinho. Os músculos entre minhas pernas pulsavam com o desejo. Embora eu o quisesse dentro de mim, estava apavorada. De repente, afastei o rosto do dele e comecei a me cobrir.

Ofegante, ele enterrou o nariz em meu pescoço e pôs a mão sobre meu coração. Depois me puxou para mais perto.

— Meu Deus, sua pulsação. Você me quer. Eu sinto. Mas tem muito medo de mim. Por quê?

— Não sei — sussurrei.

Ele recuou e segurou meu rosto entre as mãos.

— Conversa comigo. Por favor. O que aconteceu para te deixar tão desconfiada?

— Só tenho medo de me machucar.

— Quem te machucou?

Até eu tinha dificuldade para entender de onde vinha tudo isso. Nunca tive um namorado que traiu minha confiança ou me magoou. Não fazia sentido. Nunca estive apaixonada de verdade. Os sentimentos que tinha por Graham eram novidade para mim, mas eu não queria admitir isso para ele. A única coisa de que tinha certeza era que a raiz dessa paranoia era meu pai. Então, decidi contar a Graham uma história que poderia explicar meu medo de rejeição, embora não entendesse o sentimento com clareza. Qualquer coisa era melhor que contar a ele que nunca tinha sentido isso por ninguém.

— Quando eu tinha dez anos, meus pais se divorciaram. Meu pai acabou se casando com uma mulher da vizinhança. Theresa era viúva. Tinha três filhas, uma delas era da minha idade e estudava na minha escola... Brianna. Meu pai se tornou praticamente pai dela e, consequentemente, passava cada vez menos tempo comigo e com minha irmã. A escola organizou uma cerimônia para as alunas da minha idade e seus pais, um baile que envolvia uma cerimônia com rosas. Cada pai devia comprar uma dúzia de rosas para a filha e tirar fotos com ela. Minha mãe perguntou se meu pai poderia ir comigo. Ele nem respondeu. Acabei indo para a escola toda arrumada, torcendo para ele aparecer. E ele apareceu... com Brianna. Lá estava ela, segurando o grande buquê de rosas com uma das mãos e a mão do meu pai com a outra. Corri para casa chorando e, quando minha mãe o procurou, ele disse que não sabia que eu queria ir. Disse que, como o pai de Brianna havia morrido, era importante que ele estivesse lá com ela. E que achava que eu entenderia. Enfim, isso não tem nada a ver com você, Graham. Perguntou por que tenho essa desconfiança, e o único motivo que me ocorre é meu pai.

Ele segurou meu rosto entre as mãos de novo e beijou minha boca, um beijo intenso e apaixonado. Meu corpo relaxou contra o dele, e quando se afastou, quis que ele continuasse me beijando.

— Lamento que isso tenha acontecido. É horrível. E explica muita coisa.

— É... obrigada.

— Sou filho único — disse Graham. — Meu pai nunca foi muito presente, o que pode ter sido melhor que uma rejeição mais tarde. Não sei.

— Eram só você e sua mãe?

— Sim.

— Como ela morreu?

— Câncer de pulmão, eu era adolescente.

— Sinto muito.

— Obrigado. — Ele fez uma pausa e continuou: — Foi muito difícil. Jurei que nunca mais me apegaria a alguém depois do que aconteceu. Não queria sofrer aquele tipo de perda nunca mais. A morte da minha mãe é o grande motivo para eu ser como sou... fechado e frio. Ao mesmo tempo, me motivou a ser o melhor possível em outros aspectos, para que ela tivesse orgulho de mim. Teve o lado bom e o lado ruim.

Meu estômago fervia enquanto eu me preparava para fazer a pergunta para a qual precisava de uma resposta.

— Você se apegou a Genevieve?

— Sim — respondeu ele, simplesmente.

Meu coração palpitava.

— Quanto tempo passou com ela?

— Dois anos e meio.

— Entendo.

Abaixei a cabeça, e ele tocou meu queixo e moveu meu rosto para encará-lo na escuridão.

— O que você quer saber, Soraya? Pergunta.

— O que aconteceu entre vocês?

— Genevieve foi trabalhar comigo logo que se formou. Era corretora. Nosso relacionamento era sério... eu achava. Enfim, para resumir uma longa

história, fundei minha empresa com um amigo chamado Liam Gainesworth. Liam, Genevieve e eu trabalhávamos juntos. Acabei descobrindo que eles tinham um caso. Liam se desligou, fundou a própria empresa, hoje uma das minhas concorrentes, e Genevieve foi com ele.
Uau.
— Isso é horrível. Não sei nem o que dizer. Lamento.
— Não lamente. Não era para ser.
— Eu sei, mas dá para ver que isso te machucou.
— Estou aqui com você, não estou?
— O que isso tem a ver com o que aconteceu?
— Estou aqui porque não quero estar em outro lugar. Se alguma coisa fosse diferente em minha vida, talvez eu não estivesse. Também não entendo, Soraya. Isso. O que está acontecendo entre nós. Não posso fazer promessas. Só posso dizer que não quero que acabe.
Nem eu.
— É melhor voltarmos para a festa antes que pensem que estamos...
— Transando?
— É.
Ele escondeu o rosto em meu pescoço e riu.
— Deus nos livre.
— Obrigada por ser paciente comigo.
— Paciência não é a palavra certa... — resmungou ele.
— Talvez não.
Segurei a mão dele para levá-lo de volta à festa, e Graham me puxou de volta.
— Ei... — Quando virei para encará-lo, ele encostou a testa na minha. — Espero o tempo que você quiser. Não vou a lugar nenhum.
— Obrigada.
Nós dois ficamos muito mais relaxados depois dessa conversa. Passamos o resto da noite ouvindo as pessoas à nossa volta. Eu me apoiava em Graham, que mantinha um braço em torno da minha cintura. O calor de seu corpo equilibrava os arrepios provocados pelo contato. Eu não sabia aonde isso ia chegar, e, pela primeira vez, resolvi não analisar a situação.

CAPÍTULO 10
Soraya

No dia seguinte, no escritório, elas continuavam chegando aos montes. Dúzias de rosas. Cor-de-rosa, vermelhas, amarelas. Uma dúzia por hora. Demorei um pouco para entender por que ele estava fazendo isso. Era por causa da história que contei sobre meu pai e a cerimônia das rosas. Mais tarde encontrei o cartão que havia caído da primeira dúzia: *Demoraram muito a chegar.* Meu coração se encheu imediatamente de alguma coisa que eu não conseguia identificar.

Hoje à noite eu iria ao baile de gala com ele. Teria que me afastar muito da minha zona de conforto, e o nervosismo me acompanhou o dia todo. Escolhi dois vestidos formais diferentes da Bergdorf's, na hora do almoço, e deixei reservado.

Quando voltei ao escritório, encontrei um prato de comida indiana em cima da minha mesa. O cheiro de curry era enjoativo.

— Ida? De onde veio essa comida?

— Um garoto entregou, disse que era para você. Pensei que tivesse pedido.

— Peço comida indiana para você, mas eu odeio, sabe disso.

Então, uma ideia passou por minha cabeça. Peguei o celular.

Soraya: Você não pediu comida indiana para mim, pediu?

Graham: Pedi.

Soraya: Por quê?

Graham: Pensei que gostasse. Vi quando foi comprar.

Soraya: Ah... viu como? Estava me seguindo?

Graham: Foi só uma vez. Senti saudade do seu rosto. Eu ia parar do seu lado como o Mr. Big, fazer uma surpresa e levar você para almoçar. Mas vi quando saiu apressada do Masala Madness e deduzi que já devia ter planos.

Soraya: HAHAHAHA. Eu tinha ido buscar o almoço da Ida. Comida indiana me dá azia.

Graham: Preciso melhorar minhas habilidades de stalker.

Soraya: Mas você foi muito gentil.

Naquela tarde, Graham mandou outra mensagem.

Graham: Ei, ouvi dizer que mudaram o nome do baile em minha homenagem.

Soraya: Sério?

Graham: Agora é Grande Bola Azul.

Soraya: HAHAHAHA

Graham: Vão distribuir bolsas térmicas de gelo e analgésico.

Soraya: Você é maluco.

Graham: Por você, sou mesmo.

Soraya: Que horas vai me buscar?

Graham: Puta merda. Sério que posso ir te buscar em casa?

Soraya: Sério.

Graham: 19h30, então.

Soraya: Vou precisar da sua aprovação para o meu figurino. Escolhi dois vestidos na Bergdorf's, deixei reservados, mas ainda não consegui decidir.

Graham: Você sabe que vou vetar qualquer coisa só para ver você tirar a roupa.

Soraya: Como está a tatuagem?

Graham: Bem. Mais tarde dá para brincar de mostra a sua que eu mostro a minha, se quiser.

Soraya: Tenho algumas que você não viu.

Graham: Eu sei, e me faz sofrer.

Soraya: Se for bonzinho hoje à noite, talvez eu deixe você ver uma.

Graham: E se for boazinha, eu deixo você olhar embaixo da mesa.

Soraya: HAHAHAHA

Graham: Você é cruel, Soraya Venedetta. Fica me provocando com suas tatuagens. Como vou trabalhar agora?

Soraya: ;-)

No fim do dia, passei na Bergdorf's para comprar o vestido. Tinha reservado dois e não sabia de qual gostava mais. Na área dos provadores, dei meu nome e esperei que trouxessem minhas opções.

— Aqui está, querida.

— Obrigada. Mas esse não é meu. — Apontei para um lindo vestido verde. Foi o primeiro que chamou minha atenção mais cedo, mas era de um estilista cujo preço eu nunca poderia pagar. Quase o dobro dos outros dois juntos.

— Seu marido acrescentou este aqui à seleção hoje à tarde.

— Meu marido?

— Deduzi que fosse seu marido. Desculpe, não perguntei o nome dele. Namorado, talvez? Poucos homens com aquela aparência entram na área dos provadores femininos. Ou pagam a conta, aliás.

— A conta?

— O homem que adicionou este vestido às suas opções também pagou pelo verde. E me orientou a cobrar dele qualquer outro vestido que você quiser. E pediu para escolhermos os sapatos que combinam com o vestido verde e pagou por eles também. — Ela pendurou os vestidos no provador e desapareceu por um momento. Quando voltou, trouxe uma caixa que continha um par maravilhoso de Louboutin que eu nunca poderia comprar.

Mandei a mensagem antes de tirar a roupa.

Soraya: Sempre faz compras na seção feminina?

Graham: Foi a primeira vez. Devia ver as coisas que trouxe comigo.

Soraya: Comprou outras coisas?

Graham: Sim. A mulher da seção de lingerie me olhou como se quisesse descobrir se eram para mim.

Soraya: HAHAHAHA. Também esteve na seção de lingerie? O que comprou?

Graham: Essas peças você não vai ver tão cedo. Já que não vou te ver com elas por enquanto. A menos que tenha mudado de ideia...

Pensar em Graham comprando lingerie me divertia e excitava. Eu o imaginava passando a mão na cabeça como se estivesse frustrado, odiando o que estava fazendo, mas incapaz de parar.

Soraya: O vestido verde é lindo, mas não posso aceitar. É demais.

Graham: Já comprei, não tem reembolso. Pode doar, se não gostou.

Sério? O vestido custava mais de três mil dólares.

Soraya: Você é maluco.

Graham: Serviu?

Soraya: Ainda não experimentei.

A troca rápida de mensagens parou por alguns minutos.

Soraya: Ainda está aí?

Graham: Você está no provador?

Soraya: Sim.

Graham: Acabei de ter uma pequena fantasia com você em pé no provador, olhando seu lindo corpo nu no espelho.

Soraya: E...

Graham: Quer saber mais sobre a minha fantasia?

Soraya: Talvez...

Graham: Queria estar aí com você. Queria te inclinar para a frente com as mãos apoiadas no espelho, os dedos afastados, e te pegar por trás com você olhando para nós. Você estaria com os sapatos que escolhi.

Dessa vez fui eu quem ficou quieta. Olhei para o espelho e vi Graham parado atrás de mim. Se a ilusão já era assim tão forte, havia uma boa chance de eu derreter quando acontecesse de verdade. *Quando*. Eu nem tentava mais me enganar falando em *se*. Depois de um tempo, meu celular vibrou.

Graham: Eu sei o que você está fazendo.

Soraya: Te vejo hoje à noite, sr. Grande Babaca.

Quando cheguei ao meu apartamento com a sacola de compras, vi um carro preto parado em frente ao prédio. Quando me aproximei, o motorista uniformizado desceu. *Motorista de Graham.*

— Srta. Venedetta, o sr. Graham me pediu para trazer isto aqui. — Ele me entregou dois envelopes pardos selados.

— O que é isso?

— Não sei, senhorita. Recebi ordens para entregá-los, só isso. — Ele acenou com a cabeça e abriu a porta do carro. — Tenha uma boa-tarde.

Estava com as mãos ocupadas, por isso deixei para abrir os envelopes dentro de casa. Pendurei o vestido, sentei na cama e rasguei o primeiro deles. Encontrei uma caixa de tinta verde para cabelos. *La Roche Alpine Green.* A cor era exatamente a do vestido.

Graham J. Morgan tinha um lado muito fofo.

Curiosa, abri o segundo envelope. Era uma caixa de *Betty Down There Hair Color* verde, uma tinta específica para pelos pubianos, e havia um bilhete colado nela. *Eu não sabia se o tapete combinava com a cortina.*

Sorrindo, pensei: *Vai descobrir rapidinho, se continuar assim.*

* * *

O interfone tocou às 19h30 em ponto. Falei pelo fone antes de apertar o botão que destravava a porta lá embaixo.

— É o Celibatário em Manhattan?

— Infelizmente, sim.

Liberei a entrada e abri a porta.

Graham percorreu o corredor entre o elevador e o apartamento com passos rápidos, confiantes. Cada passo fazia meu coração bater mais depressa. Ele usava um smoking escuro e devia ser o homem mais lindo que já tinha visto. Eu não duvidava de que ele poderia provocar congestionamentos nas ruas de Manhattan vestido daquele jeito. Lambi os lábios, literalmente.

Enquanto eu estava ali salivando, Graham segurou meu rosto com uma das mãos e o afagou.

— Vai acabar comigo me olhando desse jeito. — Depois me beijou até não ter nenhuma dúvida de que eu sentia a mesma coisa.

Pisquei e voltei à realidade quando ele me soltou.

— Preciso me vestir. Entra.

— Não consigo pensar em outra coisa que não seja estar dentro de você desde que me contou sobre a consulta para pegar a receita do anticoncepcional.

Revirei os olhos por ele ser tão pervertido, embora adorasse em segredo cada sacanagem que dizia.

— Só preciso de um minuto para pôr o vestido.

— Quer ajuda?

Apontei uma cadeira na cozinha.

— Senta. Quieto.

— Sou um cachorro? Não me importo em implorar.

Fui para o quarto e pus o vestido verde. Era a coisa mais cara que já tive. Graham não tinha mentido quando disse que o vestido não podia ser devolvido. Caso contrário, eu não estaria com ele agora. Mas precisava admitir, os outros vestidos que escolhi não se comparavam ao que ele havia comprado.

Diferente de Graham, que tinha caminhado em minha direção com a autoconfiança de quem sabe que seu lugar é no topo da cadeia alimentar, eu estava uma pilha de nervos quando saí do quarto. O vestido era lindo. Envolvia cada curva do meu corpo e mostrava a quantidade ideal de pele para ser sexy sem cair na vulgaridade, mas eu não estava em minha zona de conforto. Olhei no espelho e vi um reflexo lindo, mas o que ele exibia não era... eu.

Minhas dúvidas desapareceram quase completamente quando vi o rosto de Graham. Ele estava sentado à mesa da cozinha mexendo no celular, e se levantou quando me viu.

— Você está linda.

— O vestido é lindo. Ainda não acredito o quanto pagou por ele.

— Não é o vestido, Soraya. É a mulher dentro dele.

— Que fofo. Obrigada.

— Verde é a sua cor, definitivamente. — Ele tocou meu cabelo. — Não consigo ver se as pontas estão da mesma cor com esse penteado. — Eu usava um coque francês que escondia as pontas coloridas.

Sorri.

— Estão. Mas não quero chamar atenção. Nunca estive em um baile de gala, mas alguma coisa me diz que vou ser a única mulher com o cabelo verde.

— Não gosta do seu cabelo preso?

— Gosto mais dele solto, na verdade.

— Vira. Quero ver. — Quando virei, Graham tirou os grampos que prendiam o coque. Os fios compridos se soltaram em ondas. Ele me virou de volta lentamente. — Você vai chamar atenção com o cabelo preso ou solto, e não tem a ver com a cor.

— Não se incomoda?

— Se me incomodo? Eu sou um cretino arrogante. Gosto quando as pessoas invejam o que tenho.

— Só preciso de um minuto para dar um jeito nele. — Fui ao banheiro e alisei o cabelo. Gostava mais dele solto. Quando voltei, Graham segurou minhas mãos.

— E aí, tudo combinando?

— Sim, o tom é bem próximo, não é? — Puxei as pontas sobre o decote do vestido. Quase exatamente o mesmo tom de verde.

— Não estava falando do vestido.

— Ah. Não. Obrigada pela Betty Down There, mas a cortina não combina.

— Que pena.

Dei risada.

— Sério? Achei que ia gostar do meu visual lá embaixo.

— Seu visual?

Beijei os lábios dele de leve e falei sem afastar a boca:

— Não tem nada para tingir. Sou completamente lisa.

***

Graham tinha razão sobre uma coisa: estávamos chamando atenção. Porém, eu duvidava de que as mulheres que devoravam com os olhos o homem a meu lado notassem meu cabelo. Graham parecia não perceber nada quando me levou até o bar.

— Parece que você tem um fã-clube.

— É um clube do ódio. Meu ramo de negócios é muito competitivo.

Olhei para uma mulher que nos encarava diretamente. Ela usava um vestido vermelho e seguia com os olhos cada passo nosso.

— Acho que é mais luxúria que ódio.

Graham seguiu a direção do meu olhar. Depois me puxou para mais perto.

— Fica longe dela.

O comentário só me fez olhar de novo para a mulher.

— Por quê?

— Não quero que ela alimente a péssima opinião que você tem de mim, não mais do que já faço sozinho.

No bar, Graham pediu sua bebida elegante e o vinho que tomei no jantar na semana passada. Ele fazia questão de lembrar as coisas de que eu gostava. Enquanto esperávamos, olhei para o salão. O Met era um lugar incrível. Eu já havia estado ali para visitar exposições, mas nunca neste salão em especial. O teto abobadado era uma obra de arte. Tudo ali era opulento. As pessoas. O espaço. O homem ao meu lado, mais que tudo.

Graham me deu a bebida.

— Quanto dinheiro um evento como este pode angariar?

— No ano passado acho que foram cinco milhões de dólares.

Quase engasguei com o vinho. A mulher de vestido vermelho, a que nos seguia com os olhos, se dirigia ao bar.

— Oi, Graham.

Ele acenou com a cabeça. Senti seu corpo ficar tenso e ouvi sua resposta curta.

— Avery.

Ai, porra. A mulher para quem telefonei.

— Não vai me apresentar a sua amiga?

Ele me puxou para perto.

— Não. Nós vamos dançar. Com licença.

Graham me levou para longe do bar e da mulher. Fiquei aliviada por me afastar dela, mas curiosa sobre o relacionamento. Havia uma pista de dança grande e quase vazia em um lado do salão. No caminho para lá, paramos na mesa número quatro e Graham deixou nossas bebidas sobre ela.

Na pista de dança, ele me puxou para perto. Não me surpreendeu descobrir que ele sabia dançar. O jeito como ele conduzia com mão firme combinava com sua personalidade dominadora.

— Então... o vestido vermelho. Imagino que vocês dois tenham uma história?

— Temos. Mas não como está pensando.

— Como assim? Não transou com ela?

Ele afastou a cabeça para trás e levantou as sobrancelhas.

— Ciúme?

Desviei o olhar. Pensar nele com alguém despertava algo irracional dentro de mim. Graham se inclinou e deslizou o nariz por meu pescoço.

— Gosto quando fica com ciúme. Significa que é possessiva em relação a mim. Sinto exatamente a mesma coisa por você.

Meus olhos encontraram os dele. Nós nos encaramos por um tempo antes de ele voltar a falar.

— Não. Não transei com Avery. Nunca toquei nela. Ela está incomodada com uma aquisição em que estou envolvido.

— Ah.

Graham se aproximou ainda mais para falar em meu ouvido.

— Mas já que falou em transar, estou com uma ereção desde que você me contou que é lisinha. — Com a mão na parte inferior das minhas costas, ele me puxou contra o corpo. Senti o membro rígido me pressionar. O homem atacava todos os meus sentidos ao mesmo tempo. O som da voz carente, o cheiro tão másculo e característico, o toque das mãos em minha pele nua, *Deus, eu queria sentir o gosto dele.* Para piorar, seu corpo controlava o meu enquanto flutuávamos pela pista de dança, me fazendo pensar em como ele devia ser dominador na cama. Eu tinha certeza de que havia uma salinha em um algum lugar por ali. Seria fácil me entregar agora. Mas, em vez disso, forcei minha habitual versão megera a superar a névoa de desejo que ameaçava me engolir.

— Talvez deva procurar um médico. Parece que está sempre com uma ereção. Viagra demais, talvez?

— Garanto que não preciso de ajuda artificial para fazer meu pau ficar duro quando estou perto de você, Soraya. E estive no médico recentemente. Há dois dias, na verdade. Aceitei o conselho de uma colunista que sigo e me preparei para a possibilidade de poder quebrar meu voto de celibato. Estou ótimo e tenho os exames para provar.

— Parece animado. Está com os exames aí? — Eu estava brincando, mas Graham recuou e bateu no peito do paletó onde devia haver um bolso interno. Eu ri. — Está falando sério? Você não trouxe os exames, trouxe?

— É claro que sim. É sério. Não tem nada que eu queira mais do que estar dentro de você. Não vou perder uma oportunidade por não estar preparado, caso a ocasião apareça. Carrego os exames comigo há três dias.

A confissão era encantadora de um jeito bizarro. Outra música começou e nós dançamos quietos por um tempo, nossos corpos balançando juntos.

Apoiei a cabeça no peito dele e suspirei.

— Gosto disso. Não esperava gostar, para ser honesta.

— Eu também. Normalmente odeio essas coisas.

Eu estava baixando a guarda com esse homem. Mas não demorei muito para me lembrar de erguê-la e me proteger.

Estávamos sentados em uma grande mesa redonda preparada para acomodar pelo menos mais dez pessoas. Graham me apresentou aos casais à nossa volta, mas ainda havia algumas cadeiras vazias.

— O que você faz? Soraya, não é? — Braxton Harlow estava sentado à minha esquerda. Ele era um homem mais velho, mas bonito com o cabelo grisalho contrastando com o rosto bronzeado. Graham falava de negócios com o homem a seu lado.

— Trabalho para uma coluna de conselhos. "Pergunte a Ida".

— É escritora. Que maravilha.

— Não exatamente. Eu faço serviços chatos para a escritora, e às vezes ela me deixa responder a algumas das cartas que recebemos.

— Entendo.

— E você faz o quê?

— Sou dono de uma farmacêutica.

— Traficante de drogas legais?

Ele riu.

— Acho que sim.

— Isso significa que é médico?

— Sim, eu sou.

— Bom, talvez possa conversar com o Graham, ele tem um problema de saúde.

Graham se virou para participar da conversa.

— Eu ouvi meu nome. Estão falando de mim?

Braxton respondeu:

— Soraya ia me contar sobre o problema de saúde que você está enfrentando. Posso ajudar em alguma coisa, Graham?

Ele olhou para mim com os olhos apertados e esvaziou o copo.

— Não sei. Você trata bolas azuis?

A primeira reação do médico foi de confusão, mas logo ela se transformou em uma sonora gargalhada. Depois disso, nós três continuamos conversando. A mão de Graham estava sempre no encosto de minha cadeira, os dedos traçando suavemente a forma de um oito em meu ombro nu. Eu estava começando a relaxar e a me divertir, até ver um lampejo vermelho do outro lado da mesa. Avery sentou-se bem na nossa frente. Graham e o homem que a acompanhava trocaram aquele aceno silencioso que os homens costumam trocar.

— Parece que vamos jantar com sua amiga — falei me inclinando para Graham.

— Ignora.

Era mais fácil falar do que fazer. Eu sentia o olhar dela mesmo quando não estava espiando discretamente. Por alguma razão, a mulher estava gostando de me deixar desconfortável. Ela não fazia nenhum esforço para falar com as pessoas à mesa.

Depois do jantar, pedi licença para ir ao banheiro. Tranquei-me em um reservado e tentei decidir qual era a melhor maneira de fazer xixi sem mergulhar meu vestido caro na água do vaso, tocar no assento, derrubar minha bolsa ou cair de cima do salto de doze centímetros. Pensei que a tarefa fosse mais fácil.

O banheiro estava vazio quando entrei. Ouvi o barulho da porta abrir e fechar, depois o ruído de saltos no chão, os passos que pararam perto do reservado onde eu estava. Minha intuição dizia quem estava do outro lado. Respirei fundo, saí e fui imediatamente atacada por um lampejo vermelho. Avery passava batom na frente do espelho, mas olhava para mim quando saí do reservado.

— Ah, o último brinquedinho de Graham Morgan.

— Essa é sua onda? Seguir uma mulher até o banheiro para falar mal do homem que está com ela?

Ela esfregou os lábios para espalhar o batom vermelho, tirou o excesso com um lenço de papel e colocou a tampa no batom.

— Estou prestando um serviço às mulheres quando as previno contra aquele homem.

— Qual é? Não gosta de como ele conduz os negócios e precisa me avisar?

Sua boca se distendeu num sorriso malicioso.

— Foi isso que ele disse? Que não gosto de como ele conduz seus negócios?

Odiando a sensação de que ela sabia algo que eu desconhecia, não falei nada. Em vez disso, lavei as mãos e passei batom. Quando terminei, ela ainda estava lá. Cruzei os braços.

— Pronto, pode desabafar. Fala o que está doida para me contar.

Ela deu alguns passos e parou atrás de mim para estudar meu reflexo no espelho. Depois falou com os olhos fixos nos meus.

— Pensando bem, você não merece meu tempo. Um dia você vai descobrir sozinha. Ou pode perguntar a Graham por que ele está tão decidido a destruir a empresa do marido da minha melhor amiga.

Levei um minuto para me recuperar depois que Avery saiu. Ela foi tão desagradável quanto no dia em que liguei para ela depois de ter encontrado o celular de Graham no trem. Queria ignorar o comentário sobre a competição feroz entre empresas concorrentes, mas aquilo não me caiu bem. Para ela, a questão era pessoal, de algum jeito.

Graham estava me esperando do lado de fora do banheiro.

— Tudo bem? Vi quando Avery veio atrás de você.

— Tudo bem. — Forcei um sorriso. Dei alguns passos e decidi que precisava saber mais. — Posso te perguntar uma coisa?

— É claro.

— Quem é a melhor amiga de Avery?

Graham passou a mão no cabelo penteado para trás.

— Genevieve, minha ex.

CAPÍTULO 11
Graham

Alguma coisa tinha mudado depois que Soraya foi ao banheiro na noite passada. Antes daquilo, ela estava sendo sarcástica como sempre, encantava um homem de sessenta anos, pesquisador da área farmacêutica, simplesmente sendo quem era. Depois, porém, ficou quieta e retraída. Quando chegamos ao apartamento dela, não me convidou para entrar e o beijo não teve o fogo que sempre ardia entre nós. Não quis pressioná-la e decidi esperar para ver o que aconteceria no dia seguinte. *Não aconteceu nada.* E aqui estava eu, sentado no escritório em uma tarde de sábado, olhando para uma pilha de prospectos. Minha concentração era uma merda desde que essa mulher invadira minha vida.

Peguei o celular e o joguei de volta em cima da mesa. Às três da tarde, tinha repetido o movimento vinte vezes. No fim, resmunguei que era um covarde e mandei uma mensagem.

Graham: Sobrevivemos aos dois eventos. Nosso acordo ainda está valendo?

Fiquei olhando para a porcaria de telefone até os pontinhos começarem a pular. Meu nível de ansiedade subiu quando os vi. Pararam e começarem de novo. Não era preciso pensar muito para responder que nosso acordo de exclusividade estava mantido. *Em que está pensando, Soraya Venedetta?*

Soraya: Tem certeza de que é isso que quer?

Respondi sem pausa.

Graham: É o que quero desde o primeiro dia. Esse teste foi ideia sua.

Soraya: Estou nervosa.

Liguei para ela e parei com o jogo de *adivinhe o que ela está pensando*. Soraya atendeu no primeiro toque.

— O que ela te falou?

— Avery?

— Quem mais?

— Eu já contei.
— Conta de novo. Acho que perdi alguma coisa.
— Não lembro as palavras exatas.
— Fala o que você lembra.
— Bom, basicamente, ela me seguiu quando fui fazer xixi. Depois disse que me prevenir contra você era prestar um serviço às mulheres.
— Continua.
— Não tem mais nada. Ela disse que eu não merecia o tempo dela e que um dia eu acabaria descobrindo sozinha. Depois me falou para perguntar por que você estava tão determinado a destruir a empresa do marido da melhor amiga dela.
— Eu já tinha te contado sobre Liam e Genevieve. Ele é meu concorrente.

Soraya ficou quieta por um minuto.

— Procurei seu nome e o de Liam no Google hoje de manhã.

Soprei um jato de ar e me encostei na cadeira.

— E...
— Tem vários artigos sobre como você está tentando incorporar a empresa dele. Falam em incorporação agressiva.
— É verdade.
— Todos os artigos afirmam que você está pagando quase o dobro do valor de mercado. Não sei muito sobre essas coisas, mas por que faria isso? Se não é para destruir o cara, é porque ainda sente alguma coisa pela mulher que ele tomou de você? A mulher cujo nome você tatuou?
— Ah, então é isso?
— Estou nervosa, Graham. Tenho a sensação de que você pode me engolir inteira.
— Estou tentando.
— É isso também. Mas você entendeu o que eu quis dizer.
— Tem medo que eu te magoe?

Ela suspirou.

— Tenho.
— A empresa de Liam tem vinte e três por cento das Indústrias Pembrooke. No ano passado, comprei vinte e oito por cento da Pembrooke em nome de uma corporação laranja da qual sou o único acionista. Se eu comprar a empresa de Liam, compro também essas ações da Pembrooke. Isso me daria cinquenta e um por cento e o controle acionário. Só isso já vale mais que o dobro da empresa de Liam. Eu quero a Pembrooke, não o Liam. Os analistas presumem que isso ainda é resultado de um ressentimento por ele ter sido meu sócio.
— Então, não é apaixonado por Genevieve até hoje?
— Não. E se tinha alguma dúvida, podia ter conversado comigo, Soraya.

— Desculpa. Acho que estou apavorada com o que está acontecendo entre nós.

— Eu também estou. Mas sabe o que percebi?

— O quê?

— Apavorado ou não, o que está acontecendo *vai* acontecer, seja o que for. Nenhum de nós tem o poder de impedir. Sendo assim, por que não vem ao meu escritório pedir desculpas pessoalmente por ter tirado conclusões precipitadas?

— Isso é um código para subir na mesa e brincar de chefe e secretária?

Eu gemi.

— Vem para cá.

Ela riu. Era bom saber que meu sofrimento constante servia para diverti-la, pelo menos.

— Não vai dar, Morgan.

— Para de tirar onda com a minha cara, Soraya.

— Não é isso. Não posso ir para aí. Não estou em casa.

— Onde você está?

— Ajudando Delia em uma feira alternativa. Estamos a algumas horas da cidade.

Resmunguei alguma coisa incompreensível.

— Quando você volta?

— Amanhã cedo. A feira só termina à noite, e Delia já é perigosa demais dirigindo durante o dia. Além do mais, ela vai colocar mais de cem piercings hoje, vai estar até vesga quando terminar. Vamos passar a noite no hotel do outro lado da rua.

— O que vai fazer o dia inteiro?

— Ajudar. Eu limpo a área onde o piercing vai ser colocado e seguro a mão dos covardes.

Não sabia se ia querer ouvir a resposta, mas perguntei assim mesmo:

— Que áreas vai limpar?

— As mais comuns. Orelha, nariz, umbigo, língua, mamilo, um ou dois pênis.

— Como é que é?

— É clínico.

— Ah, isso me faz sentir melhor por saber que você vai limpar o pau de um homem. E Delia deve ser médica.

— Relaxa. Não é nada demais.

— É, tem razão.

— Tenho?

— É claro. — Cobri parcialmente o telefone e gritei para a secretária, que nem estava no escritório hoje. — Elizabeth! Pode vir aqui um instante?

— Elizabeth? É sua nova secretária?
— Sim. Vou lavar os peitos dela.
Soraya riu. A mulher riu de mim. De novo.
— Qual é a graça?
— Já vi como você trata as secretárias. Tenho certeza de que ela não deixaria você lavar os pés dela, muito menos os peitos.
Infelizmente, ela devia estar certa.
— Quando eu te vejo?
— Amanhã à noite.
— Ok.
— Passo para te pegar às seis.
— Combinado. Agora tenho que desligar. Um cara enorme e tatuado acabou de entrar no estande da Delia. Esses são os que mais precisam de alguém para segurar a mão deles.
— Que maravilha. Agora vou imaginar você limpando o pau de um sujeito enorme e musculoso, enquanto ele olha para os seus peitos incríveis e fica excitado.
— Você tem uma imaginação bem fértil.
— Até amanhã, Soraya.
— Até mais tarde, Engomadinho.
Alguns minutos depois de desligarmos, meu celular vibrou. Era uma mensagem dela.
Soraya: Sim, temos um acordo.

* * *

Eu tinha que tirar da cabeça dela essa história com a Avery, mostrar que não havia nada a temer em relação a mim. No dia de nosso jantar, incapaz de me concentrar em qualquer coisa que não fosse ver Soraya, saí cedo do escritório, o que parecia ter se tornado a norma ultimamente. Se eu não fosse dono da empresa, teria me demitido.

Em casa, comecei a cortar vegetais para a massa primavera que planejava fazer. Não era um cozinheiro gourmet, de jeito nenhum, mas sabia fazer uma ótima massa al dente. Mandei uma mensagem para Soraya mais cedo para avisar sobre a mudança de planos: eu ia preparar o jantar para nós em casa. Sentia que seria uma mudança de ritmo depois do fiasco do baile de gala. Precisava recebê-la em meu espaço e mostrar mais do meu lado casual.

Tinha acabado de ligar a televisão embutida na parede da cozinha e estava escolhendo alguma coisa para ver quando o telefone tocou. *Soraya.* Peguei um pano para limpar as mãos antes de atender.

— Oi, gata.

— Oi... — Ela fez uma pausa. — Que música é essa?
— A televisão.
Merda.
Tentei abaixar o volume, mas logo percebi que o controle não estava funcionando. Eu estava prestes a desabar na escala de classificação de descolado.
— É o tema de abertura de *General Hospital?*
— Não — menti.
— É, sim.
Droga. Pego em flagrante.
Dei uma risadinha culpada.
— Tudo bem, era. Você me pegou.
— Você gosta de novela?
— Só dessa.
— E eu pensando que não tínhamos nada em comum.
Pigarreei e me rendi ao constrangimento.
— Você também vê?
— Eu via, na verdade... agora não mais.
— Nunca tinha prestado atenção nela, até minha mãe ficar doente quando eu estava no ensino médio. Ela era obcecada por *General Hospital*. Quando ficou de cama, eu me deitava ao lado dela às três da tarde e fazia companhia enquanto passava a novela. Acabei acompanhando algumas histórias do enredo e continuei vendo depois que ela morreu. Essa novela me faz lembrar dela.
Soraya ficou quieta, depois disse:
— Graham... isso é... uau... eu... isso é muito importante.
Tomado por uma emoção repentina, mudei de assunto depressa.
— A que devo a honra da ligação?
— Queria saber se posso levar alguma coisa.
— Nada além dessa sua bunda linda, *baby.*
— É sério. Quero levar alguma coisa.
— Já tem tudo aqui.
— Legal. Eu levo vinho, então.
Garota teimosa.
— Meu motorista vai te buscar em uma hora.
— Combinado.
Fiz uma pausa rápida antes de sussurrar o nome dela.
— Soraya...
— Oi?
— Mal posso esperar para te ver.

* * *

Estava tão compenetrado em arrumar a mesa, que esqueci de avisar ao porteiro que Soraya podia subir sem ser anunciada. Quando o interfone tocou, decidi fazer uma gracinha.

— Por favor, passe o interfone para a srta. Venedetta — disse ao porteiro.

Ela falou do outro lado.

— Oi?

Meu pau despertou com o som da voz dela. Soraya nem estava na minha frente, mas saber que ela estava lá embaixo já era suficiente para me causar uma ereção.

— Como posso ajudá-la, senhorita?

Ela riu.

— É do *General Hospital*?

Engraçadinha.

— Se você bancar a enfermeira tarada, pode ser. Devolve o interfone para ele e sobe.

Quando o porteiro pegou o fone, pedi para ele acompanhar Soraya até o elevador. As batidas na porta foram cadenciadas e fortes, e Blackie começou a latir imediatamente.

Falei com o cachorro enquanto me dirigia à porta.

— Sim. Sim.

Espere até ver a mulher.

Meu coração começou a bater mais forte no instante em que abri a porta e vi como ela estava linda. O cabelo solto tinha um jeito meio selvagem, um ondulado que parecia ter sido criado pelo vento. As pontas ainda eram verdes, e ela usava uma blusa verde-esmeralda que não tinha mangas, mas cobria toda a área do decote. Tinha um laço na gola. A calça preta e brilhante parecia ter sido pintada em suas pernas. No geral, era um visual provocantemente conservador, comparado às roupas que ela costumava usar. Os lábios sempre vermelhos também estavam limpos, como se ela soubesse que eu os devoraria mais tarde.

Resistindo com muito esforço ao impulso de agarrá-la, pus as mãos na cintura. Jurei que não a tocaria nem a beijaria por enquanto, com medo de não conseguir parar. Por isso, eu me controlaria enquanto pudesse. Esta noite ia servir para mostrar que ela podia confiar em mim. Atacá-la na porta seria a negação disso.

— Entra. — Inspirei seu perfume floral quando ela entrou na sala.

O cachorro começou imediatamente a pular em volta dela.

— Para, Blackie.

Como se achasse aquilo divertido, ela me entregou a garrafa de vinho e se abaixou para pegar o cachorro. Blackie lambeu seu rosto.

Droga, eu também queria.
Tirei o cachorro dela e ri.
— E você achando que ia ter que se defender de *mim*.
— Você está muito comportado, sr. Morgan.
— Estou tentando — respondi com sinceridade.
Ela cobriu a boca.
— Ai, meu Deus! Blackie. Agora entendi. De *General Hospital*! Ele tem o nome *daquele* Blackie.
— Isso mesmo.
Ela apontou para o meu rosto.
— Não está com vergonha, está?
— Não.
— Porque suas orelhas estão ficando vermelhas!
Merda.
— Acho fofo, Graham, especialmente por que a novela te lembra sua mãe. Obrigada por me contar.
— Acho que nunca contei isso a ninguém. Você me derrete, Venedetta.
— Que bom. — Ela sorriu.
Esfregando as mãos lentamente, eu disse:
— Já que estamos falando disso, vamos ver quanto sabe sobre *General Hospital*.
Ela exibiu novamente o sorriso mais fofo e aceitou o desafio.
— Manda ver.
— Tem mais uma coisa a meu respeito, um importante identificador, que tem uma ligação com *General Hospital*.
— O que eu ganho se responder certo?
— Um beijo especial mais tarde.
— Ah, é? Um beijo especial.
— Vou te dar uma dica.
— Certo.
— Rima com slogan.
— Ah, essa história de novo. Ok... Morgan... seu sobrenome. — Ela parecia ter feito uma descoberta repentina. — É isso! Ai, meu Deus! Esse nome também é de *General Hospital!*
— A relação com o sobrenome é pura coincidência, é claro, mas o J do meu segundo nome é de Jason.
Ela assentiu como se entendesse tudo.
— Jason Morgan... como o personagem!
— Minha mãe achou que seria brilhante.
— Sua mãe devia ser o máximo.

— Ela era... inteligente, divertida, radiante, cheia de vida... muito parecida com você, na verdade. — Fui até a bancada de granito e abri o Sauvignon branco que ela havia trazido. Entreguei a ela uma taça de cristal e disse: — Quer conhecer a casa?

Bebendo o vinho, demos uma volta pelo apartamento. Soraya adorou a lareira elétrica no meu quarto. Eu mal podia esperar para transar com ela na frente dela um dia.

Finalmente voltamos à sala de estar e paramos diante da janela panorâmica de onde era possível ver o *skyline* de Manhattan.

Ela olhou para as espetaculares luzes da cidade.

— Sempre sonhei ter uma vista como essa.

Enquanto isso, eu só olhava para ela.

— Essa vista é sua. Pode vir aqui quando quiser.

— Posso *vir* aqui, é?

— Não foi isso que eu quis dizer.

— Ah, eu sei. Hoje você está muito educado e politicamente correto. O que deu em você, Graham Jason Morgan?

— Não gosta quando sou educado? Estou tentando não estragar a noite. Depois do que aconteceu no baile...

— Você é legal do seu jeito. Adoro como sempre é honesto comigo sobre o que pensa e sente. — Ela se aproximou e agarrou meu suéter de lã, fazendo meu pau acordar. Eu me senti desmontar rapidamente quando ela continuou: — Na verdade, prefiro a honestidade total a qualquer outra coisa. Quero que me diga a verdade sempre, mesmo que tenha receio de me ofender. Não sei se entende o quanto preciso da verdade.

— E você não entende o quanto preciso de *você*. — Agora que ela me tocava, eu estava perdido. — E vou lhe dar tudo que for necessário. Quer a verdade?

— Sim. Fala o que você quer.

— Como assim? Da vida? Agora? Seja mais específica.

— O que você quer agora, neste exato momento?

— Não vai ficar brava comigo se eu responder?

— Desde que seja o que realmente está pensando... não.

Minha voz era grossa.

— Quero sua língua no meu pau.

É. Eu estava perdido.

Soraya piscou sedutora.

— O que mais?

— Depois de entrar na sua boca, quero tirar sua roupa e te comer bem aqui, antes de te pegar por trás com as suas mãos apoiadas na janela.

— E depois?
— Quero gozar dentro de você.
— E aí?
— Depois... vamos comer macarrão pelados na cama.
Nós dois rimos antes de o tom ficar sério de novo.
Ela olhou em volta.
— Quando foi que escureceu desse jeito?
— Não sei. Não notei nada além de você desde que passou por aquela porta. Essa é a verdade.
— Agradeço por ser honesto comigo, Graham.

Foi a última coisa que ela disse antes de tocar o laço na gola da blusa e desamarrá-lo devagar. Ah, porra. Essa devia ser a recompensa por minha honestidade. Ela abriu os botões, e a blusa de cetim caiu no chão. Quando ela abriu o fecho frontal do sutiã, seus seios saltaram para fora. Apesar de ter escurecido, as luzes da cidade eram suficientes para eu ver os mamilos salientes no ar frio.

Expirei e falei com voz trêmula:
— Deixa eu te esquentar. — Abaixei e capturei um seio com a boca. Ela gemeu assim que meus lábios tocaram sua pele.

Soraya enterrou os dedos no meu suéter e me despiu. Com o peito nu colado ao dela, capturei sua língua entre os lábios e a chupei devagar. Meu membro, agora totalmente ereto, ameaçava explodir o jeans contra seu ventre. Sentir a mão dela deslizando sobre o zíper da calça acabou com o pouco controle que eu tinha.

De repente, ela se ajoelhou.
Eu estava perdido.

Meu coração parecia bater mais depressa do que poderia aguentar quando ela abriu o zíper e libertou meu pau. Foi como se o tempo parasse quando ela olhou para mim e deslizou o piercing da língua em um círculo lento em torno da pele já molhada e pronta para aquela boca. Minha cabeça caiu para trás em resposta à sensação que só podia ser definida como glória absoluta.

Isso.
Isso era o paraíso.

Quando ela abriu a boca e me abocanhou inteiro, minhas bolas se contraíram tentando impedir a explosão imediata naquela garganta maravilhosa. Percebi que estava mais encrencado do que imaginava, porque agora que sabia como era com ela, nunca poderia viver sem essa mulher.

Só conseguia pensar em como não podia esperar mais para estar dentro dela, em como queria me apoderar de cada centímetro dela, cada orifício. Queria possuir Soraya, mas a verdade era que... ela já me possuía. Eu estava muito ferrado.

— Vai devagar, *baby*.

Meu celular começou a tocar. *Merda*. Eu não ia atender, de jeito nenhum. Quando o telefone fixo começou a tocar imediatamente depois, fiquei preocupado, porque sabia que só podia ser minha avó. Meme era a única pessoa que tinha o número de casa. A secretária eletrônica atendeu a ligação.

— Sr. Morgan? Aqui é Cambria Lynch, assistente social que acompanha sua avó. Ela levou um tombo bem sério hoje e está no Hospital Westchester. Estou ligando para avisar. — O resto do recado soou abafado.

Soraya parou de me chupar e recuou ao processar as palavras gravadas na secretária eletrônica. Corri para pegar o telefone, mas Cambria já havia desligado.

Fechei a calça e, completamente atordoado, virei e olhei para Soraya.

— Preciso ir para o hospital.

Ela começou a se vestir apressada.

— Eu vou com você.

Quase tropecei em Blackie, que devia estar agitado, porque arrastava seu brinquedo pelo chão. Torci para uma das melhores noites da minha vida não se tornar uma das piores.

CAPÍTULO 12

Soraya

Eu me senti enjoada durante todo o trajeto até o hospital.

Pobre Graham.

A preocupação era evidente nos olhos que ele mantinha voltados para a frente. O motorista havia tirado o resto da noite de folga, e Graham dirigia a BMW em direção a Westchester.

Toquei a perna dele.

— Ela vai ficar bem.

— Vai — respondeu ele, sem tirar os olhos da rua.

Uma hora mais tarde, paramos em frente ao Hospital Westchester. Graham segurou minha mão e corremos para a entrada.

— Minha avó está aqui. Lil Morgan. Onde a encontro? — perguntou ele à recepcionista.

— Quarto 257 — respondeu ela.

A viagem de elevador foi muito tensa. O cheiro antisséptico do hospital piorava meu enjoo. Quando chegamos ao quarto, vimos um médico e uma enfermeira ao lado da cama de Lil.

Reconheci imediatamente a senhora de olhos azuis que tinha visto no celular de Graham. Meu coração se encheu de ternura quando vi os olhos dela se iluminarem ao vê-lo.

— Graham. Quem avisou que eu estava aqui?

— Cambria me ligou. Você está bem?

— Não queria que ela te preocupasse.

— Ela fez o que devia fazer. O que aconteceu?

— Não lembro. Escorreguei e caí, mas não sei como foi. Estão dizendo que fraturei a bacia.

O médico estendeu a mão.

— Sr. Morgan, sou o dr. Spork.
— Doutor, podemos conversar lá fora por um momento?
— É claro.

Graham saiu do quarto com o médico, e a enfermeira os seguiu. Eles me deixaram sozinha com Lil.

Eu ainda olhava para a porta quando a voz dela me assustou.

— Você deve ser Soraya.

Fiquei espantada por ela saber meu nome, por Graham ter falado de mim para a avó.

— Sim, sou eu. É um prazer conhecê-la, Lil. — Sorri e sentei na cadeira ao lado da cama.

— Agora entendo por que ele está tão encantado. Você tem uma beleza morena natural que é rara de encontrar.

— Muito obrigada.

A voz dela era cansada e fraca.

— Graham é muito discreto. Talvez nunca mais me dê uma oportunidade de ficar a sós com você, por isso, me desculpe se estou despejando tudo de uma vez só...

Engoli em seco, despreparada para um interrogatório.

— Tudo bem.

— Eu sei que, às vezes, meu neto pode ser um grande cretino.

Soltei o ar que estava segurando e ri.

— É. Descobri isso bem depressa, logo que nos conhecemos.

— E eu fiquei sabendo que você falou o que ele precisava ouvir.

— Falei.

— Que bom. Mas sabe, no fundo, ele não é nada disso.

— Estou começando a ver isso também.

— Quando a mãe dele morreu, ele internalizou tudo, se retraiu. Levou muito tempo para tentar voltar ao mundo, e quando tentou, saiu muito machucado.

— Genevieve?

Ela parecia chocada.

— Ele falou sobre ela com você?

— Bom, eu sei uma parte da história. Sei que agora ela está com Liam, que era amigo dele.

— Sim. Foi uma situação muito ruim. Estragou todo o progresso que ele havia feito depois da morte de Celia, minha filha. Francamente, não tinha certeza de que Graham voltaria a abrir o coração para alguém. Mas sinto que pode estar acontecendo com você.

Ouvir isso fez meus batimentos cardíacos dispararem.

— Não sei o que dizer.

— Não precisa dizer nada. Só queria que soubesse que ele é muito mais do que mostra. Parece que você sabe mais do que eu esperava que soubesse, o que é bom. Só não deixe que ele a convença de que é indestrutível.

— Para dizer a verdade, tenho mais medo de ele *me* quebrar.

— Não tenha medo de se machucar. É muito melhor do que nunca sentir nada realmente intenso. Até a alegria temporária é melhor que nada. Você tem medo de se machucar como eu tenho medo de morrer. Isso não significa que não vou viver cada dia plenamente.

Pus minha mão sobre a dela.

— Obrigada pelo conselho.

Graham entrou nesse exato momento.

— Ah, não. Sinto cheiro de encrenca.

O rosto de Lil se iluminou novamente.

— Apesar de achar que você não devia ter vindo até aqui, estou muito feliz por ter conhecido Soraya. Espero não ter estragado a noite de vocês.

— Não. Íamos só... comer macarrão. — Ele olhou para mim por um instante, e trocamos um olhar de cumplicidade.

— O que o médico disse? — perguntou Lil.

— Ele acha que vai ter que operar. Vão mantê-la aqui por uns dois dias, depois vai ser transferida para um centro de reabilitação. Vou pedir para Cambria garantir que seja levada para o melhor de todos.

— Não quero que se preocupe comigo.

— Você podia ter batido a cabeça. Não lembra nem como aconteceu. É claro que vou me preocupar. Fico feliz por não ter sido pior, Meme.

— Eu também — concordei.

Passamos mais uma hora com Lil, depois voltamos para a cidade. Graham pôs música clássica para tocar e dirigiu em silêncio. Quando finalmente entramos em Manhattan, fui a primeira a falar.

— Você está bem?

— É... estou. É só que...

— O quê?

— Hoje, mais que nunca, percebi que ela é toda a família que tenho. Minha mãe era filha única. Minha avó é literalmente... *tudo*. Quando ela morrer, não vou ter mais ninguém. Não dá para não ficar triste com essa ideia.

— Um dia você vai ter sua família.

Ele me pegou desprevenido com a pergunta:

— Quer ter filhos, Soraya?

Respondi com honestidade.

— Não sei.

— Não sabe?

— Não posso dizer que quero com toda certeza. Espero ter certeza quando tiver que tomar uma decisão.

— A dúvida tem a ver com a situação com seu pai?

— Em parte, sim. Mas nunca analisei muito essa questão. Só não tenho certeza de que a maternidade seja para mim.

Ele ficou pensativo. Talvez não fosse essa a resposta que queria ouvir, mas eu não queria mentir para ele. Era assim que me sentia desde sempre.

Olhei para Graham e perguntei:

— Está me levando para casa?

— Não era o que eu pretendia. — Vi a decepção passar por seu rosto. — Por quê? Quer ir para casa?

— Só pensei que depois do que aconteceu com Lil...

— Achou que eu ia querer ficar sozinho? Não. Não quero ficar sozinho, Soraya. Estou cansado de ficar sozinho. Quero você na porra da minha cama esta noite. Não precisamos fazer nada. Eu... só quero dormir te abraçando. É *isso* que eu quero, se você topar.

Apesar do medo, não havia nada que eu quisesse mais.

— Tudo bem. Eu topo.

Graham nem teve tempo para preparar a massa. Como já era tarde, paramos para pegar comida chinesa, que levamos para o apartamento dele. Passamos as caixinhas de papelão entre nós enquanto comíamos sentados no chão da sala, assistindo a *General Hospital*.

— Acho que posso me acostumar com isso — disse ele, antes de levar uma porção de macarrão à boca. Havia um charme juvenil e incomum no rosto dele nesse momento.

Meu coração ficou apertado. Essa noite foi a primeira vez que realmente compreendi que as coisas estavam ficando sérias entre nós. Por mais que tivesse ficado abalada com a pergunta sobre se queria ter filhos, percebi que não tinha volta. Eu precisava ver aonde chegaríamos. Como disse Lil, era melhor sofrer do que nunca saber.

Limpamos a bagunça do jantar e Graham me levou para o quarto dele. Vi quando ele tirou o suéter. Admirando a tatuagem que Tig tinha feito de um lado de seu tronco, lambi os lábios desejando desesperadamente sentir o sabor de sua pele.

Ele foi ao banheiro, de onde voltou com uma calça preta de pijama, e jogou uma camiseta azul para mim.

— Quero que durma com a minha camiseta.

Ele observou atento enquanto eu desabotoava a blusa. Parecia estar com a boca cheia d'água, e os olhos ficaram colados em meu peito quando vesti a camiseta.

Fui para a enorme cama, e meu corpo afundou imediatamente no colchão fofo de espuma anatômica. Era uma cama própria para um rei – ou um Morgan.

Ele se deitou e me abraçou. Sua respiração foi ficando mais lenta, e percebi que estava adormecendo tranquilo como um bebê. E logo dormi também.

* * *

Eram quatro da manhã quando alguma coisa me acordou. Graham estava virado para mim com os olhos abertos.

— Adoro ver você dormir.

Minha voz estava sonolenta.

— Se eu soubesse que estava me olhando, não teria conseguido.

Ele riu.

— O que te acordou?

— Não sei. Minha intuição, talvez.

— Sabe o que eu acho?

— O quê?

— Acho que você queria olhar embaixo da mesa.

— E eu pensando que o filho da mãe sacana em você tinha tirado a noite de folga.

— Nunca. Ele está sempre aqui, mesmo quando fica quieto. — Graham riu, e seu sorriso quase me derreteu. Os dedos entrelaçaram os meus. — Falando sério, acho que alguma coisa está te incomodando.

— Como sabe?

— Seus olhos.

— Sua avó me falou que eu não devia ter medo de me machucar.

— Ela é uma mulher sábia. Devia ouvir os conselhos dela. Mas posso te contar um segredo?

— Pode.

— Você me apavora, Soraya.

— É recíproco.

— Mas é justamente por isso que sei.

— Sabe o quê?

— Que isso pode ser de verdade.

De verdade.

— Preciso aprender a parar de me preocupar com o amanhã e viver o hoje — sussurrei.

Graham levou minha mão à boca e a beijou.

— Ninguém sabe o que vai acontecer de um dia para o outro, mas se o mundo acabar amanhã, não tem outro lugar onde eu queria estar senão aqui, com você. Isso me diz tudo que preciso saber.

Quando ele colou os lábios aos meus, foi diferente de todas as outras vezes que me beijou, mais apaixonado, quase desesperado. Era como se ele liberasse toda a tensão acumulada em seu corpo no meu. O que começou devagar e sensual logo se tornou frenético e selvagem. Incapaz de continuar controlando a necessidade que tinha dele, tomei a decisão consciente de superar todas as inseguranças, mesmo que só por esse momento. Ali naquela cama, eu me sentia segura. Era a única coisa que importava.

Como se pudesse ler minha mente, Graham se colocou sobre mim e apoiou os braços na cama, um de cada lado do meu corpo. Ele ficou ali por um tempo, olhando nos meus olhos. Parecia estar esperando, pedindo permissão. Assenti em silêncio, informando que aceitava o que ele quisesse. Graham fechou os olhos por um momento, depois os abriu novamente.

Ele não desviou os olhos dos meus enquanto a mão grande despia lentamente minha calcinha. Graham me tocou entre as pernas onde eu pulsava, já molhada e pronta para ele.

Sua mandíbula ficou tensa.

— Porra, Soraya. Preciso de você. Agora. — Ainda com a cueca boxer, ele esfregou o pau em mim. Apertei seu traseiro, puxando-o contra o clitóris, incrivelmente excitada.

Ele tirou a cueca, e senti o membro nu e quente em meu ventre. Abri as pernas o máximo que pude, incapaz de continuar esperando. Agarrei sua ereção e a guiei para minha abertura. Despreparada para a pressão, sufoquei um gritinho antes de recebê-lo lentamente.

— Ai, porra... você é... porra... — murmurou ele com a boca junto da minha enquanto entrava e saía de mim bem devagar. Graham afastou a cabeça para me encarar com as pupilas dilatadas, de um jeito quase hipnótico enquanto me penetrava. Nenhum homem jamais olhou para mim desse jeito durante o sexo. Ele me fodia de corpo e alma, e eu sabia que isso ia me arruinar para sempre.

O quarto era silencioso. A única coisa que eu ouvia era nossa excitação molhada enquanto ele me penetrava cada vez mais fundo. As mãos dele puxavam meu cabelo com mais força, e quando sua respiração se tornou irregular, eu soube que ele estava perdendo o controle.

— Vou explodir muito forte, Soraya. — Ele rangeu os dentes. — Muito... forte.

O que ele disse era tudo que faltava para meus músculos se contraírem em torno dele. Graham sentiu meu orgasmo e finalmente se entregou. Projetando o quadril, me penetrou mais fundo e deixou escapar um gemido antes de explodir dentro de mim.

Graham desabou sobre meu corpo e beijou meu pescoço com delicadeza muitas vezes, permanecendo dentro de mim por muito tempo. Quando ele saiu, senti o esperma quente escorrendo pela parte interna de minhas coxas. Era a primeira vez que sentia isso, porque nunca tinha deixado um homem ejacular dentro de mim antes. Não era virgem, mas era como se essa fosse minha primeira vez de verdade, muito mais íntima e intensa que qualquer coisa que já tivesse feito com alguém. Era de se esperar que eu quisesse correr para o chuveiro, mas o que sentia era justamente o contrário. Queria que uma parte dele ficasse dentro de mim.

Ele me beijou com suavidade até eu adormecer lentamente, pensando se alguma coisa que pudesse sonhar superaria a realidade do que eu tinha acabado de experimentar.

* * *

No dia seguinte, uma névoa densa e absoluta me acompanhou o dia todo no trabalho. Eu não registrava nada do que Ida dizia. Minha cabeça continuava reprisando os acontecimentos da noite anterior. As poucas horas que me separavam de encontrá-lo de novo pareciam uma eternidade. Era como uma droga da qual eu dependia.

Imaginei que ele ficaria quieto o dia todo, até verificar a conta de e-mail do "Pergunte a Ida".

> **Querida Ida,**
> Aqui é o ex-Celibatário de Manhattan. Você também pode me conhecer por Engomadinho Metido. Achei que seria educado atualizá-la sobre minha situação, já que tem sido tão prestativa até agora. A boa notícia: é uma alegria contar que não sou mais celibatário. A má notícia: agora que a tive, quero estar dentro dela cada segundo do dia. Não consigo parar de pensar em transar com ela de todos os jeitos. Tenho medo de que ela acabe se cansando do meu apetite insaciável. Então, minha pergunta para você é: existe excesso de sexo? – Fodido em Manhattan

> *Querido Fodido em Manhattan,*
> *Parabéns pelo fim do celibato. Acho que a resposta para sua pergunta depende de quanto você é bom de cama. Se sua performan-*

ce for boa (e acho que é), não acredito que tenha problemas. Você também pode estar sendo pretensioso ao pensar que sua amiga consideraria desfavorável a abundância de sexo. Não subestime a libido voraz de uma mulher.

Naquela noite, Graham ia telefonar para me dizer que horas o motorista ia passar para me levar ao apartamento dele. Ele não costumava se atrasar tanto sem me avisar. Meu lado paranoico ganhou a briga e peguei o telefone para ligar para ele.

Ele atendeu:

— Soraya... — A voz dele estava deprimida.

Que porra é essa?

— Fiquei esperando você ligar. Está tudo bem?

Ele suspirou do outro lado.

— Não. Não está.

Meu coração começou a palpitar.

— O que aconteceu?

— Recebi uma notícia mais cedo.

— Notícia?

— É o Liam.

— Seu ex-amigo? Marido de Genevieve. O que tem ele?

Houve um longo momento de silêncio.

— Morreu.

CAPÍTULO 13

Soraya

A ansiedade que senti depois de falar com Graham na noite anterior me acompanhou no sono. Passei a noite inteira agitada, virando de um lado para o outro. De manhã, estava totalmente inquieta. Graham tinha dito que iria ao escritório trabalhar ontem à noite. Ele havia planejado incorporar a empresa de Liam valendo-se de manobras comerciais perspicazes, mas não pretendia tirar proveito da morte do homem para conseguir o que queria. Mas isso não impediria outros empreendedores. Os abutres, ele disse, entrariam em ação logo cedo, assim que a notícia começasse a circular. Graham impediria todos os outros de tirarem proveito e adiaria a incorporação que havia planejado.

Fiquei decepcionada quando não o encontrei no nosso trem, embora não esperasse realmente vê-lo ali.

Soraya: Como você está?

Graham: Cansado. Ainda estou no escritório.

Soraya: Passou a noite aí?

Graham: Sim.

Soraya: Sinto muito. Isso deve ser difícil para você. Tem alguma coisa que eu possa fazer?

Graham: Só me espera, por favor, me espera. Vou ficar atolado por alguns dias.

Se eu não tinha entendido quanto Graham havia sido afetado pela notícia, a resposta dele deixou claro que estava muito perturbado. Ele não havia sugerido que eu engatinhasse para baixo da mesa dele ou abrisse as pernas quando perguntei se havia algo que eu pudesse fazer.

Soraya: É claro.

Desci do metrô e comecei a rotina matinal parando no Anil, o *food truck* onde comprava café. Depois que fiz o pedido, tive uma ideia.

— Pode fazer dois cafés, dois bagels com manteiga e dois sucos de laranja? — Não era exatamente gourmet, mas eu me sentiria melhor fazendo *alguma coisa* por ele. O homem havia me seguido e mandado comida indiana porque pensou que eu gostasse; um bagel e um café eram o mínimo que eu podia fazer.

Enquanto voltava para a estação, liguei para Ida e deixei um recado avisando que chegaria atrasada, depois embarquei no trem A. Vinte minutos mais tarde, eu chegava na Morgan Financial Holdings. Saí do elevador no vigésimo andar e de repente, ao ver as letras douradas na porta de vidro, fiquei nervosa. Tinha começado a me acostumar com o frio na barriga que sentia perto de Graham, mas estar no território dele, na arena onde sabia que ele reinava com mão de ferro, me deixava intimidada. E odiava isso.

Abri os ombros e me dirigi à recepção. Era a mesma jovem ruiva do dia em que trouxe o celular dele.

— Pois não?

— Quero falar com Graham.

Ela me olhou de cima a baixo.

— Graham? Está falando do sr. Morgan?

— Isso. Graham J. Morgan.

— Tem hora marcada?

Essa merda de novo não.

— Não. Mas ele vai me receber. Por favor, diga que Soraya está aqui.

— O sr. Morgan não quer ser interrompido.

— Olha só. Sei que esse é seu trabalho. E considerando nossas interações, imagino que seja boa no que faz. Parece ser muito competente para afastar as pessoas. Mas pode acreditar, não vai ter problemas se for avisá-lo que estou aqui.

— Lamento... ele foi bem claro...

Ah, pelo amor de Deus.

— Eu transo com ele, entendeu? Vai avisar o Graham que estou aqui ou vou ter que passar por cima de você.

A mulher piscou duas vezes.

— Como é que é?

Eu me inclinei na direção dela.

— Transo com ele. Sabe como é, enfiar o...

— Soraya? — A voz de Graham me impediu de continuar com a aula de anatomia. Ele vinha pelo corredor dando passos longos em minha direção. Virei e esperei, em vez de ir encontrá-lo. *Droga.* Ele estava de óculos outra vez.

— Que surpresa boa.

— Acho que sua recepcionista pensa diferente.

Graham levantou uma sobrancelha, ameaçou um sorriso divertido, depois olhou para a funcionária novamente com a máscara de empresário.

— A srta. Venedetta não precisa marcar hora. — Ele olhou para mim, depois para ela de novo. — Nunca.

Então segurou meu braço e me levou para o corredor de onde tinha saído. A mulher sentada atrás da mesa na antessala do escritório dele ficou em pé quando nos aproximamos.

— Cancele meu compromisso das nove horas, Rebecca.

— É Eliza.

— Tanto faz.

Ele fechou a porta, me empurrou contra ela e me beijou. A sacola de papel pardo que continha os bagels caiu no chão, e enterrei os dedos no cabelo dele. Foi um beijo longo e intenso, com a língua dele fazendo aquela dança agressiva em torno da minha e o corpo musculoso me pressionando contra a porta. O desespero de seu desejo me inflamou instantaneamente. Graham levantou uma das minhas pernas, permitindo acesso e maior pressão de seu corpo contra o meu no lugar certo. *Ai, Deus.*

— Graham.

Ele gemeu.

— Graham.

Minha mão segurando o café começava a tremer.

— Vou derrubar os cafés.

— Derruba — resmungou ele, com os lábios nos meus, depois retomou a exploração com a língua.

— Graham. — Minha risada invadiu sua boca.

Ele suspirou frustrado.

— Preciso de você.

— Pode me deixar pôr os copos em algum lugar e dar uma olhada no seu escritório, talvez, antes de me agarrar?

Ele encostou a testa na minha.

— Está pedindo ou mandando?

— Considerando que tudo indica que a resposta vai ser não se eu pedir, estou mandando.

Ele gemeu, mas recuou.

— Adoro os óculos, aliás. Não sei se disse isso na noite da festa do Tig.

— Vou jogar fora as lentes de contato.

Aproximei-me da mesa e olhei de verdade o escritório pela primeira vez ao deixar os copos em cima dela. Janelas panorâmicas com vista para o *skyline* de Manhattan em duas paredes do escritório de esquina. Uma grande mesa de mogno em um canto, de frente para uma das janelas. Não um, mas dois computadores lado a lado sobre a mesa. Em cima dela havia várias pastas espalhadas e vários documentos abertos.

— Seu escritório é bonito. Mas parece que você está ocupado. Não vou demorar. Só vim trazer café e um bagel.

— Obrigado. Não precisava se incomodar.

— Não foi incômodo, eu quis vir. — Olhei para ele. Ainda era lindo, mas estava cansado e estressado. — Você parece exausto.

— Vou sobreviver. — Ele apontou uma saleta. — Vem, vamos sentar. Toma café comigo. Não como nada desde ontem à noite. — Do outro lado do escritório havia um sofá de couro com duas poltronas diante dele e uma mesinha de tampo de vidro no meio de tudo. Graham sentou-se, e eu tirei os bagels da sacola e os desembrulhei.

— Trouxe coisas que gosto de comer, porque não sabia do que você gosta.

— Eu como o que você me der.

— Nesse caso...

Um sorriso sacana surgiu no rosto dele.

— Não pense que não vou jogar você em cima desse sofá e me deliciar até que todos os meus funcionários saibam que você é uma moça religiosa.

Enfiei um pedaço de pão na boca para disfarçar. Enquanto mastigava e engolia, também aproveitei para controlar minha libido.

— E aí... conseguiu afastar os homens maus?

— Eu sou um dos homens maus, Soraya.

— Você entendeu. Conseguiu impedir as pessoas que iam tirar vantagem da situação?

— Sim. E não. É complicado. No nosso ramo, existem muitas camadas de propriedade. Estou trabalhando nelas agora. Mas tudo indica que Liam havia instituído um veneno para impedir uma incorporação por agentes indesejados. Traduzindo, ele abriu uma brecha que permite que os atuais acionistas comprem cotas adicionais por um preço reduzido, o que dilui o valor das ações e torna a aquisição menos atraente para incorporadores prospectores.

— Um plano de fuga.

— Exatamente. E teria dado certo, se ele tivesse cedido esses direitos para uma corporação confiável.

— E não foi o que ele fez, pelo jeito.

Graham balançou a cabeça.

— Não.

— Parece complicado e sujo.

— E é.

— Como está lidando com as coisas que não têm a ver com os negócios?

— Que coisas?

— Você perdeu um amigo.

— Um ex-amigo.

Assenti.

— Um ex-amigo. Mas ele deve ter sido alguém de quem gostou durante um tempo ou não teriam criado uma empresa juntos.

— Durante um tempo, sim, mas as coisas mudaram, como você sabe.

— Vi nos jornais hoje de manhã que foi infarto.

— Sim, dentro do carro. Ele saiu da estrada e bateu em uma árvore. Estava morto quando a polícia chegou. Felizmente, não tinha mais ninguém no carro. Genevieve disse que ele deveria ter levado a filha deles, mas a menina não se sentia bem e ficou em casa. Caso contrário...

Ele interpretou minha expressão.

— Falei com ela hoje cedo. Ela pediu ajuda com as questões da empresa, mas eu já estava cuidando disso.

— Não sabia que ainda eram amigos.

— Não somos. Foi uma ligação de negócios. Ela sabia que eu ajudaria, e impedir que outras pessoas desvalorizem a empresa é benéfico para nós dois.

Assenti. Fazia sentido. E era ridículo ter ciúme de uma mulher que havia perdido o marido no dia anterior.

— E sua avó?

— Ela pediu para Cambria me avisar que vai me tirar do testamento, se eu não a tirar do hospital.

— Ah, não.

— Na verdade, isso é bom. Significa que está voltando ao normal. Tenho medo quando ela fica doce e obediente.

O relacionamento com a avó se tornava rapidamente o que eu mais gostava nele. É possível saber muito sobre um homem observando como ele trata a matriarca da família.

— Ela continua no Hospital Westchester?

— Foi transferida para o Hospital de Cirurgias Especiais.

— Fica na rua Setenta, não é?

— Isso.

— A poucos quarteirões do meu escritório. O que acha de eu ir vê-la na hora do almoço? Está atolado aqui, é evidente.

Graham estudou meu rosto.

— Seria ótimo. Obrigado.

— De nada.

— Vai ficar comigo hoje à noite?

— Na sua casa?

— Sim. O motorista pode ir te buscar depois do trabalho e te levar ao Brooklyn para pegar suas coisas, depois ele te leva até minha casa. Eu te encontro lá quando terminar aqui. O porteiro deixa você entrar, se eu ainda não estiver lá.

— Tudo bem.

Conversamos um pouco enquanto comíamos. Depois que terminamos, recolhi as embalagens vazias.

— Preciso ir trabalhar, senão Ida vai inventar uma lista de coisas que precisam ser feitas, mesmo que não precise delas, só para me segurar no escritório até nove da noite.

Graham se despediu de mim com um beijo, que encerrei antes de perdermos o controle.

— Se vai mandar seu motorista me buscar, você vai pegar o trem?

— Isso.

— Plebeu.

— Já esqueceu como a gente se conheceu? Agora pego o trem todas as manhãs.

— Agora? Antes não pegava?

Um sorriso se espalhou por seu rosto.

— A primeira vez que peguei o trem para ir trabalhar em anos foi naquele dia em que perdi o celular. O motorista estava de férias naquela semana.

— Mas continuou pegando o trem depois disso?

— Agora tenho um motivo para isso.

A aflição que sentia desde ontem à noite, quando falei com Graham por telefone, finalmente cedeu um pouco depois que saí do escritório. Não havia nada que eu quisesse mais do que confiar no que acontecia entre nós, mas uma parte minha ainda tinha medo. Ele era muito confiante e destemido, e eu tentava usar essa confiança para me tranquilizar. Odiava esse meu lado fraco e covarde. Era hora de descobrir como me livrar dele.

* * *

— Sra. Morgan? — Abri uma fresta da porta e olhei para dentro do quarto. Ela estava sentada na cama vendo televisão.

— Entra, entra, querida. E me chama de Lil.

Eu havia mandado uma mensagem para Graham perguntando o que ela gostava de comer; então levei um McFish, que ele disse que era horrível, mas que era o preferido dela.

— Achei que ia gostar de um pouco de companhia hoje. Graham está preso no escritório desde ontem. Eu trabalho aqui perto.

— Esse cheiro é de sanduíche de peixe?

Sorri.

— É, sim.

— Graham acha que isso não é comida boa, só porque não é de um restaurante que cobra sessenta dólares por um sanduíche do tamanho de uma moeda. Adoro esse menino, mas às vezes ele é um grande esnobe com a cabeça enfiada no próprio rabo.

Eu ri pensando no *Engomadinho Metido*.

— Às vezes ele tem um lado elitista.

Havia um carrinho com uma bandeja em um canto, e eu a puxei para acomodar o nosso almoço.

— Está vendo novela?

— *Days of Our Lives*. Minha filha me fez ficar viciada nisso.

— Ela viciou o filho também — contei rindo.

— Ah, você sabe disso?

— Sei. É bem atípico para ele.

— Houve um tempo em que não era. Pode duvidar, mas aquele homem já foi um coração de manteiga. Com minha Celia, pelo menos. Ele idolatrava a mãe. O golpe da morte dela foi duro para ele. Deve ser por isso que ele é como é. Não se apega a muitas mulheres, sabe? Aquelas a que se apegou não ficaram com ele. Não foi culpa da minha Celia, é claro.

Eu sabia que ela se referia a Genevieve. A primeira mulher a quem Graham se abriu depois de perder a mãe, e ela o decepcionou. Eu nem a conhecia e já a desprezava.

— Como está se sentindo? Graham falou que sua cirurgia está marcada para sexta-feira.

— Estou bem. Eles ficam me oferecendo analgésico, mas não preciso disso, e o remédio me deixa sonolenta. Acho que eles gostam de fazer gente velha dormir o tempo todo, para não pedirmos nada.

Olhei em volta. Era o melhor quarto de hospital que já tinha visto. Tinha espaço para meia dúzia de pacientes, mas só uma cama. Notei um lindo arranjo de flores em um canto. Lil percebeu que eu estava olhando para o arranjo.

— Graham mandou as flores. Ele manda um arranjo novo toda semana, na terça-feira, pontual como um relógio. Eu tinha um jardim enorme, mas não consegui mais cuidar.

— Ele é muito atencioso, quando quer.

— Esse homem tem dois lados. O sem consideração e o atencioso. Não sei se ele tem o gene do meio-termo.

— Agora o descreveu com precisão.

— Alguém tem que enxergá-lo como ele é e falar o que ele tem que ouvir.

Eu ri.

— Acho que sim.

— E alguma coisa me diz que você vai fazer o mesmo. Dá para ver... você faz bem a ele.

— Acha mesmo? Somos opostos em vários aspectos.

— Não importa. O importante é o que existe dentro de vocês.

— Obrigada, sra. M... Lil.

Fiquei além da minha hora do almoço, me divertindo com Lil falando sobre os personagens de sua novela. O enredo era tão absurdo que não pude deixar de pensar em Graham acompanhando a história. Ele era muito prático e objetivo. Quando me preparei para ir embora, Lil segurou minha mão.

— Ele é um bom homem. É absolutamente leal e ama a família. Protege o coração com ferocidade, mas, quando o entrega, não o pega de volta.

— Obrigada.

— Você pode consertar o resto. Acaba com aquela arrogância e não dá moleza, fala o que ele tem que ouvir. Ele é esperto. Vai entender bem depressa.

— Ah, isso eu posso fazer.

* * *

Graham não estava em casa quando cheguei. Blackie me recebeu na porta, pulando à minha volta enlouquecido.

— Ei, amigo. — Eu o peguei no colo, e ele começou a lamber meu rosto. Eu ainda não havia superado o fato de o sr. Grande Babaca ter um cachorrinho branco e fofo. — Parece que somos só nós dois, por enquanto.

Olhei para o espaço amplo. O único barulho era o de Blackie arfando. Nas últimas duas vezes em que estive no apartamento, a visita havia sido limitada ao interior da calça de Graham, por isso aproveitei o tempo para xeretar um pouco.

O lugar era lindo. Devia ter sido decorado por um profissional, sem dúvida, e tons frios de cinza e prata davam um clima de solteirão. Podia aparecer nas páginas da *GQ*, com o proprietário no meio do espaço amplo, com os braços cruzados. Mas, por mais bonito que fosse, faltava alguma coisa. Personalidade. Não tinha nenhuma pista de quem morava ali.

Curiosa, andei pela sala. Havia um grande sofá de módulos na frente de uma TV de tela plana pendurada na parede. Embaixo dela, um armário preto e brilhante. Levei um minuto para entender como abrir as portas sem maçanetas. Dentro dele havia uma coleção de DVDs. *Clube dos pilantras, O maluco do golfe, O âncora.*

Hum.

Continuei olhando e passei à prateleira seguinte. *Glória, Gettysburg, Gangues de Nova York.*

Hummm.

Decide, Morgan.

Fui à cozinha. O refrigerador era uma enorme coleção de embalagens de comida para viagem. E... três de Nesquik de morango.

Hum.

No quarto, olhei o criado-mudo. Bisbilhotar a coleção de DVDs e o conteúdo da geladeira era uma coisa, mas invadir a mesa de cabeceira seria ultrapassar o limite. Olhei em volta procurando outra coisa para ver. Não havia nada. Nem fotos, nem papeizinhos dobrados tirados dos bolsos na noite anterior e deixados sobre a cômoda. Olhei de novo para o criado-mudo.

— Não — disse a mim mesma em voz alta.

Levantei Blackie até a altura do meu rosto para termos uma conversa.

— Seria errado mexer na gaveta de Graham, não seria, amiguinho?

Ele pôs a língua para fora e lambeu meu nariz.

— Vou interpretar como um sim.

O interior do closet tinha mais a cara de Graham J. Morgan. Ternos enfileirados de um lado, a maioria escuro. Uma quantidade obscena de camisas sociais penduradas do outro lado. Tudo certinho e organizado.

Chato.

Voltei ao quarto, e meus olhos encontraram imediatamente o criado-mudo. Aquela coisa estava me atormentando.

— Talvez só uma espiada.

Afaguei Blackie, que continuava no meu colo. Ele ronronou para mim. *Cachorros ronronam?* Um ronronar seria o equivalente humano a um sim, não seria?

Só uma espiadinha... não vou tirar nada do lugar.

Abri a gaveta com o dedo indicador. Dentro dela havia uma bolsinha de veludo preto, uma embalagem transparente de alguma coisa que podia ser lubrificante, embora o rótulo estivesse voltado para baixo, e uma caixa fechada de preservativos.

Bom, talvez eu precisasse mexer em uma ou duas coisas.

— Acha que tem alguma coisa boa nessa bolsa, amigo? — Estava falando com Blackie de novo.

Mas não foi Blackie que respondeu.

— Eu *sei* que tem alguma coisa boa naquela bolsa. — A voz profunda de Graham quase me matou de susto. Dei um pulo, e o movimento espontâneo dos braços jogou Blackie para cima. Felizmente, ele caiu em cima da cama.

— Quase me matou de susto. — Levei a mão ao peito.

Graham estava parado na porta, apoiado no batente de um jeito casual.

— Estava tão distraída espionando que não me ouviu entrar.

— Não estava espionando.

Graham levantou uma sobrancelha.

— Não estava — repeti.

— Será que deixei a gaveta aberta hoje de manhã, então?

Cruzei os braços.

— Acho que sim.

Ele riu, se aproximou do criado-mudo e fechou a gaveta.

— Bom, se a deixei aberta hoje de manhã e você não estava espionando, provavelmente não quer saber o que tem na bolsa.

— Não quero.

— Que pena.

— Por quê? O que tem na bolsa?

— Me beija.

— Vai me contar o que tem na bolsa?

Ele passou os braços em torno de minha cintura.

— Vou te mostrar o que tem na bolsa. Agora me cumprimenta direito.

Revirei os olhos como se isso não fosse uma coisa que quisesse fazer cada vez que via aquele rosto ridiculamente lindo. Depois beijei seus lábios. Antes que eu pudesse me afastar, ele enrolou parte do meu cabelo na mão e não soltou até me beijar de verdade.

— Nunca pensei que você fosse xereta — falou ele, com a boca encostada na minha.

Inclinei a cabeça para trás e olhei para ele.

— Normalmente não sou. Mas não consigo entender você.

— O que tem para entender?

— Comédia pastelão ou filmes de guerra civil? Normalmente, as pessoas gostam de um ou do outro.

Graham parecia achar isso engraçado.

— Eu gosto dos dois.

— E o Nesquik? Morango, caramba.

— Eu gosto.

— É óbvio.

— E Blackie também gosta.

— Você dá Nesquik para o cachorro?

— Dou.

— Então... é isso. O sr. Grande Babaca não tem um cachorrinho fofo e não divide leite com morango com ele.

— Talvez eu não seja o sr. Grande Babaca como você pensa. — Ele deslizou minha mão pela frente da calça. — Talvez eu seja só *grande*, mas não um grande babaca.

— Qual é o nome da sua secretária?

— Elaine.

— Eliza. Ela falou hoje de manhã. Eu estava lá.

— Estava ocupado. É difícil encontrar uma boa secretária que fique por muito tempo no emprego.

— Só quando você é um grande babaca.

— Então talvez eu seja um grande babaca. Mas não com você, não é?

— Suspirei.

— O que tem na bolsa?

— E se disser que é uma corda porque quero te amarrar?

Pensei nisso por um segundo, depois dei de ombros.

— Acho que topo.

Ele bufou frustrado.

— Droga. Eu devia ter comprado uma corda.

— Isso exigiria uma viagem à loja de ferramentas. Imagino que não seja o tipo de cara que faz as coisas sozinho, e duvido que saiba onde tem uma dessas lojas.

— E se eu disser que é um brinquedinho de sex shop, uma daquelas bolas que a gente amarra no rosto para a pessoa não poder falar? E se eu disser que é isso que tem na bolsa, bocuda?

— Uma mordaça com bola?

— Identificou bem depressa o que é.

Eu me inclinei para ele e cochichei:

— Também tenho *Clube dos pilantras*, *Happy Gilmore* e *O âncora*. Mas em vez de filmes chatos sobre a guerra civil, talvez tenha alguns de um gênero *diferente*.

Ele gemeu.

— Você tem uma coleção de pornô?

— Talvez.

— Você não seria mais perfeita nem se eu inventasse.

— Mesmo não gostando das minhas respostas engraçadinhas?

— Suas respostas me deixam de pau duro, e mais tarde vou enfiar ele todinho nessa boca. Tem razão, não sei onde tem uma loja de ferramentas, mas sou muito versátil, e aposto que consigo encontrar alguma coisa para amarrar seus braços e suas pernas quando chegar a hora.

Ele só estava brincando, mas ouvir Graham falar sobre me amarrar me deixava excitada, e ele percebeu.

— Caralho, Soraya.

— Sim. Por favor.

Era tudo de que ele precisava. Só horas mais tarde fiquei sabendo o que havia dentro da bolsa: a lingerie que ele havia comprado na Bergdorf's no dia do baile de gala. Não usei a peça naquela noite, mas arranquei dele a promessa de que a gaveta estaria cheia de coisas mais interessantes na minha próxima sessão de espionagem.

Na manhã seguinte, acordei com Graham totalmente vestido afagando meu rosto. Abri os olhos.

— Oi. Dormi demais?

— Não. Eu acordei muito cedo. Vou ter um dia cheio e quero começar logo.

Estiquei os braços acima da cabeça, o que fez o lençol escorregar e expor meus seios nus. O frio da manhã deixou os mamilos imediatamente rígidos.

— Não faz isso. Não vou conseguir sair. — Graham esfregou dois dedos sobre um deles.

— Hum...

— Soraya... — avisou ele.

— O quê? Isso é bom. Não toca, se não quer que eu reaja.

Ele balançou a cabeça.

— Vai ficar comigo hoje à noite de novo? Vou chegar tarde, mas vou adorar encontrar essa bela visão na minha cama.

— Tem que trabalhar até tarde? — Olhei para a janela do quarto. — Ainda nem clareou, e você já está planejando trabalhar até depois que escurecer.

— Não. Preciso passar no velório hoje à noite. Vai ser das sete às nove, provavelmente vou esperar no escritório para ir direto.

— Ah.

— Vai estar aqui quando eu voltar?

— Posso ir com você? Ao velório. Não devia fazer isso sozinho. Não deve ser nada agradável, é seu ex-amigo, cuja empresa estava tentando comprar, e a viúva é sua ex-namorada. Você vai precisar de companhia.

— Faria isso por mim?

— É claro. Aliás, parece que esse é meu destino ultimamente. Encontros em funerais.

Graham riu e me beijou de leve.

— Eu pego você às seis e meia. E obrigado.

Ele saiu, e continuei na cama mais um pouco antes de levantar. Não conseguia parar de pensar... *essa noite vai ser interessante.*

CAPÍTULO 14
Graham

Eu devia estar trabalhando, em vez de ficar de bobeira. Minha mesa estava coberta de documentos, havia pelo menos cem e-mails que precisava responder, e eu ali escrevendo de novo para uma conselheira de sessenta anos.

> Cara Ida,
> A mulher com quem estou saindo expressou recentemente interesse em ser amarrada. Queria saber se pode orientar um novato em sua estreia. Corda é um bom investimento? Ou acha melhor algemas forradas de pele? Talvez fitas de seda que não vão deixar marcas nos pulsos? Tenho a intenção de enfiar a cara naquela bocetinha apertada, o que significa que vai haver muita pressão nas amarras enquanto ela estiver se contorcendo na cama com orgasmos múltiplos. – Cinquenta Tons de Morgan, Manhattan

Demorou apenas vinte minutos para a resposta aparecer na minha caixa de entrada. Eu esperava um texto longo e cheio do habitual sarcasmo. Devia saber que nunca poderia antecipar nada que tivesse a ver com Soraya Venedetta.

> Caro Cinquenta,
> Posso sugerir uma olhada no criado-mudo de sua parceira? Como ela manifestou interesse, talvez tenha ido fazer umas compras na hora do almoço.

Essa mulher ia acabar comigo. Eu sabia.
Uma hora mais tarde, a secretária me chamou pelo interfone.

— Sr. Morgan? Ligação na linha três.
— Eu não pedi para não me interromper?
— Sim, mas disseram que é urgente.
— Quem é e qual é o assunto?
— Humm, não perguntei.
— Escuta... — Como era o nome dela? Ellen? *Que droga.* — Grande parte do seu trabalho é filtrar telefonemas, certo?
— Sim.
— E me interromper, mesmo eu tendo pedido para não ser interrompido, sem saber o nome da pessoa que está ligando, é fazer seu trabalho corretamente?
— Eu...

Minha paciência estava acabando.

— Pergunte quem é e qual é o assunto urgente.

Um minuto depois, o interfone tocou de novo.

— O que é?
— É a sra. Moreau. Ela me pediu para dizer que o assunto urgente é que o marido dela morreu.

Atendi o telefone.

— Genevieve.
— Graham. Preciso de ajuda.
— Eu disse ontem que estou cuidando do assunto.
— Preciso de mais que isso.

Tirei os óculos e joguei em cima da mesa. Passei a mão no rosto e respirei fundo. Há anos não tinha uma conversa civilizada com ela, mas diferentemente do que dizia a crença popular, eu não era um completo babaca. Ela havia acabado de perder o marido, morto de infarto aos trinta e um anos.

Encostei na cadeira, expirei o ar envenenado e inspirei compaixão.

— Em que posso ajudar, Genevieve?
— Não quero administrar uma empresa sozinha. Não consigo.
— É claro que consegue. É só contratar alguém de confiança, se for demais para você.
— Eu confio em *você*, Graham.

Eu também confiava em você. Senti a dor física ao morder a língua.

— Você não está em condições de falar de negócios agora.
— Eu sempre estou em condições de falar de negócios. E você também. É a única coisa que temos em comum. Um acordo comercial é mais importante que nossas emoções.
— Acho que está enganada, e neste momento só não consegue ver isso claramente. Mas como acha que posso ajudar?
— Quero uma fusão com a Morgan Financial Holdings.

— Quer que eu compre a Gainesworth Investments? Uma incorporação completa?

— Não. A Gainesworth Investments e a Morgan Financial Holdings juntas seriam uma união de forças. Quero administrar a empresa com você.

— Como é que é?

— Você ouviu. Quero uma fusão. Vamos voltar a ser uma equipe.

— Genevieve, não quero ser insensível, mas... você acabou de perder o marido. Não acha que devia dar um tempo antes de procurar um novo parceiro comercial? Viver o luto, talvez? Não está raciocinando com clareza.

Ela suspirou.

— Liam e eu estávamos separados.

— Eu não sabia.

— Peguei Liam transando com minha assistente de vinte e três anos.

— Lamento.

— Mentira. Está pensando que tudo que vai volta. Eu pensaria a mesma coisa.

Surpreendentemente, eu não estava pensando isso.

— Mesmo assim, sofreu uma perda. Sua filha deve precisar de você agora. Deixa eu terminar de impedir que os acionistas comprem muitas ações, assim garanto sua vantagem. Podemos falar de negócios depois que tiver tempo para pensar.

— Esse é o jeito Graham de dizer que conversamos depois que você decidir o que quer.

— Genevieve, vai ficar com a sua família. Os negócios podem esperar.

— Está bem. Mas verifique sua agenda. Você tem um compromisso na sexta-feira, às dez, com a sra. More, deve estar agendado como indicação de Bob Baxter. Não é. Sou eu. More... Moreau. Marquei esse horário há duas semanas. Estava mesmo planejando falar com você sobre isso.

— Vejo você no velório hoje à noite, Genevieve.

Desliguei e olhei minha agenda. Era verdade, havia um horário marcado para uma nova cliente na sexta-feira. Sra. More, indicação de Bob Baxter. Eu tinha que reconhecer que ela era astuta. Normalmente, eu ligava para alguém que indicava um novo cliente, colhia informações sobre a indicação. Mas Genevieve era esperta. Sabia que eu não ligaria para Bob Baxter. Aquele homem não sabia o que era uma ligação de dez minutos. Ele me manteria ao telefone por três horas e me impediria de recusar um convite para jantar antes de desligar.

Incapaz de me concentrar, decidi ir à academia. Correr e levantar peso sempre me ajudavam a clarear as ideias. Depois de cinco quilômetros na esteira, minha cabeça ainda girava. Flashes da minha vida passavam por ela aleatoriamente.

Os olhos de Soraya se abrindo hoje de manhã, na minha cama. Sorrindo ao me ver olhando para ela.

Genevieve e eu abrindo uma garrafa de champanhe no escritório na noite em que nosso portfólio de administração de bens chegou a um bilhão de dólares pela primeira vez.

Soraya, ajoelhada, olhando para mim enquanto deslizava o piercing na cabeça do meu pau.

Entrar no escritório de Genevieve depois de voltar mais cedo de uma viagem de negócios, pronto para comemorar outro acordo fechado. Encontrá-la ajoelhada, com o pau de Liam na boca.

Eu corria mais e mais depressa. Mas quanto mais corria, mais rápido as imagens passavam pela minha cabeça.

Tig perfurando minha pele com a agulha e a tinta cobrindo o nome de Genevieve.

Liam e eu, juntos, vendo pendurarem a placa na frente do nosso escritório três semanas depois da formatura.

Minha mãe. *Minha mãe.* Frágil na cama de hospital, tentando fingir que estava bem.

Que porra?

Corri mais ainda.

A tatuagem de pena de Soraya.

Genevieve sentada no canto da minha mesa.

Liam correndo na esteira ao meu lado.

Olhei para a esquerda. Liam estava correndo ao meu lado. A visão era tão real que por um momento pensei realmente que fosse ele.

Quando por fim parei, tinha corrido tanto que levei cinco minutos para recuperar o fôlego. Abaixado, com as mãos nos joelhos e ofegante, pingando de suor, fechei os olhos. *Merda. Merda. Merda.* Quando tudo começava a parecer simples, por que de repente tinha a sensação de que era complicado?

Naquele momento eu nem imaginava, mas a sensação era uma premonição do que estava por vir.

***

Eu não bebia muito, nunca usei drogas. Meu único vício era *sexo*. E quando estava estressado, precisava dele ainda mais. Como uma droga.

Sei que não devia estar pensando em transar com Soraya a caminho de um velório, mas não conseguia me controlar. Ela estava linda no vestido preto. Tinha prendido o cabelo, mesmo gostando mais dele solto. Provavelmente, achava que devia esconder as pontas coloridas de novo. E parecia nervosa. Essa rara vulnerabilidade que ela demonstrava me fazia querer transar com ela ainda mais. A divisória que nos separava do motorista estava completamente fechada, o que piorava a situação. A tentação de colocá-la sentada no meu colo crescia a cada minuto.

Ela deve ter lido minha mente, porque disse:

— Está com cara de quem quer me atacar, Morgan.

— Você ia perder o respeito por mim se eu dissesse que, apesar do lugar para onde estamos indo, só consigo pensar em tirar sua calcinha e fazer você gozar na minha cara?

— Já sei que você é um sacana filho da mãe. Não estou surpresa. Mas agora você pesou a mão — brincou ela.

— Uma coisa que vai descobrir sobre mim é que, quando estou estressado, penso ainda mais em sexo. Isso me distrai do que estiver me incomodando. É a única coisa que ajuda, sério.

— Entendo. Está pedindo *minha* ajuda, sr. Morgan?

— Não me chame de sr. Morgan, a menos que queira bancar a submissa, e nesse caso vai ser um prazer te colocar sobre os meus joelhos agora. Podemos brincar desse jeito, se quiser. — Eu me distraí olhando para aquela boca hipnótica. — Quero essa boca em mim agora.

Tive a impressão de que ela se ajeitou no banco.

— Ah, é?

— Sim. E minha boca em você. Como comer em momentos de estresse.

Ela gargalhou.

— Que bom que acha engraçado, porque estou a dez segundos de enfiar a cara embaixo desse vestido.

— Não podemos. Vamos chegar à funerária a qualquer momento.

Minha voz estava grossa e cheia de vontade quando escorreguei a mão para baixo do vestido e acariciei sua coxa.

— Não se a gente se atrasar um pouco.

— Está falando sério?

Em vez de responder, peguei o telefone para falar com o motorista.

— Louis, ainda é cedo para irmos para a funerária. Dê uma volta. Podemos voltar para cá em trinta minutos.

— Sim, sr. Morgan.

Ela mordeu o lábio e balançou a cabeça para mim com ar incrédulo, e isso fez minha ereção ficar ainda maior. Eu não podia entrar em um velório de pau duro. Portanto, o assunto era urgente.

Soraya estava deitada no banco de couro. Levantei o vestido e me ajoelhei entre suas pernas. Removi a calcinha bem devagar com os dentes, sentindo o tecido molhado na língua.

Puta que pariu. Ela estava ensopada.

Ela se contorcia enquanto eu movia a língua lentamente para cima e para baixo, por todo o comprimento da vagina. Não usava só a ponta, mas a língua inteira, parando só para chupar o clitóris. Ela nunca havia ficado tão molhada comigo. *Nunca.*

Soraya passava as unhas compridas na minha cabeça e puxava o cabelo. Minha saliva estava misturada à excitação dela, e continuei até sentir que não podia mais. Enfiei os dedos nela e comecei a movê-los para dentro e para fora enquanto olhava em seus olhos brilhantes.

— Eu preciso muito entrar em você.

— Sim. Por favor... — murmurou ela.

Ah, eu podia me acostumar tranquilamente com Soraya Venedetta implorando.

Abri o zíper da calça e a abaixei até a metade das pernas antes de mudá-la de posição, colocando-a em cima de mim. O couro era frio sob meu corpo. Segundos depois, ela sentou no meu pau, e revirei os olhos.

Com o vestido levantado, ela me cavalgava com a bunda exposta e os olhos cravados nos meus. A sensação de penetrá-la era tão incrível quanto eu imaginava que seria. Não consegui me conter e tirei os grampos de seu cabelo, soltando o coque e vendo as mechas caírem livres enquanto ela me devorava. Como na noite do baile de gala, Soraya não protestou. Eu sabia que não queria o cabelo preso.

As outras vezes que fizemos sexo pareciam brandas comparadas a essa experiência no carro. Isso era mais rude, carnal... uma trepada pura e autêntica em sua melhor versão.

Quando ela deixou escapar um gemido abafado, gozei mais forte do que conseguia lembrar de já ter gozado. Era muito bom extravasar a tensão que havia se acumulado durante o dia todo. Nada, nem mesmo o tempo que passei na academia, tinha me acalmado como estar dentro dela. Não só isso: a morte de Liam era um lembrete brusco e doloroso da minha mortalidade e do que era importante. A vida era curta para não transar desse jeito o tempo todo.

— Agora estamos desarrumados — disse ela ao sair de cima de mim.

— Juro por Deus. Você nunca esteve tão linda, Soraya. — Era verdade. O rosto estava corado, o cabelo, despenteado. Alegria pura diante da morte. Eu estava muito grato por não ter que enfrentar essa noite sozinho. E muito grato por estar vivo.

Ela pegou o estojo de maquiagem para se olhar no espelho.

— Passei de princesa Grace a Betty, a Feia.

Dei risada.

— E eu adoro.

Disse a Louis para parar na Macy's para Soraya usar o banheiro, arrumar o cabelo e comprar uma calcinha. Estávamos atrasados para o velório.

Quando paramos na funerária, minha ansiedade crescia de novo. Soraya agora usava o cabelo preso em um rabo de cavalo. Ela afagou minhas costas e disse:

— Vai ficar tudo bem.

Graças a Deus Soraya estava ali comigo.

Não só seria difícil ver o corpo sem vida de Liam, como era a primeira vez que eu encontraria Genevieve em muito tempo. Mas o mais doloroso de tudo isso era lembrar a última vez em que estive em uma funerária: quando minha mãe morreu.

A fila estava do lado de fora, um mar de tecido preto e engomado. Homens ricos, antigos integrantes da nata de Manhattan discutiam seus portfólios de ações, quando deviam estar quietos. Eu não conseguia enxergar além das pessoas na minha frente. Não que quisesse ver alguma coisa lá dentro. Queria ir para casa, para o meu porto seguro dentro de Soraya.

Precisava ir ao banheiro, e me inclinei para cochichar no ouvido de Soraya:

— Fica na fila. Vou procurar um banheiro.

— Tudo bem — respondeu ela, aparentemente aflita por ter que ficar sozinha.

Saí da fila e segui a trilha de tapetes persas até o banheiro. Depois de urinar como um cavalo de corrida, estava voltando para perto de Soraya quando vi a mãe de Liam, Phyllis, confortando uma garotinha no corredor. A criança chorava, e aquilo partiu meu coração.

A menina estava de costas para mim, mas parecia ter uns quatro anos. Devia ser a filha de Liam e Genevieve. Eu não a conhecia. Só sabia que Liam tinha engravidado Genevieve logo depois de eu ter descoberto sobre o caso deles. Na época, a notícia só piorou tudo. Mas, neste momento, eu só sentia pena de uma criança que tinha perdido o pai. Conhecia muito bem esse tipo de dor.

Phyllis reagiu assustada ao me ver, mas eu não podia passar por ela sem dar as condolências.

Estava enjoado quando disse:

— Oi, Phyllis. Sinto muito por Liam.

Aparentemente perturbada, ela só assentiu e abraçou a menina antes de se afastar. Eu estava atrás delas e vi um pompom preto cair do cabelo da garotinha no tapete.

Pigarreando, peguei o acessório e fui atrás delas.

— Com licença. Ela deixou cair isto aqui.

A menina virou, e eu pude olhar para ela pela primeira vez. Ajoelhei com o pompom na mão e esqueci o que devia dizer. Estava completamente sem ar. Não havia palavras... só um estado de absoluta incredulidade e confusão. Porque, se eu não soubesse que isso era impossível, teria jurado que estava olhando para o rosto de minha mãe.

CAPÍTULO 15
Soraya

Por que ele demorava tanto?

A fila andava mais depressa do que eu esperava, e Graham ainda não tinha voltado do banheiro.

Já dava para ver o caixão aberto. Como era horrível ver um homem tão jovem e tão bonito deitado ali, morto. Eu sabia que ele havia traído Graham, mas Liam não merecia isso. Dava para ver que ele era loiro e tinha um rosto bonito. Parecia estar em paz. Eu realmente esperava que ele estivesse em um lugar melhor.

Muitas coroas de flores brancas cercavam o caixão com faixas que diziam: *Filho, Amigo, Marido.* Havia longas velas acesas. Era um cenário bonito. O melhor que o dinheiro podia comprar.

Olhei para trás. Nada de Graham.

Foi então que a vi.

Estoica, ela estava sentada na cadeira mais próxima do caixão.

Genevieve.

Meu corpo ficou tenso, tomado por uma onda repentina de possessividade. Como Liam, Genevieve também era loira. Meu namorado havia sido sacaneado pela Barbie e pelo Ken. E eu estava mais para um relançamento da boneca Bratz.

Meu namorado. Acho que era, não?

Enfim, Genevieve era o oposto de mim fisicamente, tipo mignon, com um corpo quase de bailarina. Bonita. Eu não esperava menos que isso, mas torcia para que talvez, por uma sorte, ela tivesse uma aparência mediana, apenas. Não era o caso.

Mas não era só a aparência dela que revirava meu estômago. Era mais o fato de estar frente a frente com alguém a quem Graham tinha entregado o coração. Ele a amou. Eu não sabia se um dia sentiria a mesma coisa por mim. Talvez nunca tivesse percebido quanto queria ou precisava disso, até esse momento.

Enquanto ela falava com pessoas que ofereciam condolência, estudei seus olhos. Os olhos que haviam olhado os de Graham. Olhei para a boca. A boca que tinha beijado a dele, chupado seu pau. Olhei para os seios modestos dentro do vestido preto. Os meus eram bem maiores. Isso fez com que eu me sentisse melhor por uma fração de segundo, até meus olhos descerem até as pernas finas. As pernas que haviam enlaçado a cintura dele.

Meu Deus, Soraya. Para de se torturar. Então, isso era sentir ciúme.

Quando olhei para trás novamente, a mulher na fila sorriu para mim.

— Como conheceu Liam?

— Eu... não conheci. Vim com Graham Morgan.

— O ex-noivo de Genevieve?

Engoli o nó na garganta.

— Noivo?

— Se está falando do Graham Morgan da Morgan Financial Holdings, sim. Eles eram noivos e iam se casar, antes de Genevieve ficar com Liam.

Senti o estômago se comprimir. *Ele a tinha pedido em casamento?*

— Sei. É claro. Sim. Vim com esse Graham Morgan. E você é...?

— Helen Frost. Vizinha de Genevieve e Liam. Às vezes, cuido de Chloe.

— A filha deles?

— Sim. Ela tem quatro anos. Bonita, cabelo escuro, diferente dos pais.

— Ah, isso acontece de vez em quando. — Dei de ombros.

Antes de nossa conversa continuar, notei Graham passando entre as pessoas e caminhando em minha direção. Ele olhava para a frente, como se estivesse completamente atordoado. Toda essa experiência devia ser mais difícil para ele do que eu pensava.

— Tudo bem?

Ele assentiu em silêncio, mas eu pressentia que havia alguma coisa muito errada.

Finalmente, chegou nossa vez de ajoelhar ao lado do caixão de Liam e fazer uma prece. De mãos postas, fechei os olhos e rezei um Pai-nosso e uma Ave-maria. Meu coração ficou apertado quando ouvi as palavras que saíam da boca de Graham.

— Seu filho da mãe — sussurrou ele. Os olhos estavam cheios d'água, mas ele não chorava de verdade. O lábio inferior tremia. Continuei olhando para ele, sem entender aquela raiva repentina. Nós nos levantamos juntos e caminhamos devagar em direção à viúva. Genevieve parecia bem para alguém que tinha acabado de perder o marido.

Os olhos dela se iluminaram quando viram Graham. O corpo dele ficou tenso quando ela o abraçou e puxou para perto.

Vadia.

— Muito obrigada por ter vindo, Graham.

Ele ficou ali parado, olhando para ela.
Tinha perdido a fala com o choque?
Ela prosseguiu:
— Sou mais grata por isso do que imagina. Vejo você na sexta, na nossa reunião.
Reunião?
Ela o veria?
Estávamos parando a fila, e ele nem tinha me apresentado. Finalmente, ela desviou os olhos dele o suficiente para me notar parada a seu lado.
Genevieve exibiu um sorriso falso.
— Quem é você?
— Soraya... sou a... — hesitei.
Graham finalmente falou:
— Ela é minha namorada — disse com firmeza, passando um braço em torno de minha cintura.
— Namorada — repetiu ela.
Graham me segurou com mais força.
— Sim.
— Avery me contou que você estava com alguém, mas não pensei que fosse sério.
— É, sim. *Muito* sério.
Ah, tudo bem, então. Bom saber.
— Bom, é um prazer, Soraya.
— Igualmente. Sinto muito por sua perda.
E estou falando de... Graham.
Ele a encarava como se quisesse matá-la.
O que estava acontecendo? Por que ele estava tão bravo de repente?
Graham passou para o próximo membro da família. Apertamos a mão de cada pessoa naquela fila até o fim.
Então, suspirei aliviada e disse:
— Que coisa mais dolorosa. O que fazemos agora?
Tive a impressão de que ele queria dizer alguma coisa, mas não encontrava as palavras.
— Soraya...
— Que foi? O que está acontecendo, Graham? Fala.
— Agora não dá. Vou perder a cabeça com alguém. E não é a hora nem o lugar certo.
Não demorou muito para eu ter a resposta que procurava. Todos os olhos na sala se voltaram para uma linda garotinha de cabelos escuros que surgiu ao lado do caixão de Liam. *Chloe*. Ela não tinha aparecido até então. Imaginei

que a filha de Liam e Genevieve era mantida fora do velório intencionalmente. Não sabia que ela estava ali.

Todos ficaram paralisados pela imagem desoladora da criança chorando sobre o corpo morto do pai. Aquilo me fez sentir culpa, porque meu pai estava vivo e eu preferia não me relacionar com ele. O dela estava morto, e ela nunca mais teria a opção de vê-lo.

— Isso é muito triste — cochichei para Graham.

Ele respirou fundo e soltou o ar devagar.

Quase no mesmo instante, Chloe virou-se, e eu pude ver seu rosto pela primeira vez. Foi difícil sufocar a exclamação de espanto. As engrenagens começaram a girar em minha cabeça. Quando olhei para Graham de novo, ele a encarava com ar incrédulo.

— Nunca tinha visto a menina, Graham?

Com os olhos ainda cravados nela, ele balançou a cabeça e respondeu:
— Não.

De repente, seu comportamento estranho fazia todo sentido. Porque essa criança era a cara do pai.

O pai dela, Graham.

Eu não tinha dúvida. Graham era o pai biológico de Chloe. Meus pensamentos se atropelavam. Como isso podia ter acontecido? Como foram capazes de não contar para ele? Havia alguma possibilidade de ser uma coincidência? A menina era parecida com Graham, mas filha de Liam? No fundo, eu sabia a resposta. De repente, não sabia se queria chorar ou socar alguém.

Ele puxou meu braço.

— Temos que sair daqui antes que eu faça alguma coisa de que vou me arrepender depois.

Olhei para Genevieve, que não percebia o surto iminente de Graham enquanto conversava e exibia os dentes para as pessoas na fila

— Tudo bem. Sim, vamos — concordei.

De volta ao carro, Graham passou os primeiros dez minutos do trajeto olhando pela janela. Ainda em choque, parecia não querer conversar sobre o que tínhamos acabado de descobrir, e eu não queria pressioná-lo.

Finalmente, ele olhou para mim.

— Fala que é só minha imaginação.

— Não. Não é. Aquela menina parece com você.

Ele piscou algumas vezes, ainda tentando processar os acontecimentos.

— Se ela é minha filha, como Genevieve foi capaz de saber o tempo todo e não me contar?

— Queria ter uma resposta, mas não tenho. Acho que vai ter que perguntar a ela.

Massageando as têmporas, ele disse:
— Preciso pensar em tudo isso.
— Entendo se quiser ficar sozinho.
— Não! — A resposta foi enfática. — Preciso de você comigo.
— Tudo bem.

Naquela noite não fizemos sexo. Graham só me abraçou, o peso enorme de sua preocupação evidente cada vez que ele respirava, incapaz de dormir durante a maior parte da noite.

Era como se os dias divertidos e leves do nosso relacionamento tivessem um fim repentino. As coisas mudariam de um jeito muito drástico. Por mais que quisesse estar com ele, não conseguia impedir que uma parte minha já vestisse em segredo uma armadura imaginária para me proteger.

* * *

Graham havia decidido que não questionaria Genevieve até a reunião da sexta-feira. Daria a ela o tempo necessário para enterrar Liam antes de interrogá-la a respeito de Chloe. Acho que ele também precisava de tempo para se preparar para a inevitável verdade e determinar quais seriam seus direitos legais. Além disso, ele se concentrou no trabalho, ainda tentando definir a estratégia para a incorporação da empresa de Liam.

Decidi que algumas noites longe um do outro seria uma boa ideia, naquelas circunstâncias. Para desânimo de Graham, fiz planos com Tig e Delia duas noites seguidas e avisei que dormiria em casa.

Na verdade, não havia nenhum plano além de ficar conversando no estúdio de tatuagem. Eu precisava da opinião dos meus amigos sobre esse assunto.

Eles não conseguiam acreditar na história.

Delia organizava as agulhas descartáveis quando falou:
— Parece um capítulo de *General Hospital*.

Tive que morder a língua. Eles não tinham ideia da ironia do comentário. Eu nunca havia mencionado que Graham assistia à novela.

Com os pés para cima, Tig tirou o cigarro da boca e riu.
— Está mais para *All my Children*.
— Todos os meus filhos? Muito obrigada. — Revirei os olhos.

Ele continuou:
— O que não entendo é como o cara nunca pensou na possibilidade de a criança ser filha dele.
— Ele nunca tinha visto a menina.
— Mas ficou sabendo da gravidez, não? Não pensou em fazer as contas? Nunca parou para pensar que era possível, pelo menos?

Senti que tinha que defender Graham.

— Eles tinham parado de se falar. Ele não sabia quando aconteceu. Só deduziu que a menina era filha de Liam.

Tig acendeu outro cigarro.

— Isso é muito doido. Um dia você acorda e bum... família instantânea.

As palavras me fizeram estremecer. Tig havia acabado de expressar meu maior medo.

Delia sabia que eu estava abalada quando olhou para o marido.

— Não fala isso. Ele não está com a mulher. As duas não são a família dele.

— Já pensei a mesma coisa — confessei. — Ele não só já foi apaixonado por ela como não tem mais outro homem em cena, e ela é, provavelmente, a mãe da filha dele. Onde é que eu me encaixo nisso?

Delia se esforçou para me acalmar.

— Está precipitando as coisas. Ele não vai querer ficar com ela, principalmente depois de saber que ela mentiu para ele durante anos.

Suspirei.

— Aquela mulher é linda e esperta. Aposto que ela já está pensando em como fazer essa situação funcionar a seu favor. Ela marcou uma reunião com Graham para falar de negócios antes mesmo de ele descobrir sobre Chloe no funeral. Quer uma fusão da empresa de Liam com a de Graham.

— Aposto que ela quer fundir bem mais que isso — brincou Tig.

Delia se aproximou do marido e o sacudiu rindo.

— Dá para parar? — Ela olhou para mim. — Graham parece gostar de você de verdade. Duvido que ele vai cair na armação dessa ridícula.

— E eu não consigo imaginar Soraya fazendo a Mary Poppins com essa menina. É preciso olhar para o cenário maior aqui. Mesmo que o sr. Grande Babaca não fique com a mãe da menina, Soraya ainda vai ter que criar a filha de outra pessoa, se ficar com o cara. Só isso já é digno de consideração — interferiu Tig.

Ele estava certo. O problema tinha muitas camadas.

— Soraya seria uma boa madrasta. Podemos pintar as pontas do cabelo da garota e furar as orelhas dela. — Delia sorriu.

Tig soprou uma grande nuvem de fumaça.

— Sabe o que eu acho? Você devia dar tchau para o Papai Warbucks e para a Annie, a Pequena Órfã. É minha opinião.

Naquela noite, finalmente mudei a cor das pontas do meu cabelo outra vez. Estavam verdes desde a noite do baile de gala. Agora, só havia uma cor apropriada para a atual situação.

Código vermelho.

CAPÍTULO 16

Graham

Eu tinha a sensação de que Soraya estava escapando de mim. A desculpa de ir encontrar os amigos era bobagem. Pior era que eu nem podia dizer que ela estava errada. Imaginei se a situação fosse ao contrário. Como eu lidaria com isso, com a descoberta de que ela era mãe do filho de outro homem? Pensar nisso me deixava enjoado. Eu era muito possessivo em relação a ela. Simplesmente não conseguia imaginar.

Essa semana estava sendo um pesadelo do qual eu não conseguia acordar. Tudo que eu queria era voltar a como as coisas eram antes do velório. Tudo era tão simples.

Precisava trabalhar, mas não conseguia parar de pensar nas duas mulheres que invadiam minha cabeça: Soraya e Chloe.

Se a menina fosse realmente minha filha, eu tinha obrigações como pai. Nada disso era culpa dela.

Não se precipite.

Eu precisava do teste de paternidade. Uma parte minha não acreditaria nisso até ter uma prova. Eu não podia me envolver emocionalmente até não restar nenhuma dúvida de que ela era minha filha.

A voz da secretária interrompeu meus pensamentos.

— A sra. Moreau está aqui.

Mexi no fecho do relógio, respirei fundo e disse:

— Mande-a entrar.

A porta se abriu, e Genevieve entrou no escritório como se fosse dona de tudo ali. Houve um tempo em que era. Ela, Liam e eu passávamos horas trabalhando nesta mesma sala, às vezes até de madrugada. Ela havia me chupado inúmeras vezes embaixo daquela mesma mesa diante da qual agora estava sentada de pernas cruzadas. Era como se fosse ontem, mas o amor que senti por ela tinha se transformado em ódio.

Ela deixou uma caixa branca em cima da minha mesa.

— Trouxe seu cupcake favorito da Magnolia. Manteiga de amendoim. Lembro como...

— Porra! Não quero saber de cupcake — explodi. — Ela é minha?

Bobagem pensar que eu abordaria o assunto gradualmente.

Genevieve arregalou os olhos.

— Quê?

— Você ouviu. Chloe é minha filha?

Ela reagiu absolutamente chocada, e o rosto ficou vermelho. Como podia ter pensado que esse confronto não aconteceria?

Genevieve não respondeu, e eu continuei:

— Por que a surpresa, Genevieve? Achou mesmo que eu veria a menina no velório e não faria essa pergunta?

— Não sei, Graham.

— Como assim, não sabe?

— Vivo com medo desse momento há cinco anos. Não sei como explicar o que penso, não sei como fazer você entender.

— Bom... eu tenho o dia todo. Pode tentar. — Ela continuou em silêncio, e eu disse: — Tudo bem, eu começo, então. Estava trepando com Liam e comigo ao mesmo tempo, certo?

— Sim.

— Quanto tempo depois da nossa última vez você descobriu que estava grávida?

— Um mês.

— De quanto tempo estava?

— Dois meses.

Joguei a caneta do outro lado da sala numa reação furiosa.

— Como teve coragem de fazer isso?

Gotas de saliva brotaram da minha boca quando fiz a pergunta.

Lágrimas começaram a se formar nos olhos dela.

— Pode me deixar explicar?

— Estou ansioso para ver você tentar sair dessa, na verdade.

Ela fechou os olhos por um momento, depois disse:

— Eu estava apaixonada por vocês dois, Graham. *De verdade*. Foi egoísmo achar que eu tinha esse direito, mas é verdade. Queria que tivesse durado para sempre. Estar com vocês dois era o melhor de dois mundos. Eu sabia que tudo acabaria, quando você descobrisse. Falei para o Liam que você e eu tínhamos parado de transar. Ele não sabia que eu estava com vocês dois ao mesmo tempo. Aparentemente, você nunca contou para ele.

— Mal falei com vocês dois depois daquele dia.

— Eu sei. E isso parte meu coração até hoje. — Ela olhou para a janela por um tempo, como se organizasse os pensamentos. Depois continuou falando. — Quando Chloe nasceu, era mais clara do que é agora. Não tinha muito cabelo. Não ficou evidente na hora que ela não era parecida com Liam nem comigo. Quando ela começou a andar, eu soube que ele estava percebendo como Chloe parecia com você. Liam escolheu ignorar. Nós dois escolhemos ignorar. As coisas eram muito ruins entre nós três naquela época. E Liam amava Chloe mais que a própria vida. Não teria sido capaz de encarar a possibilidade de não ser pai dela.

— E eu? Achou que eu nunca descobriria?

— No fundo, sempre soube que ela era sua filha. E, para ser honesta, isso me deixava feliz. As coisas entre mim e Liam azedaram bem depressa depois do casamento. Percebi que tinha cometido um grande erro. Ainda te amava muito, e vou me arrepender para sempre de ter te magoado.

— Continuo sem entender como achou que poderia esconder isso de mim.

— Não tenho uma desculpa, só não queria perturbar a vida de Chloe. E, em parte, sentia que não podia fazer isso com Liam. Ficar com ele foi o mal menor, porque eu sabia que você nunca me aceitaria de volta. Resumindo, deixei as coisas como estavam. Só tentei preservar a paz. — Mais lágrimas brotaram de seus olhos.

Eu me recusava a amolecer.

— Quero um teste de paternidade imediatamente.

— Não vou brigar com você por causa disso, Graham. Vamos fazer como você quiser. O teste. Tempo com ela. Só peço que, se ficar provado que você é o pai, por favor, espere para contar quando ela for um pouco mais velha e puder entender melhor. Ela acabou de perder o único pai que conhecia. E está arrasada.

— Nunca faria nada para prejudicar a menina. Não me importo de não contar de imediato, se é para o bem dela.

— Eu gosto muito de você. Nunca tive a intenção de magoá-lo. Por favor, acredite nisso.

— Quero esse teste em uma semana, Genevieve. Vou tomar todas as providências para ter certeza de um resultado preciso.

O pânico se estampou no rosto dela.

— Não vai tentar tirá-la de mim, vai?

— Eu nunca tiraria uma criança da mãe.

Genevieve fungou.

— Obrigada.

— Se ela for minha filha, quero que reúna todas as fotos que tirou dela desde o dia do nascimento. Entendeu?

Ela não hesitou:

— É claro.

* * *

Naquela noite, tudo que eu queria era ver Soraya. Sentir o cheiro de Soraya. Dormir ao lado de Soraya. Meu corpo estava sofrendo com a abstinência da droga mais forte que existe. Fazia só alguns dias que não a via, mas era como uma vida inteira. Não era só a necessidade física. Sentia falta do humor, do sarcasmo, da risada.

Era tarde. Eu tinha acabado de sair do hospital depois de visitar Meme, nem sabia se Soraya ainda estava acordada. Meu motorista, Louis, estava de folga. Sem pensar, peguei o paletó e desci para a garagem.

Não mandei mensagem nem telefonei antes. Portanto, ir até a casa dela era um risco. Mas eu não podia arriscar que ela me dissesse para não ir.

Não tinha vaga para estacionar perto do prédio, e eu tive que andar dois quarteirões a pé embaixo de chuva. Quando finalmente cheguei à porta, apertei o botão do interfone do apartamento.

A voz de Soraya estava grogue.

— Alô?

Fechei os olhos, porque sentia falta daquela voz.

— *Baby*, sou eu.

— Graham... está tarde.

Apoiei a testa na parede.

— Eu sei.

Sem dizer mais nada, ela me deixou entrar. O alívio me invadiu e subi a escada depressa, pulando os degraus.

Meu cabelo e o paletó estavam ensopados. Eu devia parecer um rato molhado. Ela abriu a porta, mas não me deixou entrar imediatamente. Eu não sabia se ia me mandar embora ou me convidar. A decisão era dela. Não tinha o direito de exigir nada, depois da confusão para a qual a tinha arrastado. Olhei para ela por um momento. Soraya estava à vontade com uma camiseta branca e fina. Os mamilos me davam oi. Pelo menos *eles* estavam felizes com minha presença. Ela estava linda com o cabelo todo despenteado.

As pontas estavam vermelhas.

Eu a estava perdendo.

— Ai, meu Deus, entra. Você está ensopado.

Muito obrigado à chuva. À essa altura, eu não hesitaria em aceitar piedade.

Ela fechou a porta e desapareceu por um momento, depois voltou com uma toalha.

— Pronto. Tira essa roupa molhada.

Tirei o paletó. A camisa ainda estava seca. Devia ter ficado lá fora mais um pouco.

— O que aconteceu? Está tudo bem?

— Não. Não está tudo bem.

— A reunião com Genevieve não foi bem?

— Ela admitiu que não tinha certeza de que Liam era o pai da Chloe. Estava transando com nós dois ao mesmo tempo, e descobriu a gravidez depois que terminamos. Ela concordou com um teste de DNA na semana que vem.

— Não sei o que dizer.

Olhei dentro dos olhos dela.

— Diz que não vai me deixar.

Ela desviou o olhar.

— Graham... agora tudo está muito incerto. Estou muito confusa.

— Eu também. Minha cabeça está girando descontrolada, e só tem uma coisa de que tenho certeza. Sabe o que é, Soraya?

Ela olhava para o chão, mas ergueu os olhos emoldurados por cílios escuros e me encarou.

— O que é?

— Quero você. Quero estar com você. Sou maluco até a última unha do pé por você e preciso saber que não vai me abandonar.

Ela sorriu.

— Acho que a expressão é até o último fio de cabelo.

— Tanto faz. — Passei os braços em torno de sua cintura e cruzei as mãos atrás de suas costas. — Fala que não vai me deixar por causa disso.

— Não sabemos o que vai acontecer.

— Eu sei o que quero.

— Graham... as coisas podem mudar.

— Preciso de você, Soraya. Nunca disse isso para nenhuma outra mulher na vida. — Apoiei a testa na dela e sussurrei: — *Preciso* de você.

Ela assentiu.

— Tudo bem.

Segurei seu rosto entre as mãos e o ergui para olhar em seus olhos.

— Chega dessa bobagem de me evitar.

— Eu tinha planos com Tig e Delia.

Olhei para ela deixando claro que não acreditava nisso.

— Certo. — Soraya revirou os olhos. — Estava te evitando.

Eu me inclinei e beijei seus lábios. Pela primeira vez desde o funeral, o mundo pareceu parar de girar por um momento.

— Quer dormir aqui?

— Tenta me fazer ir embora.

Naquela noite, com meu corpo colado ao de Soraya, finalmente consegui dormir um pouco. Dormi até mais tarde na manhã seguinte, até o toque do celular me acordar.

CAPÍTULO 17
Soraya

Eu sabia quem era pelo tom de voz de Graham. Por sorte, estava de costas, por isso pude ouvir a conversa inteira sem ter que fingir que não me atingia profundamente. Já era horrível outra mulher ligar para o celular dele às sete da manhã enquanto ele dormia na minha cama, mas *a mãe da filha dele* era outra história.

Era assim que seria? Graham não era o tipo de homem que ia ignorar um telefonema da mulher que tinha a guarda de sua filha. Essa vadia que tinha roubado dele anos de vida da filha agora podia incomodá-lo a qualquer hora do dia. Eu não tinha dúvida de que ela tiraria todo proveito disso.

— Vou tomar as providências para um laboratório particular ir à sua casa, então.

Ele ouvia em silêncio. Escutava o som da voz dela, mas não conseguia entender as palavras. Graham deu mais algumas respostas curtas, e depois, pouco antes de desligar, perguntou com tom mais brando:

— Como ela está?

Meu coração doía por ele.

Fiquei quieta por alguns instantes depois que ele desligou, dando um tempo para se recuperar. Quando finalmente falei, ainda estava de costas.

— Tudo bem?

Graham me abraçou por trás e beijou meu ombro.

— Estou bem. Desculpa. Ela ligou para combinar os detalhes do teste de DNA.

Virei e olhei para ele.

— Ela ainda é apaixonada por você.

Graham baixou os olhos.

— Não sei se Genevieve é capaz de amar alguém.

— Ela é bonita.

— Não chega nem perto de você.

— É esperta.

— E eu sou esperto pra caralho.

Isso me fez sorrir. Mas lembrei de outras coisas em que Genevieve havia me superado.

— Ela foi sua noiva.

— Sem comprometimento, era só um anel.

Não sei de onde saiu isso, do meu lado masoquista, acho.

— Você a pediu em casamento?

— Soraya...

— Preciso saber.

— Por quê?

— Não sei. Mas preciso.

— Não houve um pedido. Foi mais um acordo comercial que uma situação romântica. Eu a levei à Tiffany's, e ela escolheu o próprio anel.

— Ah.

— Quando nos separamos, Meme não ficou surpresa. Um dia, quando almoçávamos, ela me perguntou por que eu não tinha dado a Genevieve o anel de noivado que havia sido dela. Para ser honesto, essa ideia nunca me passou pela cabeça. Meme me deu o anel quando fiz vinte e um anos e disse que ele seria da mulher para quem eu desse meu coração um dia. O anel de minha avó é pequeno e simples. Só quando o relacionamento já havia acabado e Meme apontou o óbvio, entendi o que isso significava. Nunca tive dúvida de que, se pudesse escolher entre um anel pequeno com grande significado para mim e uma pedra cintilante, Genevieve escolheria a pedra. E por saber disso, não dei a ela o anel que foi de minha avó. Mas nunca parei para pensar no que isso dizia sobre quem ela era.

— Uau. A mulher deve ser uma tremenda vadia.

Graham riu. Era bom ouvir esse som.

— É isso que eu amo em você, Soraya. Você fala o que vê. Na primeira vez que fez isso comigo, fiquei furioso, mas também fiquei louco, duro como pedra.

Enlacei seu pescoço e sorri para ele de um jeito malicioso.

— Você é um engomadinho metido que não consegue nem lembrar o nome da secretária.

Graham estreitou os olhos, mas percebeu o que eu estava fazendo e aproximou a boca do meu pescoço.

— Continua.

— Na maior parte do tempo, nem nota as pessoas à sua volta.

— É mesmo? — Sua voz era grave, e a boca subiu até minha orelha.

— Acha que as mulheres devem abrir as pernas para você, simplesmente por causa da sua aparência.

A mão dele desceu por meu corpo e repousou em minha coxa nua. Ele falou no meu ouvido enquanto afastava minhas pernas.

— Abre as pernas para mim, Soraya.

Tentei resistir. Tentei de verdade. Mas aquela voz...

— Abre para mim, Soraya. Preciso ouvir você gemer meu nome.

— Você tem muita confiança de que pode... — Ele deslizou pela cama e encaixou os ombros entre minhas pernas. Eu já estava molhada, e seu hálito quente *bem ali* pôs fogo em meu corpo. Abri as pernas rapidamente.

* * *

Na segunda, toda confiança que Graham havia me dado nesse relacionamento já começava a se dissipar. Ida me mantinha ocupada desde a hora do almoço. Na fila do banco, o homem na minha frente estava com a filha. Ela devia ter a idade de Chloe. Na linha sete a caminho da gráfica, vi um casal sentado à minha frente. A filha segurava no cano de metal, girava e girava em torno dele. Provavelmente, não era um momento profundo para eles, mas para mim aquela era uma *família* feliz. Os lembretes estavam em todos os lugares para onde eu olhava.

Depois da última tarefa do dia fora do escritório, eu estava em pé na plataforma esperando o trem que ia na direção sul. Do outro lado dos trilhos, o trem para o norte chegou. A palavra ao lado do círculo com o número sete chamou minha atenção. *Queens.* Sem pensar, embarquei antes que as portas fechassem.

Que diabo eu estava fazendo? Não o via há oito anos. Talvez ele nem morasse mais no Queens. Quando saí da estação na rua Sessenta e Um, outro trem se aproximava. Pensei em entrar nele e voltar para o lugar de onde tinha vindo. Pensei nisso por tanto tempo que as pessoas tiveram que desviar de mim enquanto eu estava ali parada, vendo o trem se afastar.

A casa dele ficava a oito quarteirões da estação. Eu estava no terceiro quarteirão quando o celular vibrou e vi o nome de Graham na tela. Meu dedo se aproximou do *recusar*, mas lembrei o que tinha dito na noite passada. *Eu estaria ao lado dele.* Não o evitaria mais.

— Oi.

— Oi, linda. Como foi seu dia?

Eu estava parada na faixa, esperando o sinal abrir.

— Cheio. Ida me fez andar pela cidade toda resolvendo problemas. — O sinal abriu, e eu desci da calçada. Do nada, um carro apareceu na minha frente, a menos de cinco centímetros dos meus dedos dos pés. Bati no porta-malas do carro amarelo. — Seu babaca. Olha por onde anda!

— Soraya?
— Eu. Desculpa. Um táxi quase passou em cima do meu pé.
— Ainda está em Manhattan?
— Na verdade, não.
— Ah. Que bom. Acabei de sair de uma reunião no Brooklyn. Onde você está? Posso ir te buscar, e jantamos juntos?

Fiquei em silêncio por um minuto.
— Não estou no Brooklyn.
— Onde você está?
— Queens.
— Ah. Pensei que tivesse terminado de fazer tudo.
— Terminei. — Engoli a saliva. — Vou ver meu pai.

Graham não perguntou por que eu ia lá. O motivo era óbvio. Conversamos enquanto eu percorria o restante do caminho, e eu disse que mandaria uma mensagem quando saísse de lá para jantarmos juntos. Quando desliguei, parei ao perceber que estava a duas casas de onde meu pai morava. *O que eu ia dizer?*

Perdi a noção do tempo enquanto estava lá, mas devo ter ficado olhando para a casa por meia hora, pelo menos. Não tinha nenhum controle sobre as emoções, não tinha a menor ideia do que ia dizer, mas tinha certeza de que isso era necessário. *Foda-se.* Andei até a porta, respirei fundo e bati. Esperei com o coração disparado. Quando ninguém abriu a porta, minha primeira reação foi de alívio. Eu estava quase virando para ir embora, quando a porta se abriu.

— Pois não? — perguntou Theresa. Depois, ela arregalou os olhos. — Meu Deus. Soraya. Desculpa, não te reconheci.

Forcei um sorriso.
— Meu pai está? — De repente fiquei em pânico, e tudo que queria era ir embora. *Por favor, diz que não. Por favor, diz que não.*

— Sim, ele está lá em cima, lutando com a porta do armário que escapou da dobradiça. Acho que ele está perdendo a briga. — Ela sorriu com ternura e se afastou para o lado. — Entre. Vou buscá-lo. Ele vai ficar muito feliz com sua visita.

Fiquei perto da porta, me sentindo como se visitasse a casa de um desconhecido pela primeira vez. Ele era isso mesmo, em essência. Um desconhecido. As paredes eram cobertas de fotos de família. A *nova* família de meu pai. Todo mundo sorria e ria em todas as molduras. Nenhuma foto minha ou de minha irmã. *Eu não devia ter vindo.* Uma voz que eu não ouvia há anos interrompeu meu debate interno.

— Soraya. — Meu pai descia a escada quando falou. — Está tudo bem?

Assenti.
— Sua mãe está bem?

Isso me deixou furiosa.

— Ela está bem.

Frank Venedetta se aproximou de mim, ameaçando minha já abalada confiança. Por um segundo, pensei que ele ia me abraçar. Mas, quando cruzei os braços, ele entendeu o sinal.

— Que surpresa agradável. Faz muito tempo. Olha só, você é uma adulta. Parece sua tia Anett. Está bonita.

— Pareço minha mãe. — O lado dele da genética não levaria os créditos por nada de bom.

— É, tem razão, parece com ela.

Os últimos oito anos foram bons com meu pai. Ele estava com mais de cinquenta. Algumas mechas grisalhas tingiam o cabelo preto e abundante, mas a pele morena não estava muito envelhecida. Ele era um homem em boa forma; correr era sua válvula de escape quando éramos crianças, e ele devia ter mantido o hábito.

— Vem. Vamos sentar.

Hesitante, eu o segui até a cozinha.

— Café?

— Sim. — Ele serviu a bebida fumegante em duas xícaras e me deu um *biscotti*. Minha mãe nunca deixava minha irmã e eu bebermos café quando éramos pequenas. Mas o lado Venedetta da família tinha vindo da Sicília; acreditavam que, se você tinha tamanho suficiente para segurar a xícara, ela devia estar cheia de café. A mesma norma valia para uma taça de vinho. As melhores lembranças que tinha de meu pai eram nossas manhãs à mesa da cozinha, depois que minha mãe saía para ir trabalhar. Meu pai e eu conversávamos, tomávamos café e comíamos *biscotti* antes de eu ir para a escola. Eu levantava cedo até no verão para ficar lá sentada com ele. Depois que ele saiu de casa, eu evitava a mesa da cozinha de manhã, porque olhar para ela me fazia pensar se ele estava tomando café com Brianna, sua nova filha.

— Como vai?

— Bem.

Ele assentiu. Eu tinha ido bater na porta da casa dele, mas impedia qualquer conversa que ele tentava começar.

Alguns minutos mais tarde, ele tentou de novo.

— Ainda mora no Brooklyn?

— Sim.

O mesmo movimento com a cabeça. E alguns minutos depois:

— O que você faz?

— Trabalho para uma colunista conselheira.

— Parece interessante.

— Não é.

Mais alguns minutos.

— Está namorando?

Graham havia me apresentado como namorada há algumas noites, mas eu nunca tinha dito isso em voz alta.

— Tenho um namorado.

— É sério?

Pensei um pouco. Era sério. Só nos conhecíamos há um mês, mas era o relacionamento mais sério que já tive.

— É, sim.

Meu pai sorriu.

— Ele acabou de descobrir que tem uma filha com a ex-noiva.

O sorriso desapareceu. Meu pai fechou os olhos por um instante, depois os abriu e assentiu como se tudo fizesse sentido.

Ele respirou fundo e soltou o ar em um sopro barulhento.

— Cometi muitos enganos na vida, Soraya. Coisas das quais não me orgulho.

— Como trair minha mãe.

Ele balançou a cabeça.

— Sim, como trair sua mãe.

— Você abandonou a gente. Como alguém abandona os filhos?

— Já disse, fiz coisas das quais não me orgulho.

— E se arrepende delas?

— Eu me arrependo de ter magoado vocês.

— Não foi essa a pergunta. Você se arrepende da escolha que fez? Escolher uma mulher em vez das suas filhas? Adotar uma família que não era a sua e nunca mais olhar para trás?

— Não foi bem assim, Soraya.

Falei um pouco mais alto.

— Responde. Pensa no passado e lamenta não ter feito uma escolha diferente?

Ele abaixou a cabeça envergonhado, mas respondeu com honestidade.

— Não.

Foi como levar um soco no estômago.

— Você amou minha mãe?

— Sim. Amei muito.

— E se Theresa não tivesse correspondido ao seu amor?

— O que está perguntando?

— Teria ficado com minha mãe, se Theresa não amasse você?

— Não sei, Soraya. Não foi assim que aconteceu.

— Você e minha mãe foram felizes?
— Sim, houve um tempo em que fomos.
— Até Theresa.
— Isso não é justo. É mais complicado.
Levantei.
— Eu não devia ter vindo. Foi um erro.
Meu pai ficou em pé.
— Os erros foram todos meus, Soraya. — Ele olhou dentro dos meus olhos e disse: — Eu amo você.

Tudo que tinha acontecido nos últimos anos borbulhava muito perto da superfície. Era como se um tsunami se aproximasse, e eu seria engolida por ele, se não corresse. Então corri. Fugi daquela casa. Não foi o momento mais maduro da minha vida, mas não podia deixar aquele homem me ver chorar. Passei correndo pelos retratos de família, pela porta da frente e pela escada, pulando os degraus de dois em dois. Meus olhos ardiam, a garganta se fechava e o peito ficava apertado. Estava tão determinada a me afastar o mais depressa possível que nem olhava para onde ia. Por isso não vi o homem parado na calçada, até estar em seus braços.

CAPÍTULO 18
Graham

Mandei o motorista seguir para o Queens antes mesmo de descobrir o endereço do pai dela. Felizmente, só havia um Venedetta no bairro, ou eu teria precisado bater em algumas portas. Um pressentimento me dizia que a visita não ia acabar bem. Quando cheguei na avenida Catalpa, não sabia se ela estava na casa ou não, então fiquei no banco de trás do carro e esperei. Não demorou muito para a porta se abrir e Soraya sair correndo em direção à rua. Quase não tive tempo de me aproximar para segurá-la; era evidente que não tinha me visto. A expressão atormentada em seu rosto sugeria que ela não enxergava nada.

De início ela se debateu em meus braços.

— Sou eu, Soraya.

Os olhos dela recuperaram o foco. Vi quando se encheram de lágrimas, e então ela derreteu em meus braços. Senti todo seu peso apoiado em mim quando a abracei.

— Estou aqui, *baby*. Estou aqui.

Ela deixou escapar um gemido profundo, e todo o corpo começou a tremer, as lágrimas correndo por seu rosto lindo. Meu coração doía. Vê-la desse jeito, ouvir o som de sua dor vindo lá do fundo, isso me fazia sentir como se alguém abrisse minhas costelas, arrancasse o coração com as mãos e espremesse toda a vida dele.

Eu a abracei com toda força que tinha por alguns minutos, enquanto ficamos parados na frente da casa. Quando levantei a cabeça, vi um homem parado na porta nos observando, um homem que, pela aparência, certamente era Frank Venedetta, e decidi que era hora de ir embora.

— Vem, vamos entrar no carro.

Soraya nem olhou para trás quando a ajudei a entrar pela porta de trás. Mas eu olhei. O pai dela só acenou com a cabeça e ficou olhando enquanto nos afastávamos.

A viagem foi silenciosa. Quando ela finalmente parou de chorar, manteve a cabeça em meu ombro e os olhos fechados. Eu odiava que tudo isso fosse minha culpa. Tinha complicado muito as coisas entre nós. Não só a situação com Genevieve era uma enorme dificuldade em nosso relacionamento, mas a história havia trazido de volta antigos fantasmas de Soraya. Agora ela estabelecia uma relação entre mim e o homem que a havia decepcionado durante a maior parte de sua vida.

Afagando seu cabelo, finalmente rompi o silêncio.

— Desculpa. A culpa é toda minha.

— Não sei por que fui procurá-lo. O que eu esperava que ele dissesse?

— É natural. Está tentando entender as escolhas dele por causa de tudo que está acontecendo.

— Acho que sim...

— Sei que saiu de lá abalada, mas ele disse alguma coisa que ajudou?

— Não. Disse que não podia dizer se teria ficado com minha mãe, se Theresa não houvesse aparecido.

Merda. Mudei de posição no banco para ficar de frente para ela.

— Com ou sem filha, mesmo que não tivesse te conhecido, não existe a menor possibilidade de eu voltar para Genevieve.

— Mas você a amou.

Ela abaixou a cabeça.

— Soraya, olha para mim. — Ela levantou a cabeça, e seus olhos encontraram os meus. — A mulher me traiu com meu melhor amigo, depois não me contou que eu poderia ter uma filha. *Durante quatro anos.* Confiança e lealdade são importantes para mim. Eu não contrataria alguém em quem não confio nem para trabalhar na minha empresa, imagina para dividir a vida. *Não vamos reatar,* de jeito nenhum. — As palavras saíram devagar, cada uma cuidadosamente considerada, mas ainda era cauteloso ao dizê-las. — Seu pai poderia ter participado de sua vida, mesmo casado com outra mulher. As pessoas fazem isso o tempo todo. Ele fez escolhas. E se quer minha opinião, foram escolhas ruins. Não sou seu pai.

Nesse momento, Louis, o motorista, interrompeu:

— Sr. Morgan? Vamos voltar a Manhattan ou sigo para o Brooklyn? Estamos perto da saída de Belt Parkway.

— Minha casa ou a sua? — Olhei para Soraya.

Foi um alívio ver um lampejo da minha garota de volta.

— Está presumindo demais com essa pergunta.

— Estou só sendo um cavalheiro. Você teve uma tarde difícil, tenho o remédio perfeito para se sentir melhor.

— É claro que tem.

— É meu dever e o levo muito a sério.

— Sabe o que me faria sentir melhor de verdade?

— Fala.

— Você não ser cavalheiro.

Os cantos da minha boca se ergueram, e meu pau também. Não desviei os olhos dos dela quando disse:

— Para minha casa, Louis. — Depois sussurrei no ouvido dela. — Eu aqui pensando em transar com carinho. Você nunca deixa de me surpreender, Soraya. Vai ser um prazer deixar o cavalheiro na porta e foder você com vontade.

* * *

Nos dias seguintes, as coisas voltaram ao normal entre mim e Soraya. A aflição dela em relação à possibilidade de eu ter uma filha parecia ter diminuído. Durante o dia eu mergulhava no trabalho, e à noite também trabalhava duro para satisfazer Soraya. Se em breve ela ia considerar suas opções, eu precisava dificultar ao máximo sua decisão de se afastar de mim. Satisfazê-la sexualmente era minha parte preferida do plano.

Na segunda-feira de manhã, um técnico do laboratório chegou ao meu escritório às sete horas para coletar meu sangue. Eles encontrariam Genevieve horas mais tarde para colher o material de Chloe. Paguei uma fortuna por resultados rápidos, e na quarta-feira eu saberia com certeza se era pai ou não.

Pai.

Como nunca tive um, pensar sobre paternidade era novidade para mim. Se fosse confirmado que Chloe era minha filha, eu certamente ia querer participar da vida dela. Embora não tivesse a menor ideia de como isso seria. O que um homem adulto podia fazer com uma menininha que se torna sua filha da noite para o dia?

Na segunda à noite, tive que sair da cidade, fui a Boston para uma reunião rápida na terça de manhã. Meu voo estava atrasado, e eu lia o jornal sentado em uma cadeira do aeroporto. Antes de Soraya, começava pelo caderno de negócios. Ultimamente, lia "Pergunte a Ida" antes de me informar sobre as condições do mercado. Somando as novelas e a coluna de conselhos que lia todos os dias, estava me tornando rapidamente uma tiazinha.

> Querida Ida,
> Minha mãe se casou novamente há pouco tempo. Bill, meu padrasto, tem um filho de dezenove anos, que só conheci há três semanas. Alec está sempre fora, na faculdade, e veio passar o verão em casa conosco. O problema é que me sinto muito atraída por Alec. Tenho certeza de que a atração é mútua, porque a tensão sexual é tão tensa que, às vezes, fica difícil respirar. É errado ficar com meu irmão de criação? – Gretchen, Manhattan

Querida Gretchen,
Embora vocês não tenham parentesco sanguíneo, ainda existe uma ligação familiar, e muita gente vai estranhar um relacionamento entre vocês dois. Se escreveu a carta, suspeito de que não considere certo ficar com Alec e que o que procure é a permissão de alguém para ir contra suas crenças. Meu conselho é que seja verdadeira consigo mesma, e o resto vai se encaixar.

Mandei uma mensagem para Soraya.
Graham: Eu transaria com você mesmo que fosse minha irmã de criação.
Soraya: HAHAHA. Leu a coluna?
Graham: Eu leio. Gosto de tentar adivinhar que respostas têm sua participação.
Soraya: Como consegue saber quais eu respondi?
Graham: Eu sei.
Soraya: Fui eu que escrevi a resposta de ontem?
Graham: Ganho um prêmio se acertar?
Soraya: Pensei que tivesse dado seu prêmio ontem à noite.

Droga. Ela deu. Por alguns minutos, enquanto ela me chupava, pensei em furar a língua para ela poder sentir a bolinha fria de metal no clitóris. Meus funcionários certamente pensariam que eu havia enlouquecido completamente, se na reunião de segunda-feira eu começasse a tropeçar nas palavras por estar com a língua inchada e entorpecida. Já era péssimo ter sorrido como um idiota na reunião daquela manhã cada vez que minha mente divagava.

Não respondi imediatamente, e Soraya entendeu o que eu estava fazendo.
Soraya: Está pensando na noite passada, não está?
Graham: Estou. E isso me faz querer sair do aeroporto e esquecer a reunião de amanhã. Troco tudo por um boquete.
Soraya: Pervertido. E aí, eu escrevi algum trecho da resposta para a pobre Gretchen hoje?
Graham: Nem uma palavra.
Soraya: Muito bom. E ontem? A mulher que roubava o troco da caixinha do tio idoso?
Graham: As prisões estão lotadas de gente que começou roubando troco.
Soraya: Ai, meu Deus! Como descobriu? Essa foi a única frase que ela manteve da minha resposta original.
Graham: Conheço você.
Soraya: Isso é meio assustador!
Nem me fala. Ando apavorado ultimamente.

Tinham acabado de chamar meu embarque, quando o celular vibrou na minha mão. Pensei que fosse outra mensagem de Soraya, mas meu sorriso desapareceu quando vi o nome de Genevieve na tela. Pensei em não atender, mas lembrei que podia ter alguma coisa a ver com Chloe.

— Oi, Genevieve.

— Graham. Como vai?

— Ocupado. Tudo bem com Chloe?

— Ela está bem.

— O que você quer, então?

Ela suspirou alto.

— Vai ter que aprender a conversar civilizadamente comigo. Não quero nossa filha presenciando suas grosserias comigo.

— Nossa filha? Está passando a carroça na frente dos bois, não está? O resultado do teste só sai na quarta-feira de manhã.

— Para mim, isso é só uma formalidade. Eu sei que ela é sua filha.

— Que beleza. Devia ter me contado isso antes. Há uns... não sei... *quatro anos*?

— Para de gritar comigo.

— Para de ligar para mim.

Mais um suspiro frustrado. Se eu não a conhecesse bem, diria que a mulher tem colhões. Gigantes, maiores que sua cabeça.

— Olha só, vou embarcar. Preciso desligar.

— Para onde vai?

— Não é da sua conta. Vou desligar, Genevieve.

— Espera. Eu liguei por um motivo. Quero estar presente quando receber o resultado do teste na quarta de manhã.

— Não.

— Como assim, não?

— Não, o contrário de sim. Devia ter tentado usar essa palavra há quatro anos, quando meu melhor amigo disse para você abrir as pernas.

— Graham...

— Não. Não somos uma família feliz esperando o resultado de um teste de gravidez. Estou esperando para saber se você roubou de mim quatro anos da vida da minha filha. Seja como for, não vai ser um momento inesquecível de comemoração, e você não vai dividir esse momento comigo.

— Estarei no seu escritório na quarta-feira.

— Estou avisando, não vá.

Ouvi o barulho abafado de trânsito no fundo, depois o silêncio.

— Genevieve?

A miserável tinha desligado na minha cara.

CAPÍTULO 19
Soraya

Graham receberia o resultado do teste de DNA hoje. Embora não tivesse pedido especificamente para eu estar presente, eu queria surpreendê-lo. Ele comentou que os resultados chegariam antes do meio-dia, então tirei a manhã de folga no trabalho.

Em outra demonstração de solidariedade, era hora de me livrar do vermelho. Tingi as pontas do cabelo de azul, que Graham sabia ser um sinal de que as coisas iam bem em minha vida. Independentemente de eu acreditar nisso ou não, sabia que o gesto o deixaria tranquilo em relação a nós.

Parei no Anil, peguei dois bagels com manteiga e dois sucos, e segui para a Morgan Financial Holdings.

Passei pela porta de vidro e nem me dei ao trabalho de parar na recepção. Só passei direito por ela e continuei em frente, rebolando a caminho do escritório do meu namorado como se fosse dona de tudo ali.

Ouvi os passos dela atrás de mim.

— Srta. Venedetta?

Virei.

— Não se incomode. Pensei que Graham e eu tivéssemos explicado que estamos juntos. Não precisa mais me anunciar.

— Não foi por isso que a chamei.

— Sei. O que é, então?

— Bom... nós... alguns funcionários e eu queríamos agradecer.

— Agradecer? A mim? — Franzi a testa. — Por quê?

— Desde que a conheceu, ele está diferente. Mais agradável. Mais fácil de tratar. Não sei se você tem uma vagina mágica, sei lá... mas o que quer que faça, continue fazendo. Tornou a vida de todos aqui muito mais fácil.

Algumas pessoas sentadas nas saletas próximas a ouviram. Uma começou a aplaudir, e alguns outros a imitaram. Eu estava ali em pé com minha sacola de papel engordurado, sendo aplaudida por aquelas pessoas.

Eu devia me curvar e agradecer?

Graham devia ter ouvido a comoção, porque abriu a porta do escritório.

— Que diabo é... — A ruga em sua testa sumiu quando ele me viu. — Soraya. — Ele sorriu. — Perdi alguma coisa? Por que estão batendo palmas?

Olhei para os funcionários e pisquei.

— Contei uma piada para eles, só isso.

— Sei. Bom, por que não leva seu show solo para minha sala?

Ele fechou a porta quando entramos, me empurrou contra ela e beijou minha boca, depois disse:

— Todo mundo é maluco por você... como eu. E essa foi uma ótima surpresa.

— Não queria que passasse por isso sozinho.

Ele encostou a testa na minha.

— Sabe... eu realmente queria você aqui. Mas, ao mesmo tempo, não sabia se isso seria desconfortável para você. Não queria te pressionar, mas estou feliz que tenha vindo.

— Bom, tenho a sensação de que vou precisar treinar para me acostumar com o desconforto.

Ele segurou meu rosto.

— Vamos viver um dia de cada vez. Pode fazer isso por mim?

Assenti entre as mãos dele e respondi:

— Vou tentar.

Passamos a meia hora seguinte sentados juntos, comendo nossos bagels. Graham estava com os pés em cima da mesa e parecia mais relaxado do que eu esperava. Além das janelas do escritório, o sol brilhava e refletia em seus olhos, que cintilavam me vendo comer. Ele parecia estar muito bem, considerando as circunstâncias.

— Você parece tranquilo. Não está com medo do telefonema?

— Sabe de uma coisa? Eu estava com enjoo até você chegar. Saber que está aqui comigo, aconteça o que acontecer, faz toda a diferença.

— Fico feliz por poder melhorar as coisas.

— Você melhora tudo na minha vida, *baby*. Tudo.

Ele estendeu o braço por cima da mesa e segurou minha mão, beijando os dedos delicadamente. O interfone interrompeu nosso momento.

— Sr. Morgan? A sra. Moreau está aqui. Ela não tem horário marcado, mas está insistindo para ser anunciada mesmo assim. Diz que o senhor sabe qual é o assunto.

Meu estômago protestou e soltei a mão dele.

— Genevieve está aqui?

Ele fechou os olhos e massageou as têmporas com um gesto irritado.

— Merda. Falei que não queria que ela viesse esperar o resultado. Devia saber que ela viria do mesmo jeito.

— Bom, não pode exatamente chutá-la para fora.

— Ah, eu posso.

— Acredite, eu ia adorar se você a jogasse na rua, mas acha que isso vai facilitar as coisas se Chloe for mesmo sua filha? Vai ter que lidar com ela, querendo ou não. Quanto antes aprender, melhor.

Pensativo, Graham assentiu e ficou em silêncio por um tempo.

— Tem razão — disse. E apertou o botão do interfone. — Pode mandar entrar.

Nosso café da manhã tranquilo estava oficialmente encerrado.

Joguei as embalagens de comida no lixo para me distrair do nervosismo.

Genevieve entrou e fechou a porta. Ela usava roupas discretas, saia cinza e blusa bege sem mangas que deixavam à mostra os braços definidos. Seu cheiro era conhecido... Chanel N°5. Percebi que ela tinha um tipo físico muito parecido ao da apresentadora de televisão Kelly Ripa; mignon e esbelta. Até era um pouco parecida com ela.

Graham nem olhou para ela. Ficou em silêncio mexendo na pulseira do relógio, um hábito nervoso que até agora eu considerava quase completamente superado.

Genevieve olhou para mim primeiro.

— Soreena, não sabia que estaria aqui.

— É Soraya, e sim, estou aqui para apoiar Graham quando ele receber o resultado.

Ela se sentou.

— Então... já sabe de tudo.

— Sim. Nós dois não temos segredos um com o outro.

— Bem, que bom que está aqui com ele.

Graham finalmente falou com ela.

— Pensei ter deixado claro que *não* queria que viesse.

— Eu precisava estar aqui, Graham. Tenho certeza de que já contou a Syreeta como sou uma pessoa horrível, mas também estou aqui hoje para te dar apoio.

O tom de Graham era firme.

— É Soraya. Não é Soreena. Não é Syreeta. So-ray-a. O que tem de tão difícil nisso?

— Soraya... Soraya... desculpa... estou um pouco nervosa, sabe? Não vim aqui causar problemas. Só quero apoiar você também. Percebi que sou culpada por essa situação toda. Não vou negar, mas não posso mudar o passado. Só estou tentando consertar as coisas e seguir em frente. Se tiver que passar o resto da vida reparando meus erros, tudo bem. — Ela parecia à beira do choro. Ou estava realmente abalada, ou merecia um Oscar. Graham não se deixou afetar pelo minicolapso.

Vários minutos de silêncio desconfortável seguiram a declaração, e Graham passou a girar uma caneta entre os dois dedos indicadores, em vez de mexer na pulseira do relógio.

Ele jogou o objeto do outro lado da sala e resmungou:
— Por que estão demorando tanto?

Genevieve se esforçava para diminuir a tensão, e olhou para os meus pés.
— Gostei do sapato. De onde é?
— Michael Kors. Não são Louboutin nem nada, mas gosto deles. São confortáveis, apesar da plataforma.

Ela sorriu.
— Também gosto.

Graham empurrou a cadeira para trás e ficou em pé. Começou a andar pela sala e parecia estar perdendo a paciência, por isso tentei acalmá-lo.
— Eles disseram antes do meio-dia, certo? Ainda temos um tempo.

Ele pegou o celular.
— Vou ligar para o laboratório. — E colocou a ligação no viva-voz.

Uma mulher atendeu.
— Laboratórios Culver.
— Aqui é Graham Morgan. Estou esperando uma ligação de vocês hoje antes do meio-dia para informar o resultado de um teste de paternidade que solicitei nesta semana. Faltam três horas para o prazo final. Gostaria de saber o resultado agora, por favor. Arnold Schwartz se comprometeu a supervisionar tudo pessoalmente para garantir que o resultado fosse entregue hoje de manhã. Tenho um número de referência que ele me deu, se for necessário.
— Sim, senhor, pode me dar o número.

Enquanto Graham fornecia a informação, eu fazia uma prece silenciosa para que, por algum milagre, o resultado fosse negativo. Não sabia se isso fazia de mim uma pessoa ruim. Até o resultado ser anunciado, ainda havia esperança para mim. Podia haver um terceiro homem sobre quem ninguém sabia... alguém moreno como Graham, parecido com ele, talvez? Qualquer coisa era possível, certo?

Dava para ouvir o ruído de um teclado ao fundo enquanto a mulher procurava os dados que queria.
— Vou colocá-lo em espera, sr. Morgan. Parece que o exame ficou pronto, mas, quando indicaram que alguém deveria telefonar para dar o resultado, usa-

ram como base o fuso horário do Pacífico. Mas o sistema informa que o exame está pronto. Só preciso ver se temos alguém aqui autorizado a fornecê-lo.

— Jesus Cristo — sussurrou Graham.

Essas pessoas na Costa Oeste nem imaginavam quanto dependia disso. Se soubessem, estariam apressando tudo.

Genevieve respirou fundo e olhou para mim.

— Isso é muito aflitivo.

Eu não sabia por que ela tentava conversar comigo. De qualquer maneira, estava agitada demais para responder. Olhei para Graham. O jeito relaxado de antes era uma lembrança distante. Ele parecia preocupado. Acho que uma parte queria que Chloe fosse filha dele, enquanto a outra parte temia que uma garotinha que ele havia imaginado sua ficasse sem pai.

Eu tinha a impressão de que meu corpo se contorcia por dentro. E me perguntava se era isso que acontecia quando se ama alguém de verdade, se é possível sentir fisicamente o medo do outro. Seu medo era meu. Sua dor era minha. A vida dele agora estava misturada à minha. Não tinha declarado a ele o que o amava, mas enquanto estava ali sentada sentindo que toda minha vida dependia dos próximos minutos, cheguei à conclusão de que isso era amor de verdade.

Eu amava Graham J. Morgan. Sr. Grande Babaca. Engomadinho de terno e gravata. Celibatário em Manhattan. Cinquenta Tons de Morgan. Amava todos eles. Amava o fato de ele gostar de todas as minhas idiossincrasias. Amava que me protegesse. Amava que me fizesse sentir pela primeira vez na vida como se fosse a pessoa mais importante para alguém, para ele. O negócio era que, dependendo desse resultado, eu deixaria de ser a pessoa mais importante. A filha dele viria e *deveria* vir em primeiro lugar. Era assim que tinha que ser. Isso era o que Frank Venedetta jamais havia entendido.

A voz de um homem surgiu do alto-falante do celular.

— Sr. Morgan? Obrigado por ter aguardado. Meu nome é Brad. Sou um dos gerentes do laboratório. Peço desculpas pela demora. Tenho aqui seu resultado.

Graham engoliu em seco.

— Sim.

— Existe uma chance de 99,9% de compatibilidade entre vocês. Esse resultado é conclusivo para paternidade.

Ele levou a mão aberta à boca e soltou o ar devagar.

O homem continuou:

— Vamos mandar a cópia física do resultado hoje mesmo por FedEx. Deve recebê-la amanhã. Mais uma vez, peço desculpas pela demora.

Genevieve cobriu o rosto e começou a chorar.

— Obrigado — agradeceu Graham, simplesmente. Depois desligou o telefone e olhou para mim.

Tentando me controlar, só balancei a cabeça para cima e para baixo, tentando convencê-lo e me convencer de que tudo ia ficar bem.

— Está tudo bem — falei movendo os lábios sem emitir nenhum som.

No fundo, eu estava bem longe de ter certeza disso. Sabia que o amava. Isso era tudo que sabia. E torcia para que fosse suficiente.

CAPÍTULO 20
Graham

A casa de três andares onde Genevieve morava ficava a menos de dois quilômetros do meu apartamento no Upper West Side.

Parei na frente da construção de tijolos e hesitei um pouco antes de entrar. Assim que conhecesse Chloe oficialmente, não teria mais volta.

Agora eu era pai. Ainda achava o conceito estranho.

Genevieve e eu tínhamos combinado que esse primeiro encontro seria um jantar casual. Ela me apresentaria como amigo da família. Seguiríamos o movimento natural das coisas e, quando o momento fosse certo, Chloe saberia que, na verdade, tinha dois pais, um no céu e um na Terra. Com o passar do tempo, quando ela ficasse confortável com a ideia, pensaríamos em um arranjo em relação à guarda. Genevieve tinha sorte por eu ter decidido facilitar as coisas. Caso contrário, ela teria que enfrentar uma batalha das grandes.

Eu queria muito Soraya aqui comigo nesta noite, mas fazia mais sentido conhecer minha filha primeiro, antes de introduzir mais uma pessoa na vida dela. Chloe tinha acabado de perder o único pai que conhecia. Estava extremamente frágil.

Havia uma guirlanda de folhas e frutinhas pendurada na porta vermelha. Toquei a campainha e respirei fundo antes de ela ser aberta.

Genevieve sorriu e acenou com a cabeça.

— Entra, Graham.

A decoração era toda em tons de branco, prata ou cinza. Lembrava muito a do meu apartamento, elegante e moderna. E me fazia lembrar quanto meu gosto havia mudado. Ultimamente, eu gostava muito mais de coisas coloridas. Cores radiantes, fortes.

O aroma de especiarias pairava no ar, e perguntei:

— Que cheiro é esse?

— Lembra do *pad thai* caseiro que eu costumava fazer para você? Sempre foi seu favorito. É esse o cheiro. Preparei para o jantar.

Tive que morder a língua para não responder que não lembrava muito do que havia acontecido antes de pegá-la chupando Liam. Essa não era uma noite para as minhas farpas habituais.

— Obrigado. Muito atencioso.

— Só quero que se sinta confortável aqui.

A única coisa que me deixava desconfortável era Genevieve bancando a dona de casa feliz.

— Onde ela está?

— Chloe está brincando no quarto. Achei melhor deixá-la sair de lá e encontrá-lo aqui naturalmente, em vez de promover uma apresentação formal. Não quero que ela desconfie.

Desconfie de que a mãe é uma mentirosa traidora que a manteve afastada do pai verdadeiro desde o dia em que ela nasceu?

— Como você achar melhor. Você a conhece melhor que eu. Não por opção minha, é claro.

— Eu sei. — Genevieve pigarreou e se dirigiu à cozinha. — Fique à vontade. Quer beber alguma coisa?

— Agora nada, obrigado. — Sentei-me na sala de estar, que ficava ao lado da cozinha.

— Tem certeza? Um conhaque... merlot...?

Levantei a mão aberta e disse:

— Não vou beber.

— Tudo bem... me avise se mudar de ideia.

— Conheço você — disse uma vozinha doce.

Virei e vi Chloe ali parada. O cabelo longo e escuro cobria metade do rosto. Ela usava um pijama cor-de-rosa de pezinho e segurava um urso de pelúcia.

Sorri quando me levantei do sofá.

— Você me conhece?

— Você encontrou meu elástico... naquela coisa do papai.

Era verdade. Eu havia recolhido o pompom que caiu do cabelo dela no velório de Liam.

Ajoelhei-me na frente de Chloe.

— Você é uma menininha muito esperta.

— Como você chama?

— Graham.

— Como o biscoito Graham Cracker?

— É, isso mesmo.

— Você é um biscoito esperto!

Eu ri.

— Você é muito engraçada, Chloe.

Genevieve interferiu.

— Chloe... Graham é amigo do papai e da mamãe. Ele vai jantar com a gente hoje.

— Sabia que meu pai morreu?

— Sim. E sinto muito. Sei que ele te amava muito.

Ela se aproximou da mesa e pegou um porta-retratos, que trouxe para mim. Na foto, Liam olhava para ela com ternura e folhas de outono caíam em torno dos dois. Era evidente que ele a adorava. Queria sentir rancor, mas ver o sorriso dela naquela foto me impediu.

— É uma foto linda de vocês dois.

— Obrigada.

Sem saber direito o que dizer a ela, perguntei:

— Você sempre põe o pijama tão cedo?

— Às vezes.

— Parece muito confortável. Queria que tivesse esse modelo de macacão com pé no meu tamanho.

Ela torceu o nariz.

— Ia ficar meio bobo.

— É. Acho que ia.

Chloe me ofereceu o urso de pelúcia e disse:

— Olha! Urso Grahams... como os biscoitinhos. — E começou a dar risada.

Eu ri porque *ela* estava rindo.

— Boa!

— O jantar está pronto! — Genevieve chamou da cozinha. Ela havia posto a mesa na sala de jantar. Uma grande bandeja branca e retangular trazia o macarrão de arroz com vegetais que havia preparado. Um prato de nuggets e vegetais misturados foi deixado diante da cadeira que eu presumi ser de Chloe. A esteirinha do jogo americano com estampas de *Dora, a Aventureira* era uma indicação certa disso.

— Graham, vai beber só água? — perguntou Genevieve.

— Sim.

— Chloe, quer seu leite com morango de sempre?

Leite com morango?

Mentira!

Olhei para Chloe e disse:

— Leite com morango? Adoro leite com morango.

— É meu favorito.

— De qual você gosta?

147

— Nesquik.

Nunca tomei Nesquik na frente de Genevieve. Ela não sabia que era uma tremenda coincidência.

— Que loucura. Essa é minha bebida favorita também. — Olhei para Genevieve. — Posso trocar a água por leite com morango?

— É claro. — Genevieve parecia achar graça.

Na presença de minha filha, eu beberia Nesquik abertamente e sem nenhuma vergonha pela primeira vez em minha vida adulta. Estava saindo do armário do leite com morango.

Chloe olhou para a mãe.

— Tem que dar um canudo maluco para ele.

— Ah, acho que ele não vai querer.

Para agradar Chloe, olhei para Genevieve como se ela fosse maluca por pensar que eu não queria o canudo.

— É claro que quero!

Genevieve balançou a cabeça e pôs um longo canudo em espiral na minha frente. Era cor-de-rosa. A menina se divertiu muito me vendo beber com o canudo.

— Sabe, Chloe, nunca imaginei que esse leite podia ficar muito mais gostoso se a gente bebesse com um canudo maluco.

— Eu sei! — gritou ela.

A alegria nos olhos dela era palpável. Eu podia me acostumar com isso. Dava uma sensação boa saber que ver um homem adulto como eu fazendo coisas infantis podia pôr um sorriso tão necessário em seu rosto. Essa garotinha havia acabado de sofrer uma perda traumática, mas era equilibrada e amava a mãe. Eu tinha que reconhecer que Genevieve parecia ser uma boa mãe.

Durante o jantar, Chloe se divertiu me vendo chupar os fios de macarrão. Eu ficava vesgo só para vê-la dar risada. Genevieve ficou quieta, só observando, muitas vezes apoiando o queixo na mão enquanto olhava para nós. Ela se mantinha afastada, deixando a filha se aproximar de mim.

Depois do jantar, Genevieve fez Chloe lavar as mãos e escovar os dentes. Eu não sabia o que o resto da noite reservava para mim, até Chloe se aproximar por trás e perguntar:

— Vai dormir aqui?

— Não. Não, não vou. Mas vou ficar mais um pouquinho. Qual é a próxima atividade na agenda?

— O quê?

Tinha que aprender a usar um vocabulário mais adequado para crianças.

— Do que vai brincar depois do jantar?

— De desfile.

— Desfile?
— O que isso envolve?
— Vestidos.
Dei risada.
— Vestidos?
— Sim. — Ela saiu correndo, acho que para ir buscar alguma coisa.
Olhei para Genevieve como se ela precisasse traduzir tudo isso para mim.
— Vestidos?
— Ela tem um baú cheio de vestidos de princesas e outras fantasias. Ela gosta de colocar as fantasias em cima do pijama e desfilar com elas até cansar. É como um ritual antes da hora de dormir.

Chloe voltou correndo. Agora usava um vestido cor-de-rosa cheio de babados e uma coroa de plástico. Antes que eu tivesse tempo para piscar, um boá de plumas brancas envolveu meu pescoço.

— Chloe, talvez Graham não goste de se vestir de mulher.
— Tudo bem. Tenho pensado em entrar em contato com meu lado feminino. Está na minha lista de coisas a fazer.

Chloe pegou meu celular e me entregou.
— Tira uma foto nossa!

Tirei uma selfie nossa e mandei imediatamente para Soraya. Sem saber qual era o humor dela hoje, pensei que talvez não fosse uma boa ideia, mas era tarde demais.

— Já volto — disse Chloe ao tirar o boá do meu pescoço. Ela voltou ao quarto, me deixando sozinho com Genevieve na sala de estar. Algumas plumas tinham se soltado do boá e caído no tapete.

— Você é ótimo com ela, Graham.
— É mais... natural do que eu esperava.
— É claro que sim. Porque ela é sua filha.

Antes que pudéssemos continuar a conversa, Chloe voltou correndo. Dessa vez ela usava um vestido vermelho com acabamentos brancos, uma coisa com cara de Natal. E segurava uma cartola preta.

— Você é uma princesa da neve?
— Sou uma princesa do Natal. — Ela pôs a cartola na minha cabeça. — E você é Scrooge.
— Acho que muita gente diria que essa escolha foi estereotipada, Chloe.
— O quê?
— Nada. — Sorri. Tinha que me lembrar sempre de que estava falando com uma criança de quatro anos e meio.

A brincadeira de fantasias continuou por cerca de uma hora antes de Genevieve dizer a Chloe que era hora de ir para a cama.

— Já passou meia hora do horário normal. Dá boa noite para o Graham.

Minha filha se aproximou de mim. *Minha filha.* Eu ainda tinha que me acostumar com isso. Ela parou na minha frente. Deus, ela era muito parecida com minha mãe. Mamãe a teria amado muito. Isso me fez lembrar que precisava encontrar um tempo para dar essa notícia a Meme.

Não consegui me conter e segurei o rosto de Chloe entre as mãos. Não queria assustá-la, mas quis fazer isso a noite toda, e essa era minha última oportunidade.

— Boa noite, meu bem.

— Você vai voltar?

— Pode contar com isso, Chloe. — Nunca havia dito palavras mais verdadeiras. Ela teria muita dificuldade para se livrar de mim.

* * *

A noite havia sido muito melhor do que eu poderia ter imaginado.

De volta ao carro, o sentimento de ternura dentro de mim foi rapidamente substituído por preocupação quando peguei o celular e vi que Soraya não havia respondido à mensagem com a foto. O desânimo me invadiu. Ela nunca deixava de responder às minhas mensagens.

Eu era um idiota.

Um completo idiota.

Não devia ter mandado aquela foto.

Meu coração começou a bater mais depressa. Eu devia deixá-la em paz esta noite ou ir direto para o Brooklyn?

— Para na frente do prédio, Louis. Ainda não sei para onde vou.

Quando o carro estava parando na frente do meu edifício, o celular vibrou com uma notificação de mensagem.

Soraya: Desculpa, só vi agora. O telefone estava carregando no outro quarto. Você ficou um gato de boá. Que bom que correu tudo bem. Acho que vou dormir cedo hoje. Estou meio indisposta. Até amanhã. Beijo.

Suspirei aliviado por ela ter respondido e descansei a cabeça no encosto antes de reler a mensagem. Não sabia se ia ao Brooklyn ou não. Ela disse que não se sentia bem. Peguei o celular e liguei para ela, mas a ligação foi para a caixa de mensagens. Ela estava ignorando a ligação ou já havia ido dormir? Talvez tivesse deixado o aparelho no silencioso. Quando ouvi o sinal eletrônico para deixar a mensagem, comecei a falar.

— Oi, linda. Que pena que não está se sentindo bem. Só queria ouvir sua voz antes de ir dormir. Você já deve estar na cama. Correu tudo bem. Quero que conheça Chloe quando estiver preparada. Mas, Soraya, você precisa saber uma coisa. Acho que não estaria preparado para isso sem você. O homem que eu era há alguns anos não é o mesmo que sou agora. Eu estava destruído. Liam era o melhor pai que ela poderia ter tido naquele momento. Estou convencido. Mas, por sua causa, agora vou ser o tipo de pai que ela merece. Porque você me ensinou muito sobre o que é importante na vida.

Parei.

Merda.

Diz que a ama. Fala de uma vez.

— Soraya, eu...

BIP.

A porcaria do sinal me interrompeu.

CAPÍTULO 21
Soraya

Eu não tinha notado o carro parado na frente do prédio até a janela se abrir e a voz sexy chamar minha atenção.

— Carona, linda?

Eu me aproximei do carro rebolando.

— Depende. Que tipo de carona está oferecendo, sr. Grande Babaca?

Graham me surpreendeu abrindo a porta, segurando meu braço e me puxando para dentro com um movimento só. O humor do gesto me fez sorrir, embora eu ainda não tivesse tomado minha segunda xícara de café naquela manhã. *Isso era uma raridade.*

Ri, provavelmente como uma colegial, mas não conseguia me conter.

— O que está fazendo aqui?

— Vim dar uma carona para minha mulher, ela vai trabalhar.

— Sua mulher? Parece um homem das cavernas. — *O que eu amava em segredo.*

Ele enterrou o rosto em meu pescoço e respirou fundo. Quando soltou o ar, senti a tensão deixar seu corpo.

— Senti sua falta ontem à noite. Disse que não se sentia bem, espero que esteja melhor.

— Estou, na verdade. Pensei que estivesse ficando doente, mas uma boa noite de sono já me deixou bem melhor.

— Sabe o que mais pode ajudar a melhorar? — Seu braço direito sobre minhas coxas me mantinha presa no lugar, enquanto a outra mão subia por minha coxa. Eu estava de saia, o que facilitava o acesso.

— Deixa eu ver se adivinho: seu pau? Seu pau pode me ajudar a melhorar?

— Agora que tocou no assunto, tenho certeza de que sim. Mas não era isso que eu estava pensando.

— Não?

Ele balançou a cabeça devagar.

— Estive pensando em como é sexy ver seu orgasmo, e queria ter a oportunidade de ver de perto. Pensei em usar meu dedo até você chegar ao trabalho. Quando estou dentro de você, acabo me distraindo demais e não consigo analisar seu rosto.

— Quer analisar o meu rosto... — Apontei para baixo, para a região entre minhas pernas — enquanto...

— Enfio o dedo em você. Isso mesmo.

Olhei nos olhos de Graham. Ele estava falando sério. Sem deixar de olhar para ele, disse ao motorista:

— Rua Setenta e Um com a York, por favor, Louis.

As pupilas de Graham estavam dilatadas quando ele apertou o botão para fechar a divisória, exibindo um sorriso que era uma mistura deliciosa de malícia e encanto. Com o terno habitual, ele exibia a imagem perfeita do poderoso empresário que era. Mas, naquele momento, o único negócio em que estava interessado era eu. Aquele olhar me excitava. Sentada em seu colo, abri as pernas já molhada para ele. Graham não teve que se esforçar muito para conseguir o que queria. Era impressionante, mas sentir os olhos dele em mim o tempo todo não me deixou constrangida. Pelo contrário, saber que olhar para mim o deixava excitado só acentuou o que eu estava sentindo.

Ainda não estávamos na Ponte do Brooklyn, e eu já tinha terminado. Saciada, suspirei satisfeita e apoiei a cabeça em seu peito.

— Isso é muito melhor que o trem.

Ele riu.

— Espero que esteja se referindo aos meus serviços, não ao meio de transporte.

— É claro.

Os braços dele me envolviam, e ele me apertou antes de beijar minha cabeça.

— Esses serviços estão disponíveis vinte e quatro horas por dia, sete dias por semana, Soraya. É só chamar.

Fiquei quieta saboreando a serenidade pós-orgasmo e o abraço de Graham, e ele também não disse nada. Depois que entramos em Manhattan, soube que não ia demorar muito para chegarmos ao meu escritório, e me senti culpada por não ter perguntado sobre a noite passada.

— Adorei a foto de Chloe e você com seu boá. Parece que o encontro foi bom.

— Ela é extraordinária.

Levantei a cabeça de seu peito para olhar para ele. Seus olhos brilhavam enquanto falava sobre a filha.

— É inteligente e divertida. E sarcástica. E linda. — Ele afagou meu rosto. — Muito parecida com você, na verdade.

— A mãe dela é bonita e inteligente.

— Vai achar muito maluco se eu disser que fui para casa ontem à noite pensando que queria que ela fosse sua filha?

— Bem maluco. — Fiz uma pausa. — Mas honesto e fofo.

— Quero muito que você a conheça.

Isso me apavorou.

— Não sei se estou preparada para isso.

Graham assentiu como se entendesse, embora eu visse a tristeza em seus olhos.

— Mas quero que me conte tudo sobre ela. Só acho que é melhor irmos com calma. Não sei nada sobre crianças, e ainda estamos entendendo o nosso relacionamento.

Senti o corpo dele ficar tenso.

— Eu já entendi tudo.

— Não foi isso que eu quis dizer...

— Tudo bem. Eu entendo, Soraya.

* * *

> Querida Ida,
> Meu namorado e eu estamos juntos há pouco mais de quatro meses. Eu o amo, e ele disse que também me ama. O que me preocupa é que ele não me faz sentir especial, querida ou desejada. Nunca está ansioso para me ver, e sempre sou eu quem toma a iniciativa no sexo. Tentei conversar com ele sobre isso, mas não mudou nada. É bobagem querer me sentir desejada?
> – Krista, Jersey City

Continuei separando a correspondência diária, deixando de lado as cartas que achava que tinham potencial.

> Querida Ida,
> Eu e meu namorado, Brad, fomos morar juntos há seis meses. Uma semana depois de assinarmos o contrato de aluguel, ele perdeu o emprego...

> Querida Ida,
> Meu marido parece ter perdido o desejo sexual...

Querida Ida,
Estou saindo com um homem atencioso e carinhoso. O problema é que ele é um pateta e...

Querida Ida,
Acho que deixei o amor da minha vida escapar por entre meus dedos alguns anos atrás. Ninguém que conheci depois dele se compara...

Quando terminei, tinha vontade de bater a cabeça na parede. Já me sentia muito mal pela forma como Graham e eu nos despedimos hoje de manhã. Ler sobre todos esses problemas de relacionamento me fez perceber que eu dava pouco valor a ele. Graham foi até o Brooklyn para me buscar, se expôs completamente dizendo que tinha sentido minha falta (sem mencionar o maravilhoso orgasmo matinal sem esperar nenhum prazer físico em retorno), e o que fiz? Fiz o homem se sentir uma porcaria. *Parabéns, Soraya.*

Acontece que eu o queria mais do que jamais pensei que fosse possível querer outro ser humano. E pensar nisso me deixava apavorada. Ainda mais agora, quando havia uma criança envolvida. Encostei na cadeira e tentei imaginar minha vida sem Graham. Não demorei muito para perceber que estava encrencada. Porque não conseguia mais. Isso também me fez perceber que eu era uma porcaria de namorada.

Respirei fundo e peguei o celular.
Soraya: Desculpa por hoje de manhã. Quero conhecer Chloe.
Os pontinhos começaram a pular imediatamente. Ele também tinha dificuldades para se concentrar depois da maneira como nos despedimos.
Graham: Tem certeza?
Soraya: Ela é uma extensão sua, e quero conhecer tudo sobre você.
Meu telefone ficou quieto por alguns minutos, e esperei a resposta com impaciência.
Graham: Obrigado, Soraya.
Soraya: Não. Eu que agradeço.
Graham: Por hoje de manhã?
Soraya: Por ser o homem que é.
Depois disso, fiquei mais calma de novo. Pelo menos por mais dois dias. Até sábado, quando saímos para ir almoçar com Genevieve e Chloe.

* * *

— Você avisou a Genevieve que eu vou, não é?

— Avisei.

— E ela não se opôs.

Graham comprimiu a mandíbula e não disse nada. Nem precisava.

— Ela não me quer lá — deduzi.

— O que ela quer não interessa.

— É claro que interessa. Ela é mãe da Chloe.

Estávamos no banco de trás do carro de Graham, o trânsito fluía bem e estávamos mais de meia hora adiantados para o almoço. Eu já estava nervosa, e essa nova informação, saber que Genevieve não me queria lá, fez minha cabeça latejar.

— Se ela tivesse um motivo legítimo para se preocupar com o bem-estar de Chloe, teria concordado em adiar essa apresentação. Mas não tem, e isso é importante para mim. — Ele segurou minha mão e a afagou.

— Qual é o motivo, então?

De novo, aquele músculo revelador da mandíbula ficou tenso.

— Nada importante.

Eu ainda queria saber, mas deixei para lá. Principalmente, porque entramos na Terceira Avenida, e Louis anunciou:

— A rua Sessenta está fechada. Tem um guindaste lá, eles bloquearam o trânsito.

— Tudo bem. Vamos descer aqui — respondeu Graham.

Assim que saiu do carro, ele olhou o relógio e estendeu a mão para me ajudar a sair, e não a soltou depois de fechar a porta.

— Quer ir mais cedo para o restaurante?

— Está gostoso ao ar livre. Vamos dar uma volta no quarteirão? — Sentar e esperar seria mais estressante do que andar um pouco em um dia bonito.

No caminho de volta, passamos por uma escola de dança, a West Side Steps.

— É aqui que Chloe está? — Genevieve tinha dito a Graham que Chloe havia começado a fazer aulas de dança perto do Serendipity 3.

— Não sei. — Andamos mais devagar, mas a grande janela de vidro na frente era espelhada, ninguém conseguia ver o interior do prédio. Já tínhamos passado quando uma voz feminina o chamou.

— Graham. — Viramos e vimos Genevieve segurando a porta da escola de dança.

— Oi, Genevieve — respondeu Graham. — Lembra da Soraya, não?

Ela exibiu um sorriso largo e ensaiado.

— Lembro. Bom te ver.

Ah, deve ser, sim.

— A aula da Chloe acaba em vinte minutos. Podem acompanhar pelo espelho, se quiserem. Ela não vê nada do outro lado. — Graham olhou para mim, e balancei a cabeça concordando.

Lá dentro, a sala de espera estava cheia de pais. A maioria estava sentada conversando, sem nem olhar para o espelho que deixava ver a sala de aula do outro lado. Graham se aproximou dele, hesitante. O espaço era ocupado por meninas de quatro e cinco anos vestidas com tutu de balé. Procurei Chloe naquele mar cor-de-rosa. Ela teria se destacado mesmo que não fosse a garotinha mais linda na sala. Sua roupa era verde-limão, enquanto todas as outras usavam rosa-bebê.

— Ela se recusa a acatar a norma e usar o que as outras meninas vestem para fazer a aula. Espero que isso passe quando ela crescer um pouco.

Graham continuou olhando fascinado para a menina.

— Espero que não.

Genevieve olhou para mim. Ela vestia calça bege e camisa de seda azul-marinho, uma roupa feminina, cara e elegante, mas nada que não se possa ver em uma dúzia de mulheres no Upper West Side a qualquer momento.

— Essa turma é nova. Ela fazia aula na terça à noite, enquanto o pai... — Genevieve percebeu o que tinha dito e se corrigiu. — Enquanto Liam ia à academia do outro lado da rua. O último período terminou há algumas semanas, e achei melhor mudar o horário para ela não lembrar da antiga rotina.

Graham assentiu.

Uma mulher grávida se aproximou.

— Você é a mãe da Chloe, não é?

— Sim.

A mulher tirou a mão de cima da enorme barriga e a estendeu para Genevieve.

— Sou Catherine, mãe da Anna. Minha filha não parou de falar da Chloe a semana toda depois da última aula. Pensei se não poderíamos reunir as meninas um dia desses.

— É claro. Chloe vai adorar, tenho certeza.

Graham continuava colado ao vidro, os olhos seguindo cada movimento da menina, mas virou para encarar Catherine.

A mulher sorriu.

— Você deve ser o pai de Chloe. Ela é a sua cara!

Graham congelou, os olhos fixos em Genevieve.

Sem se alterar, ela o apresentou.

— Catherine, esse é Graham Morgan.

A mulher estendeu a mão e olhou para mim, já que agora eu também olhava para ela.

— Você é a babá?

Graham reagiu imediatamente. Passando um braço em torno da minha cintura, ele disse:

— Esta é Soraya, minha namorada.

Graham não notou, mas Genevieve olhou para mim com ar debochado. *Vadia.*

Saímos de lá antes do fim da aula, porque não queríamos que Chloe nos visse, e avisamos Genevieve que a encontraríamos no restaurante.

Na rua, o ar fresco era agradável. Finalmente, eu conseguia respirar melhor.

— Essa mulher não gosta de mim.

— Ela tem inveja de você. Sempre foi insegura com relação à aparência.

— Quê? Ela é linda.

Graham parou na rua.

— Ela é atraente, é claro. Mas é comum. Diferente de você. — Ele segurou meu rosto entre as duas mãos. — Você é extraordinária.

Ele estava falando sério, e o jeito como olhava para mim acalmou as dúvidas que já começavam a surgir de novo dentro de mim.

Chloe entrou literalmente saltitando no Serendipity 3 quinze minutos depois. Ela ainda usava a roupa de balé, e era impossível não sorrir ao vê-la. Depois de uma breve pausa durante a qual Genevieve apontou nossa mesa, ela saltitou o resto do caminho até onde estávamos sentados. Graham levantou-se.

— Oi, Chloe — cumprimentou ele, sorrindo.

— Oi, Biscoito. — Ela inclinou o corpo para trás e levantou a mão, esperando Graham bater nela. Ele foi pego de surpresa e quase errou a mão dela. Foi um momento cômico. Esse tipo de troca informal não tinha nada de... *tipicamente Graham.*

Quando ele sentou, eu me inclinei em sua direção.

— Biscoito?

— De Graham Cracker — ele sussurrou. — Parece que ganhei um apelido.

— Como você chama? — Chloe subiu na cadeira e se ajoelhou nela. Estava sentada bem na minha frente.

— Meu nome é Soraya. É muito bom conhecer você, Chloe.

— Soraya?

— Isso. — *Primeira tentativa.*

— Adorei seu cabelo. Mãe, quero fazer isso no meu.

Genevieve pegou o cardápio.

— Acho que não.

— Você é casada com o Graham?

— Não.

— Então é sua...?

Genevieve interrompeu a filha curiosa.

— Soraya é amiga do Graham, querida. Senta direitinho na cadeira.

Ela deu de ombros.

— Mas eu gosto de ficar ajoelhada. Assim alcanço as coisas.
— Senta. Se precisar de alguma coisa e não alcançar, pego para você.
Chloe fez biquinho, mas sentou-se na cadeira.
— Lembra aquela vez quando viemos aqui depois de conseguirmos a conta Donovan? — perguntou Genevieve a Graham.
— Não. — A resposta dele foi rápida. Era evidente que lembrava, mas estava tentando fazê-la mudar de assunto.
Genevieve olhou para o cardápio e sorriu.
— Que pena. Mas aposto que lembra daquela noite, mais tarde.
— Biscoito, o que vai comer?
— Ainda não sei, Chloe. E você?
Ela espremeu o rostinho e levou o indicador ao nariz como se estivesse pensando.
— Chocolate quente gelado, acho.
— Já veio aqui antes?
— Eu vinha toda semana depois da aula com meu pai. — Seu rosto entristeceu. Ela fez a pergunta seguinte para mim. — Também conhecia meu pai, Soraya?
— Hum...
Graham tocou meu joelho sob a mesa e respondeu por mim.
— Ela não conheceu seu pai, Chloe.
— Sabe o que meu pai pedia toda semana?
— O quê?
Ela torceu o nariz como se sentisse um cheiro ruim.
— Café.
Graham deixou o cardápio em cima da mesa. Ele nem chegou a ler as opções.
— Vou pedir o mesmo que você, Chloe.
O sorriso da menina era tão largo que quase consegui contar todos os dentinhos brancos. Quando o garçom chegou para anotar nosso pedido, também pedi um chocolate quente gelado. Genevieve pediu só café. O garçom deixou uma lata de giz de cera e um cardápio infantil de papel para Chloe colorir. Ela começou a pintar imediatamente.
— Qual é sua cor favorita, Biscoito?
— Azul. — Graham olhou para as pontas do meu cabelo. — E a sua?
— Verde. Queria pintar meu quarto de verde, mas mamãe disse que não era convincente para o quarto de uma menininha.
Genevieve interferiu.
— Conveniente. Eu disse que não era conveniente para o quarto de uma menininha.

Chloe sacudiu os ombros e continuou pintando.
— E você, Soraya, o que faz? — perguntou Genevieve.
— Trabalho para uma colunista. "Pergunte a Ida."
— A coluna de relacionamentos?
— Isso mesmo.
Seu sorriso era falso.
— Vou ter que me lembrar disso, na próxima vez que precisar de conselhos.
Balancei a cabeça concordando com ela.
— Como vocês se conheceram?
— Graham escreveu para a coluna de relacionamentos há alguns anos.
— É mesmo? — Genevieve arregalou os olhos.
Apesar de adorar sua reação, achei melhor não exagerar no deboche.
— É brincadeira. A gente se conheceu no trem. Bem... mais ou menos. Graham deixou cair o telefone, e eu o achei.
— *Graham* estava andando de trem?
— Naquele dia, sim.
Graham afagou meu joelho.
— Mamãe não pega o trem. Papai e eu andávamos juntos! — contou Chloe. Falar em Liam não a perturbava como eu esperava. A menina continuou pintando, depois levou o indicador ao nariz de novo. Essa era posição de reflexão, evidentemente, e era uma gracinha. — Você vai na minha festa de aniversário?
Vi o rosto de Graham perder a luminosidade. *Ele não sabia quando a filha fazia aniversário.* Havia muita coisa para aprender.
— Quando é seu aniversário? — respondi.
— Dia 29 de maio.
— E como vai ser a festa?
— Uma festa de princesa. Você vai?
Olhei para Genevieve antes de responder.
— A festa vai ser na nossa casa de verão nos Hamptons.
— É grande. Pode dormir lá — acrescentou Chloe.
— Eu ia perguntar se o *Graham* queria ficar em nossa casa, Chloe.
Ela deixava claro que eu não estava incluída no convite.
Graham não deu a mínima importância para o comentário.
— Soraya e eu vamos adorar ir a sua festa de aniversário, Chloe. Vamos ver se podemos ir. Obrigado pelo convite.
Quando chegou a hora de ir embora, vi nos olhos de Graham que ele ainda não queria se despedir da filha. *Sua filha.* Ainda não parecia real. Na frente do restaurante, Chloe se despediu de mim com um abraço rápido e depois olhou para Graham. Ele se abaixou diante dela na rua e disse:

— Tem alguma coisa especial que gostaria de ganhar de presente de aniversário, meu bem?

Ela levou o dedo à ponta do nariz e olhou para o céu. Quando encarou Graham e respondeu, Chloe não sabia quanto sua resposta era irônica.

— Quero meu pai de volta.

CAPÍTULO 22

Graham

Em questão de semanas, Genevieve passou de uma memória distante a alguém que ligava regularmente e aparecia no meu escritório sem avisar.

Tirei os óculos e esfreguei as mãos no rosto antes de apertar o botão do interfone.

— Pode mandar entrar.

Genevieve entrou em minha sala e se acomodou na cadeira em frente à mesa.

— Precisamos conversar.

— Chloe está bem?

— Está.

— Então, o que está fazendo aqui, Genevieve?

— Acabei de dizer que precisamos conversar.

Pus os óculos novamente e me dediquei à papelada em cima da mesa, sem sequer levantar a cabeça ao falar:

— Estou ocupado. Marca uma hora quando sair.

Ela suspirou alto, mas não saiu do lugar.

— A festa de aniversário da Chloe é um evento de *família*.

— E...?

— Você tem que ir.

— Já conversamos sobre isso há algumas noites e eu disse que vamos.

— *Ela* não é da família.

— Ainda não.

Genevieve reagiu assustada.

— Não pode estar falando sério. O que é isso? Há quanto tempo se conhecem? Você agora tem uma filha para levar consideração. Como figura paterna, não devia apresentar sua filha a alguém que mal conhece. Chloe pode se apegar.

— Eu sei.
— Vocês mal se conhecem. Quanto tempo faz? Um mês? Dois?
— Eu a conheço melhor do que jamais conheci você.
— Passamos quase três anos juntos.
— E mesmo assim, nunca soube que tipo de mulher você era. As coisas de que era capaz.
— Isso não é justo.
— Pelo contrário. Acho que tenho sido mais do que justo com você. Mais até do que merece. Você transou com meu melhor amigo, me privou de conviver com minha filha por mais de quatro anos, e agora aparece no meu escritório sem aviso prévio para ofender alguém que é muito importante para mim.
— Ela não é mulher para você.
— Não brinca! Você é?
— Bom... sim. Temos o mesmo nível, Graham.
— Acho que não. Eu jamais teria comido Avery.
Ela sentiu o golpe, mas se recuperou depressa, endireitou as costas e disse:
— Ela tem um piercing na língua. Eu vi.
— Tem. E sentir aquilo no meu pau é uma delícia.
Ela estreitou os olhos.
— Não vai durar.
— Sai, Genevieve. Preciso trabalhar.
— Só estou tentando proteger minha filha.
— *Nossa* filha.
— Foi o que eu disse.
— Fora. — Apontei a porta.
— Tudo bem. — Ela ficou em pé. — Mas não diga que não avisei. — E saiu.

Naquela noite, levei Soraya para jantar fora. Agora que havia deixado claro para Genevieve que Soraya iria comigo à festa de aniversário de Chloe no fim de semana, só faltava convencer Soraya a ir comigo. Ela já tinha expressado dúvidas quanto a isso. Não toquei no assunto durante o jantar, achei melhor prepará-la com boa comida e vinho e fazer a abordagem depois.

Havia passado a última hora levando Soraya ao orgasmo, primeiro com a boca, depois quando fizemos amor de conchinha. Quando ela deixou escapar um suspiro relaxado e satisfeito, decidi que tinha chegado a hora. Ainda atrás dela, beijei seu ombro nu e colei o corpo ao dela.

— Vai ser muito importante poder ter você comigo nesse fim de semana.
— Não sei, Graham.
Cheguei mais perto.
— Preciso de você lá comigo.

— Precisa de tempo com sua filha. E nós dois sabemos que Genevieve não gosta de mim.

— É importante para mim. Sei que tem suas dúvidas. Quero que veja que ainda podemos dar certo, apesar de as coisas terem mudado.

— Graham...

— Por favor?

— Tudo bem. — Ela parecia derrotada, mas eu não me importava. Era egoísta o suficiente para aceitar do jeito que viesse.

— Obrigado. Vou compensar no próximo fim de semana. Prometo.

* * *

Era algo que eu estava pensando em fazer havia algum tempo. Com todas as mudanças que aconteceram recentemente, não tinha momento melhor que o presente para encarar o desafio.

Quando Louis me deixou no estúdio do Tig na Oitava Avenida, eu me sentia animado.

Ao abrir a porta, um sino tocou. Como sempre, o lugar cheirava a canela, incenso e tabaco. Tocava Bob Marley. Estar ali estranhamente me lembrava dos tempos de faculdade.

Tig tirou o cigarro da boca e me cumprimentou.

— Sr. Grande Babaca! Quando vi seu nome na agenda, não acreditei. Que porra é essa? Ela finalmente fez você perder o juízo?

— Não contou a Soraya que eu vinha, contou?

— Não — respondeu Delia. — Quando telefonou para marcar o horário, deixou claro que queria que fosse surpresa, não vamos estragar tudo. Certo, Tig?

Ele me levou para o sofá de canto.

— Já sabe o que vai fazer?

— Sim. Sei exatamente o que quero. Tentei até fazer um desenho para te mostrar. — Tirei um pedaço de papel do bolso e disse: — Não desenho tão bem quanto você, mas dá para ter uma ideia do que tenho em mente.

Tig acendeu um cigarro e estreitou os olhos para estudar minha tentativa de desenhar uma tatuagem.

— Reconheço isso. — Ele riu. — Muito bem. Acho que dá para fazer ainda melhor. Pode deitar.

Olhei para ele e vi que estava preparando a agulha.

— Ela contou alguma coisa sobre o que está acontecendo com a gente?

Tig soprou a fumaça.

— Está falando do drama com a mãe da sua filha?

— Beleza. Pelo jeito, já sabe que descobri há pouco tempo que tenho uma filha.

— Se ela conversou comigo sobre isso, não vou te contar nada, cara.

— É claro.

Droga. Eu não ia arrancar nada dele.

Senti o ardor da agulha no peito quando ele começou o desenho. Há alguns anos, nunca teria imaginado que faria outra tatuagem. Mas era como se isso fosse natural. Era mais do que simplesmente marcar meu corpo. Era arte, que por sua vez era uma expressão de amor. Soraya me fazia ver muitas coisas de maneira diferente.

Depois de vários minutos vendo Tig trabalhar em silêncio, disparei:

— Eu amo a Soraya.

Ele desligou a agulha e levantou as mãos.

— Ei... ei... por que está me dizendo isso?

— Porque você é amigo dela. Ela não tem muita gente próxima.

— E já falou isso para *ela*?

— Não. Ainda não tive a oportunidade certa, mas vou falar. Também tenho a impressão de que você ainda não confia em mim, e acho importante que entenda que, apesar dos últimos acontecimentos, estou nessa para ficar.

— Olha, não vou te enganar. Não confio em você. Mas Soraya parece estar envolvida demais para eu não te levar a sério, pelo menos. Se ela gosta de você, só me resta aceitar e confiar na capacidade de julgamento dela.

— Certo... bem, aprecio sua honestidade.

— Só não esquece o que eu disse. Não faça ela sofrer, se não vou ter que quebrar sua cara bonita.

Engoli a raiva pelo bem de Soraya.

— Eu ouvi bem na primeira vez que me ameaçou, Tig. — Se esse cara não fosse o melhor amigo de Soraya, não engoliria essa palhaçada, mas não precisava dele falando mal de mim.

Tig terminou a tatuagem e a cobriu com fita transparente. Mal podia esperar para mostrar o desenho para Soraya.

Delia apareceu na porta.

— Já que está no seu momento aventura, SGB, vai ser um prazer colocar um piercing em você, se quiser aproveitar que está aqui.

— SGB?

— Sr. Grande Babaca.

— Ah, é claro. — Revirei os olhos e deixei o dinheiro em cima do balcão, o triplo do preço cobrado.

Ela pegou as notas e guardou na gaveta do caixa.

— E aí? Uma argola no pau? O que acha?

Um arrepio de protesto percorreu meu membro até aponta.
— Um passo de cada vez, Delia.
— Tudo bem. — Ela deu de ombros. — Eu tentei.

* * *

Na noite seguinte, eu mal conseguia controlar o entusiasmo quando fui fazer uma visita surpresa a Soraya depois do trabalho. O curativo estava saindo, e finalmente eu poderia mostrar a tatuagem a ela.

Com a festa de aniversário de Chloe no fim de semana, esta noite era o momento perfeito para a revelação. Soraya saberia o quanto ela era importante para mim.

Eu tinha trabalhado até tarde, e decidi aparecer de surpresa levando sua comida mexicana favorita.

Soraya me deixou entrar sem nenhum problema, mas, quando abriu a porta, percebi que estava estranha.

— Graham... não estava esperando você. Entra.

Eu a abracei, puxei-a contra o corpo e agarrei seu traseiro.

— Não está feliz em me ver?

— Não, não é isso.

Deixei a sacola de papel em cima da mesa da cozinha.

— Tenho uma surpresa para você. Estava ansioso para vir te mostrar.

— O que é?

Tirei o paletó e disse:

— Vamos comer primeiro. Trouxe *enchiladas* do No Way Jose's, suas favoritas.

Soraya ficou quieta durante todo o jantar. Alguma coisa estava errada. Seria só nervosismo com a viagem aos Hamptons no fim de semana?

Tirei o prato dela.

— Quer conversar sobre o que está te incomodando?

— Não. Mostra a surpresa primeiro.

Era estranho mostrar a tatuagem diante de tanto desânimo. Não era exatamente assim que tinha imaginado esse momento, mas não poderia esconder por muito tempo, considerando que tinha a intenção de tirá-la desse humor apático na cama mais tarde. Ela veria meu peito de qualquer jeito.

— Muito bem... é uma coisa que queria fazer há muito tempo. Finalmente, criei coragem e fiz. Espero que goste.

Soraya mordeu o lábio enquanto eu desabotoava a camisa. Meu coração batia acelerado. E se ela achasse doentio? Merda. Era tarde demais. Ela me viu tirar a fita.

— Ainda está um pouco vermelha — falei, estranhamente nervoso.
Ela cobriu a boca com a mão.
— Ai, meu Deus. Graham, é...
— Gostou?
Os olhos dela brilhavam.
— É incrível. — E olhou para o próprio pé. — Exatamente igual à minha.
— É claro. Tig fez igual.

Ela traçou com um dedo a área em volta da tatuagem, colocada estrategicamente sobre meu coração. *Soraya* escrito em letras cursivas. Embaixo do nome, havia uma versão menor da pena que ela tinha tatuada no pé.

— Achei que a pena seria o realce perfeito para o seu nome. Nossa história poderia ser diferente, se eu não tivesse identificado você pela tatuagem quando a gente se conheceu. Sou muito grato a essa pena. — Ela continuava em silêncio, olhando fascinada para a tatuagem, quando falei: — Sabe, não é coincidência que a outra tatuagem que fiz não tenha sido nem perto do coração. Você é a única mulher que o teve completamente.

Fala que a ama.
Por que é tão difícil simplesmente falar?
Porque você tem medo de não ser correspondido.

A mão dela ainda contornava a tatuagem. Cobri seus dedos com os meus para interromper o movimento e chamar sua atenção.
— Soraya... eu te a...
— Graham, estou atrasada.
Atrasada?
— Quê?
— Estou atrasada.
— Você está atrasada? Como assim? Atrasada para quê?
— Minha menstruação. Está atrasada. Estou com medo.
Pisquei várias vezes.
— Acha que pode estar grávida?
— Eu tomo pílula. É improvável, mas nunca atrasa. Estou preocupada. Olhei o calendário hoje e percebi.
Bom, agora o humor esquisito fazia todo sentido.
— Pode ter outro motivo para isso?
— Li que o estresse às vezes pode provocar atrasos. Estou torcendo para ser isso. Eu estar grávida é a última coisa de que você precisa agora.
— Está preocupada *comigo*?
— Sim. É claro que estou! Está tentando se adaptar a uma filha. Isso seria demais. — Ela enterrou o rosto nas mãos. — Demais mesmo.
Afastei as mãos dela do rosto e a puxei para mim.

— Soraya, concordo que não seria o momento ideal, mas a possibilidade de você estar esperando um filho meu só me enche de alegria. Não acredito que você esteja pronta para isso... mas, se acontecer, vou considerar uma bênção.

Ela olhou para mim.

— Sério?

— Sim, sério. — Segurei seu rosto, sorri e repeti. — Sério.

— Obrigada por me dizer isso, porque senti medo até de tocar no assunto.

— Não precisa ter medo. Nunca mais vai ter que enfrentar nada sozinha.

Eu precisava saber.

— Vamos fazer o teste? — sugeri.

— Não sei se estou preparada. E não quero me precipitar, o resultado pode ser falso. Vou esperar passar o fim de semana... e a festa. Depois vamos fazer o teste.

— Como você quiser.

Pela cara dela, sabia que Soraya torcia para não estar esperando um filho meu.

Era loucura eu torcer pelo contrário?

CAPÍTULO 23

Soraya

A viagem de duas horas para East Hampton na manhã de sábado foi surpreendentemente tranquila, quase sem trânsito. Considerando que era o fim de semana do Memorial Day, esperávamos condições piores. Ainda era início de estação, o tempo estava mais frio, e talvez a maioria dos nova-iorquinos ainda não tivesse começado a sair da cidade nos fins de semana.

Graham tinha dado folga ao motorista, porque preferia dirigir até os Hamptons. Ele mantinha as janelas abertas, e meu cabelo voava loucamente com o vento. Nós dois usávamos óculos escuros. A vida era boa. Eu tinha jurado que não ia deixar a menstruação atrasada e o iminente encontro com Genevieve estragarem essa viagem de fim de semana.

Graham havia reservado um quarto para nós em uma pousada perto da casa de Genevieve. Iríamos direto para a festa, porém, porque não queríamos nos atrasar. O banco de trás estava cheio de presentes embrulhados em papel colorido. Aparentemente, Graham sentia necessidade de compensar todos os aniversários de Chloe que havia perdido. Ele tinha pedido à secretária para praticamente limpar a seção das meninas da loja de brinquedos Toys"R"Us.

Durante o trajeto, Graham estava particularmente atento às minhas necessidades, me perguntando se eu estava bem, se precisava de água, se estava com frio. Eu sabia que a pequena possibilidade de eu estar grávida era uma constante em sua cabeça. E na minha também.

Não fiquei surpresa com a maneira como ele recebeu a notícia sobre minha menstruação atrasada. Graham seria um pai maravilhoso. Ele já estava provando isso. Estava em um momento da vida em que se sentia pronto para ter filhos. Eu, por outro lado, ainda não sabia nem se queria ser mãe, por isso a perspectiva de uma gravidez, especialmente com a situação atual com Chloe, era aterrorizante. Estávamos em momentos diferentes com relação a esse assunto.

Durante o trajeto, Graham olhou para mim.

— Já esteve nos Hamptons?

— Nunca. Só em Rockaway e Coney Island. Sempre quis ir lá, mas nunca tive uma oportunidade nem dinheiro para a estadia.

— Acho que você vai adorar. Tem muitas galerias e lojas. Amanhã vamos conhecer algumas.

— Fico feliz só por sair da cidade. Não importa o que vamos fazer.

— Quero te levar em uma viagem de férias de verdade. Acho que as coisas devem se acalmar no trabalho nos próximos dois meses. Pense em onde gostaria de ir. St. Barts, Havaí, Europa. São muitas opções. Vou fretar um jatinho.

— Sei, sr. Chique. Mas pode escolher, porque nunca viajei para lugar nenhum. Não faz diferença, de qualquer maneira. Só quero estar com você.

Ele afagou minha mão.

— É a primeira vez que alguém me diz isso e eu acredito.

Às vezes, era fácil esquecer quanto Graham era rico, porque ele relaxava quando estava comigo. Dizia que, na maioria das noites, preferia coisas como jantar comidas de delivery sentado no chão a ir a restaurantes chiques. Sempre pensava se era essa realmente sua preferência ou se ele só fazia aquilo para me agradar, ou para parecer mais simples do que era. Eu não precisava de um jato fretado nem de férias caras. Na verdade, preferia as coisas simples.

Quando saímos da estrada, comecei a me sentir enjoada. O carro era como um pequeno oásis de onde teríamos que sair em breve.

Depois de vinte minutos de estradinhas cheias de curvas, paramos na frente da propriedade de Genevieve na orla dos Hamptons. A casa ampla de telhado de madeira era parcialmente escondida por uma abundante cerca viva.

Além do portão de ferro preto, eu só conseguia ver como a casa era enorme com seus acabamentos brancos, as janelas em arco e a varanda de fazenda que a envolvia completamente. Se ela pudesse falar, diria: "Você está oficialmente fora da sua praia, vadia do Brooklyn".

Graham deixou os presentes no carro e disse que iria pegá-los mais tarde. Uma mulher com um uniforme cinza de governanta nos recebeu na entrada com mimosas. Aceitei uma, mas a devolvi imediatamente, lembrando que havia uma pequena chance de estar grávida. Droga. Hoje eu precisava muito de álcool.

— Sigam em frente e atravessem a casa até as portas de correr para o pátio — disse ela.

Sentindo meu nervosismo, Graham tocou minhas costas e entramos juntos.

O saguão havia praticamente vomitado hortênsias lilás. Genevieve estava na cozinha branca e ampla fazendo ainda mais arranjos com as flores quando passamos por lá.

— Graham, você veio! — Ela sorriu.

Limpando as mãos, contornou o balcão de granito para nos cumprimentar. Parecia ter a intenção de abraçá-lo, mas se conteve, provavelmente sentindo a apreensão de Graham. Sem mencionar a mão que continuava em minhas costas.

Seus olhos continuavam fixos nele.

— Chloe está lá fora brincando com algumas amigas. Os adultos estão por aí. Deve se lembrar de Bret Allandale. Ele veio com a esposa, Laura. E Jim e Leslie Steinhouse também estão aqui.

Como ela fazia questão de me ignorar, pigarrei e disse:

— Sua casa é muito bonita.

— Obrigada. Graham escolheu, na verdade.

Confusa, olhei para ele esperando um esclarecimento, mas ele não falou nada. Só me enlaçou com mais força.

Ela continuou:

— Era aqui que passávamos o verão... antes de as coisas mudarem.

Graham finalmente falou:

— A casa esteve no nome dos dois por um tempo, até eu ter a alegria de vender minha parte para Liam. — Ele olhou para as portas que se abriam para o pátio. — Vamos ver a Chloe. — Graham me levou para fora sem dizer mais nada a Genevieve.

Havia uma piscina cercada no meio do terreno. À esquerda, tinha uma quadra de tênis verde. À direita, um grande gramado onde pelo menos uma dezena de meninas de vestido florido corriam. Um grande pula-pula inflável em forma de castelo de princesa havia sido montado ao lado de uma barraquinha de algodão-doce. Também tinha um salão de beleza improvisado ao ar livre, onde as meninas podiam pentear o cabelo como princesas. Genevieve havia caprichado.

Graham olhava para as crianças, tentando encontrar Chloe.

— Então... a casa era de *vocês*, Graham?

— Foi, mas só por pouco tempo. Pus o imóvel no meu nome e no dela depois que ficamos noivos. Mais tarde, quando descobri o que estava acontecendo, não quis mais saber da casa. A marca de Genevieve estava em tudo. Foi mais fácil vender minha parte para Liam e encerrar a história.

— Mas você escolheu a casa. Deve ter sido difícil se desfazer dela.

— Sim. Eu adorava a proximidade com a água. A arquitetura também tem muito charme.

— É verdade. Você tem bom gosto.

Ele se inclinou e encostou o nariz na minha orelha.

— Parece que sim.

Eu tinha que reconhecer, saber que esse foi o ninho de amor dele e Genevieve durante um tempo me deixava ainda mais desconfortável por estar ali.

Olhei em volta e vi que todo mundo estava vestido de um jeito conservador. De camisa polo branca, Graham se adequava bem ao grupo. Como sempre, eu me destacava com o vestido azul royal tomara-que-caia e o cabelo de pontas azuis. Estava aflita para mudar a cor, mas tinha jurado mantê-lo azul para Graham não pensar que eu estava surtando.

Quando viu o pai, Chloe correu na direção dele.

— Graham Craker!

Ele se ajoelhou com os braços abertos e fingiu desequilibrar para trás quando ela se atirou neles.

— Feliz aniversário, meu bem.

Ela se afastou e olhou para mim.

— Oi, Soraya.

— Oi, Chloe. — Eu me abaixei. — Também posso ganhar um abraço?

Nós nos abraçamos, e ela me beijou no rosto. Sua boca estava grudenta de algodão-doce.

Chloe envolveu o pescoço de Graham com os bracinhos de novo.

— Vem brincar de pega-pega?

— É claro. Você é a aniversariante. Vamos fazer o que você quiser. Vai brincar mais um pouco com suas amigas. Já vou lá.

Chloe assentiu entusiasmada e correu para perto das outras meninas.

Graham se levantou.

— Vai ficar bem, se eu te deixar sozinha com os lobos por um tempinho?

— É claro que sim. Viemos pela Chloe, eu me viro com os outros.

Ele cochichou no meu ouvido, provocando um arrepio que desceu pelo pescoço:

— Prometo que a recompensa vem mais tarde, e vai ser bem grande.

Graham correu na direção de Chloe, e eu me diverti vendo como ele seguia as instruções da menina. Completamente à disposição da filha, corria em círculos perseguindo as crianças. Ele se aproximava delas com os braços erguidos. Estava fazendo o papel de algum tipo de monstro. Eu ri quando ele caiu no chão e deixou as meninas subirem nele. Era como se fosse atacado por uma explosão de *chiffon* cor-de-rosa.

Não dava para não pensar que a possibilidade de estar grávida desse homem não era a pior coisa do mundo. Quanto mais o via lá no gramado, mais certeza tinha de que queria dividir a vida com ele. Mas nunca seria fácil. Genevieve sempre faria parte do cenário.

Uma conversa perto de mim desviou minha atenção de Graham e das meninas por um momento.

— Aquele ali é Graham Morgan.

— Sim. Conhece a história? Sabe que Graham é o pai biológico de Chloe?

— Segredo mais mal guardado do mundo, se quer saber o que eu acho.

— Parece que todo mundo sabia, menos ele.

— Que loucura.

— Imagina. Uma mulher e dois homens lindos como aqueles.

— Parece um de seus livros, Elise.

— Ah, eu sei.

— Acho que Morgan esteve no fundo do poço por um tempo, depois que Genevieve o trocou por Liam. Cortou relações com muita gente. Ele a amava de verdade. Depois que descobriu o caso, ficou tão arrasado que veio até aqui e quebrou metade das janelas da casa.

— Mentira!

— Não.

— Uau. Eu teria um caso só para ver Stanley ter essa reação passional por mim.

— Gen pagou pelos erros dela, coitadinha. Viúva tão jovem. Todo mundo erra quando é novo. Ela não merecia esse castigo.

— Bom, é bom vê-lo aqui pela menina.

— Será que eles vão reatar por causa da filha? Teriam mais filhos lindos juntos.

— Seria um final feliz para uma história trágica, não?

O único final feliz que ele vai ter é comigo, sua bruxa.

Alguns minutos mais tarde, enquanto ainda estava ocupada demais ouvindo a conversa daquelas mulheres, Graham se aproximou por trás e beijou meu pescoço. As fofoqueiras notaram. Seus olhos quase saltaram das órbitas. A fantasia de final feliz que tinham criado foi rapidamente destruída pela demonstração pública de afeto de Graham por alguém que elas provavelmente acreditavam que estava trabalhando na festa.

Não consegui me conter, olhei para elas e sorri.

— Mudança no enredo.

Graham parecia confuso, mas não fez perguntas.

Ele me encarou.

— Como se sente?

Ofereci meu melhor sorriso.

— Bem.

— Chloe quer abrir os presentes, vou buscá-los no carro.

— Eu te ajudo.

Graham e eu tivemos que ir e voltar três vezes para pegar todos os pacotes. Quando voltamos, Genevieve estava colocando sobre a mesa um bolo enorme em forma de vestido de babados. Todas as meninas se reuniram em torno dele.

Ela tinha contratado um fotógrafo profissional. Quando chegou a hora de Chloe soprar as velinhas, Genevieve acenou para Graham se aproximar e participar da foto.

O fotógrafo pediu várias poses dos três juntos. A imagem fez meu estômago ferver, porque eu não conseguia parar de pensar no que aquelas mulheres disseram. Não que eu não quisesse Graham na foto ao lado da filha, mas vê-lo tão perto de Genevieve me deixava nervosa. O fotógrafo devia ter deduzido que eles eram casados. Ver eles juntos me fez especular o que estaria acontecendo agora, se eu não fizesse parte da história. Aquela cena era como olhar uma bola de cristal e ver o que poderia ter sido. Graham pensaria em aceitá-la de volta, se eu não existisse? Ele havia dito que não, mas poderia ser diferente, se eu não fizesse parte da vida dele. Eu podia ser o empecilho para aquela garotinha ter o pai e a mãe juntos. Pensei em minha infância.

Eu era a Theresa da Chloe?

Pensei em Graham, que caminhava em minha direção carregando dois pratos de cerâmica com bolo. Aparentemente, essa festa infantil era elegante demais para utensílios descartáveis.

— É de chocolate. — Ele piscou. — Seu favorito.

Não tive coragem de dizer que tinha perdido o apetite. Nem chocolate conseguiria diminuir a aflição de perceber que podia ser uma destruidora de lares. Comi o bolo enquanto, juntos, víamos Chloe abrir os presentes.

Uma hora e várias pilhas de papel mais tarde, eu precisava muito ir ao banheiro. Só estava bebendo água e café descafeinado, já que álcool estava fora de cogitação. Graham estava montando uns brinquedos da Chloe e nem viu quando me afastei.

A janela do banheiro no andar de cima dava exatamente para onde estava Graham. Ele mostrava à filha como pular no *pogo stick*. Dominada pelo conflito, senti o coração apertado ao ver o rostinho meigo de Chloe, que era, essencialmente, um reflexo do de Graham. Eu privava essa menina do conto de fadas perfeito que era morar com o pai e a mãe?

Então, olhei para ele. O homem que eu amava e que provavelmente nem tinha certeza dos meus sentimentos. Queria ele para mim. E isso fazia eu me sentir culpada. Tinha certeza de que, se quisesse filhos, ele seria o único pai que ia querer para eles.

Desviei os olhos da janela e sentei no vaso. Olhei para a calcinha e vi imediatamente. O vermelho intenso. Eu tinha menstruado. Fui tomada pelo desânimo.

Esperava sentir alívio, mas o que sentia era decepção. Isso revelava uma verdade da qual eu nem tinha consciência até aquele momento: uma parte minha queria ter um bebê com ele, mesmo que não estivesse pronta para isso.

Porque eu o amava. Em vez de alívio, o sangue simbolizava a perda de algo que eu nem sabia que queria até agora.

Felizmente, o vestido era escuro, e eu tinha levado uma calcinha extra e um absorvente na bolsa, para o caso de isso acontecer. Saí do banheiro com um pouco menos de esperança do que tinha entrado nele, sabendo que teria que dar a notícia a Graham hoje à noite.

Quando passava pelo corredor, parei diante de uma foto do casamento de Liam e Genevieve. Olhei nos olhos de Liam e sussurrei: *Cara, você deixou uma bela de uma encrenca. Espero que esteja em um lugar melhor.*

Se antes achava que o dia não era dos melhores, percebi sem dúvida nenhuma que o pior estava por vir quando vi quem me esperava ao pé da escada.

— Genevieve.

— Posso falar com você, Soraya? — Sem esperar pela resposta, ela acenou me convidando a segui-la em direção a uma porta de correr.

Sensibilizada com o que tinha acabado de acontecer no banheiro, a última pessoa com quem eu queria conversar nesse momento era ela. Mas a segui como um cachorrinho. Ela fechou a porta depois que passamos.

— Sente-se. — E apontou um sofá de couro marrom. Diferente do restante da casa, que era clara e arejada, o cômodo era escuro e masculino. Estantes embutidas revestiam as paredes, e uma enorme mesa de cerejeira ocupava um lado do escritório. Genevieve foi para trás da mesa e abriu um armário. Ela pegou uma garrafa de líquido transparente e dois copos, serviu a bebida neles e me ofereceu um.

— Não, obrigada.

— Pega. Acho que vai precisar. — O sorriso duro transmitia mais desprezo que apoio.

Foda-se. Não tenho mais razão para não beber. Peguei o copo e bebi metade da dose no primeiro gole. O álcool queimou o caminho que percorreu da garganta até o estômago.

— Achei que era hora de termos uma conversinha de mulher para mulher.

— E como me trancou em uma sala, imagino que queira me falar alguma coisa que prefere que Graham não ouça.

— Exatamente. Existem assuntos que devem ficar entre mulheres.

— Pode falar, Genevieve. — Eu me acomodei no sofá. — Põe para fora esse veneno guardado em seu peito, e assim vamos poder todos seguir em frente.

— Muito bem. Sem rodeios. — Ela bebeu um gole do líquido em seu corpo. — Quero que pare de transar com o pai da minha filha.

— Como é que é?

— Que parte não entendeu?

— Não tem o direito de me dizer o que fazer.

— É aí que você se engana. Suas atitudes têm um impacto direto sobre minha filha. Ela merece uma família.

— Meu envolvimento com Graham não tem nada a ver com Chloe.

— É claro que tem. Está sendo egoísta.

— *Eu* sou egoísta? Você transava com Graham e com o melhor amigo dele, depois passou quatro anos sem contar para o Graham que ele era o pai da Chloe, porque não queria ser largada pelo marido. E *eu* sou a egoísta.

— Não estamos falando de mim.

— O caralho que não. Você só quer Graham longe de mim para se jogar em cima dele. Não tem nada a ver com o bem-estar da sua filha.

Ela suspirou com exagero.

— Você não entende, Soraya. Não é mãe.

Nesse momento, um vulcão de emoções começou a ferver dentro de mim. Primeiro a menstruação, agora esse lembrete sutil.

— Não. Não sou mãe.

— Essa é a chance de Chloe ter uma família. Graham e eu temos muito em comum. Dividimos o trabalho, frequentamos os mesmos círculos sociais e temos uma filha.

— Ele não te ama.

Genevieve riu.

— Não pode ser tão ingênua. Jura que acha que o amor supera tudo?

— Não, mas...

— Somos compatíveis, e eu sou a mãe da filha dele. Se você sumir, em poucas semanas vou estar chupando aquele pau embaixo da mesa de novo, e ele nem vai lembrar que você existiu.

Senti o golpe. Abalada como estava, imaginar essa mulher chupando Graham foi como um soco. Ela sorria como um lobo diante de um cordeiro fraco. E partiu para o golpe decisivo:

— Já transamos bem aí, nesse sofá onde você está sentada. Afinal, este era o escritório dele. O único aposento que não redecorei depois que rompemos o noivado. Porque me lembra dele. — Ela deu de ombros e esvaziou o copo com um gole só.

— Se acha que Graham vai voltar para você depois do que fez com ele, não o conhece muito bem.

— Fala para mim, Soraya: quem é a mulher que ele mais valoriza no mundo?

— A avó.

— E ele ainda chora a morte da mãe depois de mais de dez anos. Acha mesmo que *família* não significa tudo para esse homem? — Ela se levantou. — Ele vai te esquecer. Mas não vai superar o fato de não acordar todas as manhãs na casa onde a filha mora.

CAPÍTULO 24

Graham

— Está tudo bem? — Bret Allandale me segurou por quarenta e cinco minutos em uma conversa. Encontrei Soraya no jardim olhando o pôr do sol sobre a água, e enlacei sua cintura parando atrás dela.

— Tudo, sim.

Sem pensar, toquei sua barriga plana. Tinha gente por perto, por isso falei em voz baixa.

— Pensar que pode ter um filho meu crescendo dentro de você, dentro desse corpo lindo, é absolutamente incrível.

— Graham...

— Eu sei. Você acha que não está preparada. Mas eu sei que vai ser uma mãe maravilhosa. Vai ficar muito brava se eu confessar que uma parte minha está *torcendo* para você estar grávida? Assim não vai ter nenhuma chance de se livrar de mim. — Puxei o cabelo dela de um lado e beijei seu pescoço.

— Posso te perguntar uma coisa?

— O que quiser.

— Se eu estiver grávida, vai querer criar esse filho comigo?

— É claro que sim. Que pergunta é essa?

— Não sei. Acho que estou cansada e emotiva. O dia foi longo.

— Bom, vamos embora logo. Você já devia estar descansando, mesmo.

Depois que o sol se pôs, decidi que era hora de ir para a pousada. Chloe já havia bocejado duas vezes, e era evidente que ela não ia aguentar acordada por muito mais tempo. Estava sentada em uma das mesinhas infantis com outra menina, e as duas brincavam com massinha de modelar cor-de-rosa. Puxei uma cadeirinha para Soraya, e nós dois sentamos.

— O que estão fazendo?

— Um homem da neve.

— Um homem da neve cor-de-rosa?

Ela parou de moldar a massinha e olhou para mim como se eu tivesse feito um comentário ridículo.

— É um homem da neve menina.

— Gostou da festa, Chloe? — perguntou Soraya.

— Gostei. Mas não acabou. Meu aniversário dura o fim de semana todo.

Soraya riu.

— Ah, é?

Chloe assentiu depressa.

— Amanhã de manhã, quando a gente acordar, vai ter panqueca de gota de chocolate e leite com morango.

— Que pena que vamos perder tudo isso. Parece que vai ser delicioso — disse.

— Por que vão perder? Vocês dormem até tarde?

— Não, mas não vamos dormir aqui, meu bem — respondi.

— Não quer tomar café da manhã comigo?

— É claro que quero.

— Quem vai montar o resto dos meus brinquedos de manhã? Mamãe disse que você ia montar meu carro e a casa dos sonhos.

— Ela disse, é?

— Por favooor.

Olhei para Soraya sem saber como dizer não para minha filha. Tinha encontros limitados com a criança, e a ideia de decepcioná-la logo depois de tê-la conhecido era inaceitável. Soraya cobriu minha mão com a dela e a afagou.

— Tenho uma ideia, Chloe. Graham e eu voltamos amanhã cedo para o café. Depois ele pode montar seus brinquedos.

— Sério?

Soraya assentiu para mim, e eu sorri para Chloe.

— Sério, meu bem.

Demos uma volta pela festa nos despedindo de todos, e Genevieve nos levou até a porta.

— Chloe está muito animada porque vai voltar amanhã. Pena que não vai passar a noite aqui. Tem muito espaço. — Tive a impressão de que ela olhou para Soraya. — Ela adoraria acordar com o pai na mesma casa, mesmo sem saber ainda que você é o pai dela.

— Que horas vai servir o café?

— Avery vem de manhã, ela chega às nove. Nove e meia?

— Perfeito. Até amanhã.

— Vou estar esperando, Graham. — Genevieve tocou meu braço e baixou a voz. — Chloe tem sorte por ter você. Sei que cometi erros graves, mas espero, pelo bem de nossa filha, que possamos superar todos eles. Quero muito que ela conheça o pai biológico... tenha uma família de verdade.

* * *

Soraya estava estranhamente quieta durante o curto trajeto até a pousada Harbor House, e continuou quieta depois que chegamos. Quando fomos para a cama, eu a abracei e tentei fazê-la falar sobre o que a estava incomodando.

— Fala comigo. Você está estranha. — A cabeça dela repousava sobre o meu peito, bem em cima do coração, e eu afagava seu cabelo sedoso no escuro.

A lista de problemas que podia estar incomodando Soraya era interminável, atualmente. Estávamos passando o fim de semana com uma filha que eu tinha acabado de conhecer, em uma casa que já havia sido minha, enquanto minha namorada, que podia estar grávida, era provocada o tempo todo por minha ex. E eu ainda perguntava o que a incomodava? Seria mais fácil perguntar o que ia bem. Para mim, essa pergunta era simples: o que ia bem na minha vida era ela. *Ela* era perfeita. Mesmo com todo o caos, não lembrava um tempo em que alguma coisa havia estado mais perfeita para mim. *Nós éramos perfeitos juntos.*

— Estou cansada, só isso.

— Então não tem nada a ver com conviver com a bruxa da minha ex, ter descoberto recentemente que tenho uma filha de cinco anos ou a possibilidade de estar grávida. Esqueci alguma coisa?

Ela riu baixinho e suspirou.

— Esqueceu o café da manhã com a Avery. Vai ser o máximo.

— Ah, é. Nada como uma dupla de bruxas no café da manhã.

Soraya ficou em silêncio de novo. Eu odiava ir dormir sem esclarecer as coisas, mas havia sido um dia longo, e ela precisava descansar. Em cerca de dez minutos, ouvi sua respiração mais lenta e estável, e soube que ela estava dormindo. Com Soraya em meus braços e olhando para a escuridão, percebi que não precisávamos rever o dia. Às vezes, as palavras que ficam por dizer são as que mais precisam ser ditas.

— *Amo você, Soraya* — murmurei para minha bela adormecida. — *Amo você pra caralho.*

* * *

— Que horas são? — Ela alongou os braços acima da cabeça, e o lençol que a cobria escorregou, revelando os mamilos salientes embaixo da camiseta branca. Eu estava sentado à mesa do outro lado do quarto, em silêncio, trabalhando desde as cinco horas, mas me aproximei da cama, incapaz de resistir à vontade de beijar aquela pele exposta.

Abaixei um pouco mais o lençol e levantei a camiseta regata, deixando um caminho de beijos em seu ventre.

— São quase oito e meia. Você apagou. — Subi mais um pouco e beijei a curva inferior de um seio.

— Hum... — O som que ela fez ecoou direto no meu membro. — Que horas é o café da manhã, mesmo?

— Vou fazer minha refeição matinal agora. — Levantei mais a camiseta e suguei um mamilo. Chupei com força. Os dedos dela deslizaram por meu cabelo.

— Graham...

— Hum... — Passei para o outro mamilo e o contornei com a língua enquanto olhava para ela. — O que posso fazer por você, linda? Prefere que eu te devore ou vamos brincar de esconder com meu pau?

Ela fechou os olhos quando mordi o mamilo. Um gemido brotou de sua boca, e por um instante pensei que teria um momento de adolescente. *Se controla, Graham.*

Subi um pouco mais por seu corpo e falei com os lábios tocando os dela:

— O que vai ser? Uma parte minha vai ter que entrar em você, Soraya. Escolhe se vai ser a língua ou o pau. — Fui beijando da boca até a orelha e voltei, decidindo que, se ela não ia responder, o melhor era começar abaixo da cintura e subir até terminar. Decisão tomada, levantei a cabeça para contar a ela o que planejava fazer, e o que vi foi como um soco no estômago. Lágrimas escorriam por seu rosto.

— Soraya? O quê...?

— Eu menstruei.

— Ah, meu amor... — Fechei os olhos e encostei a testa na dela.

— Tudo bem. Eu... eu... eu não queria mesmo estar grávida. — Ela limpou as bochechas. — Só me empolguei com a situação. Ver você com sua filha, perceber que seria um bom pai, não sei, acho que só queria fazer parte daquilo.

— Não tem nada que eu queira mais. Pode não ser hoje ou amanhã. Mas um dia vamos ter uma família.

— Como tem tanta certeza?

— Com relação a você, não tenho dúvida nenhuma.

— Meu Deus, Graham. Por que dói tanto? Tenho a sensação de que perdi alguma coisa, embora nunca a tenha tido. — Ela chorou durante muito tempo nos meus braços. Quando a comporta se abriu, tudo transbordou. A dor no meu peito diante de seu sofrimento era quase maior do que eu podia suportar. Tive que engolir o choro mais de uma vez. Quando ela finalmente se acalmou, queria muito dizer que a amava, mas tinha medo de que pensasse que só estava falando porque ela estava triste.

— Quer ficar aqui? Eu vou tomar café com Chloe e volto. A última coisa de que precisa agora é de Genevieve.

— Mas quero me despedir de Chloe.

— Então, vamos fazer diferente. São só alguns quilômetros até a casa. Eu vou de táxi, e você pode ficar na cama mais um pouco. Depois, quando se sentir melhor, pode ir me buscar de carro e se despedir da Chloe.

Ela assentiu.

— Boa ideia. Acho que não consigo aguentar Avery e Genevieve por muito tempo.

— Então, é isso que vamos fazer. — Levantei seu queixo para obrigá-la a olhar para mim. — Vamos superar tudo isso. Prometo. Ok?

Naquele momento eu nem imaginava, mas algumas promessas simplesmente não podem ser cumpridas.

CAPÍTULO 25

Soraya

O quarto de hotel ficou muito quieto depois que Graham saiu. Sozinha com meus pensamentos, peguei e larguei o celular umas dez vezes, pelo menos. Para quem eu ia ligar? Não podia contar com ninguém para me dar uma opinião imparcial. Minha situação era muito próxima da que viveram minha mãe e minha irmã. Tinha a Delia, é claro. Mas ela estava com o Tig desde os catorze anos e acreditava em finais de conto de fadas. A realidade dela não incluía uma criança pequena, uma ex maquiavélica ou um pai que a abandonou e uma mãe deprimida demais para sair de casa durante anos.

Sem ter a quem pedir conselhos, fiz algo que nunca pensei que faria. Abri o laptop.

> Querida Ida,
> Estou namorando há quase dois meses um homem por quem me apaixonei perdidamente. Há algumas semanas, ele descobriu que tem uma filha com a ex-namorada. É uma história sórdida, mas, resumindo, ela o traiu, mentiu sobre quem era o pai e o impediu de conhecer a filha por anos.
> É claro, a ex é bonita, inteligente, e eles têm em comum a paixão pelo trabalho no ramo em que atuam. Na maioria das áreas, os dois são muito mais compatíveis que ele e eu. Para piorar as coisas, ela me disse que o quer de volta. O problema é que ele gosta de mim de verdade, e não quero magoá-lo. Preciso de uma opinião imparcial. Devo me retirar discretamente e deixar que ele tenha a chance de recuperar o relacionamento com a ex, para que eles possam ter uma família? Eu o amo o suficiente para fazer esse sacrifício. – Theresa, Brooklyn.

Escrever a carta teve um inesperado efeito catártico. Eu não esperava que Ida me desse pérolas de sabedoria. Normalmente, os conselhos dela eram uma porcaria. Mas escrever a carta me ajudou a colocar os sentimentos em seus devidos lugares. Também me ajudou a perceber que, enquanto eu não decidisse sair de cena realmente, Genevieve não ia mais me deixar perturbada.

No caminho para a casa da bruxa, aumentei o som do carro e cantei bem alto. Nesse momento, entendi porque os atletas sempre estavam de fone de ouvido antes de um evento. Precisavam do estímulo para impedir que dúvidas e receios os dominassem.

Entrei na propriedade, parei o carro e olhei para a casa. Tudo era lindo nos Hamptons, mas meu lugar era no Brooklyn. Quando estava saindo do carro de Graham, a porta da casa se abriu e uma mulher apareceu. Ela olhou para mim, e um sorriso diabólico dominou seu rosto impecável.

— Samira. Que bom que veio.

Respondi com meu sorriso falso para combinar com o dela.

— Oi, Ainsley. Que ótimo te ver.

Avery parecia estar se divertindo. Ela acendeu um cigarro, o que me surpreendeu.

— Quanto tempo faz? Sete, oito semanas? Graham costuma pôr o lixo para fora toda terça-feira.

— É como dizem por aí: o que é lixo para uns é tesouro para outros.

Ela deu uma longa tragada e soltou a fumaça em forma de círculos. Não via alguém fazer isso desde que meu tio Guido parou de fumar seu Lucky Strike sem filtro lá na década de noventa.

— Fumar dá câncer — comentei, e me aproximei para sussurrar: — E rugas.

Ela deu mais duas tragadas e apagou o cigarro em um vaso enorme.

— Ele vai acabar se cansando de você e recuperando o bom senso. Um belo boquete, ou seja lá qual for o serviço que você está prestando, sempre acaba perdendo a graça.

— Eu faria essa pergunta ao seu marido, mas você tem o nariz tão empinado que o coitado não deve saber o que é uma boa chupada há muitos anos.

O interior da casa era silencioso, exceto pelo ruído dos saltos de Avery.

— Cadê todo mundo?

Ela se serviu de uma xícara de café. É claro que não ofereceu outra à convidada. Olhando para mim por cima da borda da xícara, sorriu com sarcasmo e disse:

— Está falando da família feliz?

— Estou falando de Graham e Chloe.

— Mamãe e papai daquela bela criança estão na praia, acompanhando a filha no primeiro mergulho da estação.

— Que legal.

— Quando Graham e Genevieve compraram esta casa, eles viviam transando no mar. Pensando bem, a filha deles pode ter sido concebida na água.

Essa bruxa era osso duro de roer. Repeti mais um *que legal*, fazendo um grande esforço para fingir que ela não estava me atingindo. Mas a verdade era que não conseguia evitar o ciúme quando pensava em Graham e Genevieve juntos. Era evidente que eles tiveram um relacionamento sexual. Eu só não precisava visualizar como devia ter sido.

Fui até a porta que se abria para o pátio e olhei para a praia lá embaixo. Graham e Genevieve estavam a uns cem metros de distância. Os dois se despiam, e Chloe pulava de alegria entre eles. Era tremendamente doloroso ver o homem que eu amava se divertindo na praia com outra mulher.

Quando os dois estavam só de roupa de banho, vi Chloe segurar a mão de cada um deles e os três correrem para as ondas como se tudo acontecesse em câmera lenta. *Retrato de um dia normal, de Norman Rockwell, estrelando: Barbie e Ken.* A imagem me fez sentir como se meu peito fosse esmagado.

Avery se aproximou de mim e espiou a cena por cima do meu ombro.

— Que família feliz eles poderiam ser. Olha o sorriso no rosto de Graham.

Graham *estava* sorrindo. Estava rindo e brincando na água com Chloe e Genevieve. Ele parecia contente de verdade.

Avery bebeu seu café.

— Destruidora de lares.

Abri a porta de vidro e saí. Quando virei para fechar a porta, Avery sorria vitoriosa. Ela não se moveu quando terminei de fechá-la em sua cara.

* * *

No caminho de volta para casa, Graham segurava minha mão enquanto dirigia.

— Como se sente?

— Melhor.

— Obrigado por ter ido comigo. Sei que não foi fácil para você.

— Fico feliz por ter conseguido passar um tempo com sua filha. Ela é uma menina maravilhosa.

Graham se iluminou.

— Ela é, não é?

— Já conversou com Genevieve sobre como vão contar a ela que você é o pai?

— Genevieve acha melhor não falar nada tão cedo. Ela diz que devemos continuar convivendo para que, quando finalmente contarmos, ela já se sinta confortável comigo. E sugeriu que eu vá jantar lá de novo na semana que vem.

É claro que sim.

— É uma boa ideia.

Nossa conversa nunca foi tão truncada. Eu tinha certeza de que nós dois sentíamos, mas nenhum dos dois sabia como consertar. Mas Graham continuava tentando.

— E aí, o que achou dos Hamptons?

— Quer que eu seja honesta?

— É claro que sim.

— A paisagem é bonita. O mar, as casas, todos os barcos na marina. Mas não é um lugar onde queira passar meus verões. As pessoas são muito... homogêneas...

— Boa descrição. Também nunca foi meu lugar favorito. Na verdade, é muito diferente fora da temporada. Sempre preferi ir para lá em outubro ou novembro. Ainda tem muitos agricultores e pescadores morando lá. A cidade é muito diferente quando estão só os moradores.

— Se não é seu lugar favorito, por que comprou a casa?

— Genevieve queria. E para ser honesto, na época, o símbolo de status de ter uma casa nos Hamptons pareceu importante.

— Não parece mais.

Graham afagou minha mão.

— Minhas prioridades mudaram.

— Se fosse comprar uma casa de verão agora, onde seria?

Ele respondeu imediatamente.

— Brooklyn.

Dei risada.

— Quer passar o verão no Brooklyn?

— Quero passar o verão dentro de você. Onde, não tem mais importância.

CAPÍTULO 26
Soraya

Quarta-feira à noite, Graham foi jantar com Genevieve e Chloe. Achei difícil ficar em casa sem imaginar o cenário, os três compartilhando uma refeição à mesa da sala de jantar. Então, em vez de ir direto para o meu apartamento, parei no estúdio de Tig e Delia, e fizemos um banquete de sushi e saquê. Às nove e meia, quando eles fecharam o estúdio, eu estava de barriga cheia e suficientemente bêbada para ir para casa.

Tirei a roupa de trabalho, liguei o celular no carregador e fui para a cama. Estava fechando os olhos, quando ouvi a campainha. Como não tinha recebido nenhuma mensagem a noite toda, tinha um pressentimento de que Graham poderia aparecer. Fui até aporta, apertei o botão do interfone para deixá-lo entrar, abri a trave de cima da porta e fiquei esperando para ouvir os passos dele.

Abri a porta sorrindo quando ouvi as batidas leves.

Ver o homem do outro lado fez meu sorriso desaparecer imediatamente.

— Pai? O que está fazendo aqui?

Ele tirou o chapéu e o segurou contra o peito.

— Posso entrar?

— É claro.

Naquela manhã, eu tinha pedido a Deus um sinal sobre como deveria lidar com meu relacionamento com Graham. A visita me fez pensar que Ele havia mandado Frank Venedetta como uma espécie de mensageiro atrapalhado.

Fui até o armário da cozinha.

— Quer beber alguma coisa? — Nervosa, deixei a porta de madeira bater depois de pegar um copo para mim.

Meu pai sentou-se à mesa.

— Só água.

O cheiro do desodorante Old Spice invadindo minha cozinha me fez voltar à infância.

— Acho que vou precisar de alguma coisa mais forte — falei, e abri uma garrafa de merlot.

— Bom, nesse caso, vou te acompanhar.

— Vinho, então. — Servi a bebida em duas taças e dei uma para ele.

Meu pai sorriu.

— Isso é bom. Nunca pensei que tomaria uma taça de *vino* com minha filha nesta noite.

Fui direto ao ponto.

— O que veio fazer aqui, pai?

Ele bebeu um gole, depois exalou devagar, um sopro demorado. Sua expressão ficou séria.

— Faz tempo que estou pensando em vir, mas estava sempre adiando a visita, porque não queria te incomodar.

— E por que hoje?

— Porque achei que era hora.

— Se tem alguma coisa para dizer, diga.

— No dia em que foi à minha casa, você fez uma pergunta direta que não consegui responder. Queria saber se eu teria ficado com sua mãe caso Theresa não correspondesse ao meu amor ou eu não a tivesse conhecido. Eu não estava preparado para essa pergunta.

— E já tem a resposta?

— Pensei muito nisso nos últimos dias. A conclusão é que, se Theresa não tivesse aparecido, acho que provavelmente sua mãe e eu ainda estaríamos casados até hoje. É difícil admitir isso, porque não queria que você culpasse Theresa por minhas atitudes e escolhas.

— Mas naquele dia você também me disse que não se arrepende das decisões que tomou, o que significa que não se arrepende de ter feito a gente sofrer. Isso é bem difícil de aceitar.

— Não. Não foi isso que eu quis dizer. Amo vocês e lamento ter causado esse sofrimento, mas não lamento ter me apaixonado por Theresa.

— Como pode dizer que nos amava, depois de ter saído de casa daquele jeito?

Meu pai apoiou a cabeça nas mãos antes de responder.

— Não é tão simples. Existem tipos diferentes de amor, Soraya.

— O amor pelos filhos deve estar acima dos outros.

Ele fechou os olhos como se minhas palavras o ferissem, depois fez uma pausa antes de voltar a falar.

— Às vezes a vida surpreende, põe em seu caminho algo que você não esperava. É preciso decidir se quer ser verdadeiro com você mesmo ou honrado com as pessoas que ama. Se eu não tivesse conhecido Theresa, provavelmente teria ficado feliz com sua mãe, porque não teria conhecido a diferença. Mas eu a conheci, surgiu algo muito forte entre nós, e eu soube que isso me faria falta, se eu desistisse. Não tinha como voltar atrás.

— E o que Theresa tinha que mamãe não tinha? Foi só sexo?

— De jeito nenhum. É difícil explicar. É só um nível de química, Soraya, uma espécie de atração magnética entre duas pessoas, uma coisa que eu não senti com sua mãe ou com as outras antes dela. Podia ter ignorado. Mas não quis. Fui egoísta, não vou negar.

— Mas não se arrepende.

— Não existe uma resposta única de sim ou não. Lamento que você e sua irmã tenham sofrido por causa das minhas atitudes, mas não me arrependo de ter seguido meu coração. Haveria arrependimento de qualquer jeito. Escolhi o caminho egoísta, o que mais machucou vocês, e sinto muito por isso.

— Não sei se conseguiria fazer a mesma coisa, se estivesse no seu lugar.

— Então você é uma pessoa melhor que eu, minha querida.

— Acabou de dizer que ainda estaria com minha mãe, se não tivesse feito uma escolha egoísta. Suas filhas teriam sido poupadas de anos de insegurança. Eu, por exemplo, não teria os problemas que tenho hoje para confiar nos homens. Minha mãe não teria tido uma depressão que quase a levou para o hospital. Talvez você não tivesse se sentido totalmente satisfeito, se ficasse, mas sua família teria vivido melhor. — Lágrimas começaram a inundar meus olhos. — Então, basicamente, sofremos as consequências de seus atos.

— E eu sinto muito por isso, Soraya. Foi isso que vim dizer hoje, mais que tudo.

Eu assentia em silêncio, tentando processar isso tudo.

— Não sei se estou preparada para aceitar suas desculpas, mas agradeço e fico feliz por ter vindo. Aprendi muito com essa conversa. Ultimamente, tenho precisado de orientação.

— Alguma coisa a ver com aquele homem rico com quem está namorando? Ele me olhou feio no dia em que foi te buscar na porta de casa. Deve gostar muito de você. Parece que temos muito em comum. Porque, mesmo que você não saiba, eu te amo muito.

— Sabe de uma coisa? Você e Graham têm muito em comum, mais do que imaginam. — Funguei.

Agora ele é você, e eu sou Theresa.
Chloe é quem eu era.

Antes de ir embora, meu pai tomou mais uma taça de vinho. Abri uma garrafa que tinha comprado quando Graham e eu fomos a Little Italy.

As coisas estavam longe de se resolver entre mim e meu pai, mas combinamos manter contato. Pelo menos o relacionamento com um homem da minha vida progredia na direção certa. Infelizmente, a visita de meu pai só me deixou mais atormentada em relação a Graham.

* * *

Naquela noite os sinais estavam em todos os lugares.

Graham telefonou para contar que Chloe estava com febre alta e uma otite séria. Ela não conseguia dormir e pediu para ele ficar e ler para distraí-la. Falei para ele cuidar de sua garotinha e que poderíamos nos ver no dia seguinte.

Enquanto isso, acessei a internet e vi que Ida tinha mandado as respostas que seriam publicadas no jornal de amanhã. Uma delas era a do meu e-mail. Antes de ler, fui até a cozinha com minha taça e a enchi com o resto do vinho da garrafa. Respirei fundo para me preparar.

> *Querida Theresa,*
> *Por mais que pareça estar apaixonada por esse homem, acho que já sabe qual é a resposta correta para o seu dilema. Não se pode arriscar quando há uma criança envolvida.*
> *Embora tenha contado que a ex causou o rompimento da relação, ela parece ter concluído que cometeu um engano, um erro que quer consertar pelo bem da filha. O fato de ele não ter escolhido espontaneamente terminar a relação (e só tenha terminado em consequência da traição) me leva a crer que ele ainda pode sentir algo por ela. Você indicou que os dois são compatíveis, o que é ainda mais problemático. Tenho a impressão de que essa situação pode se tornar difícil para você com o passar do tempo.*
> *Também mencionou que não quer magoá-lo. Talvez, se ele achar que você o enganou de algum jeito, possa superar esse rompimento mais depressa. Você pode, por exemplo, dar a impressão de que tem outra pessoa.*
> *Faça o que é certo e encontre um homem sem bagagem. Devolva esse à família. Quando se trata de um envolvimento com homens que têm filhos, eu tenho um lema: mais razão que coração.*

Meu estômago se contorcia. Embora Ida houvesse ajudado a cristalizar a conclusão a que eu começava a chegar sozinha, ainda era difícil absorver a crueldade da resposta. Eu sabia que desistir era a atitude certa a tomar, mas como desistir da melhor coisa que já me aconteceu?

Ela tinha razão em um ponto: Graham jamais desistiria de mim facilmente, a menos que acreditasse que havia sido traído. Traição era a única coisa que ele nunca toleraria. Pensar em enganá-lo desse jeito era tão doloroso que me causava arrepios. Mas eu não conseguia enxergar outra solução. Não seria capaz de olhar nos olhos dele e dizer que não o amava. Tinha que o induzir a romper comigo por raiva, e só havia um jeito de provocar essa reação.

Eu era maluca por considerar fingir uma traição só para forçá-lo a me deixar? Ou esse era um gesto honrado e altruísta em prol do bem-estar de uma criança? Quase não conseguia acreditar no que estava pensando em fazer.

Depois de virar na cama a noite inteira, tomei uma decisão e, relutante, tracei um plano. Amanhã teria minha última noite com ele, viveria essa noite, me permitiria amá-lo pela última vez. Depois começaria a me afastar até conseguir pensar em um jeito de dar a impressão de que havia outra pessoa. Não podia voltar no tempo e mudar minha infância, mas tinha o poder de mudar a de Chloe.

Isso ia doer muito. Não ia conseguir seguir em frente sozinha. E só conhecia uma pessoa que não tentaria me fazer mudar de ideia.

Peguei o celular e mandei uma mensagem para Tig.

Preciso de ajuda.

CAPÍTULO 27
Graham

Essa coisa de ser pai é para os fortes.

Embora Chloe não soubesse que eu era seu pai, eu não a tratava diferente do que trataria se ela soubesse. Fazia questão de que me visse quase todos os dias e a transformei em minha principal prioridade.

A noite foi particularmente difícil, porque eu nunca tinha lidado com uma criança doente. Genevieve achou que seria uma boa ideia se eu assumisse os cuidados com Chloe. Se minha filha fosse passar um tempo em minha casa em algum momento, eu precisava saber cuidar dela na saúde e na doença.

Chloe só queria que eu a segurasse e lesse para ela. A pobrezinha tinha pus saindo das orelhas e queimava em febre. Eu me sentia impotente, porque não havia nada que pudesse fazer para que ela se sentisse melhor, nada além de ficar ali. Ela se apegava mais a mim a cada dia. Isso provava que, apesar dos anos que passamos afastados, havia uma espécie de conexão inata entre pai e filha.

Felizmente, Soraya era bastante compreensiva com a situação. Eu sentia muita falta dela. Estava começando a ter síndrome de abstinência. Por mais que amasse a companhia da minha filha, precisava ver minha namorada hoje. Precisava sentir sua vagina em volta do meu pau. Precisava agarrar aquele cabelo escuro e sexy. Precisava ouvir os ruídos que ela fazia quando chegava ao orgasmo comigo dentro dela. Merda... precisava dizer de uma vez por todas quanto a amava.

A sorte estava ao meu lado, porque Chloe se sentia um pouco melhor. Os antibióticos começavam a fazer efeito. Depois de jantar cedo com ela, fui direto para a casa de Soraya. Ia mandar o motorista buscá-la e levá-la ao meu apartamento, mas ela disse que preferia que eu fosse para lá. Respondi brincando que iria com prazer aonde ela quisesse nesta noite.

Quando ela abriu a porta, eu a abracei e aproximei o rosto de seu pescoço, inspirando o perfume de baunilha. Era um cheiro que me deixava maluco.

— Caramba. Que saudade — falei contra sua pele. — Como conseguiu ficar ainda mais linda?

Era um alívio ver que as pontas de seu cabelo continuavam azuis. Um vestido justo da mesma cor envolvia seu peito arfante. Por mais que eu quisesse rasgar o tecido e chupar muito seus mamilos, também sentia a mesma saudade do sorriso, da risada, da atitude sarcástica. Não passamos muito tempo separados, mas viver a paternidade me fazia sentir como se tivesse estado a um mundo de distância da outra parte importante de minha vida. Amava minha filha, mas meu lugar era com Soraya.

Deslizei a mão pelas costas dela e perguntei:

— Está com fome?

— Não. Você disse que jantou com Chloe, acabei de comer.

Tive a impressão de que alguma coisa a incomodava.

— Está preocupada?

Ela hesitou.

— Não.

— O que quer fazer hoje? Podemos ir beber alguma coisa, ver um filme, o que você quiser.

— Podemos ficar aqui?

— Nunca vou reclamar de ter você só para mim.

— Chloe melhorou?

— Sim, está bem melhor. O médico receitou penicilina, e a dor de ouvido diminuiu bem.

— Que bom.

Olhei para a pia. Notei duas taças de vinho sujas. Senti a descarga de adrenalina. *Duas taças? Quem esteve no apartamento?*

— Recebeu visitas?

Ela ficou vermelha.

— Hum... na verdade, meu pai.

Apesar do alívio, fiquei incomodado por ela não ter me contado.

— Ah, é?

— Sim. Ele apareceu do nada ontem à noite.

Fiquei triste, porque sabia que, em circunstâncias normais, ela teria me contado. Ver o pai não devia ter sido fácil para ela. Embora soubesse a resposta, perguntei assim mesmo.

— Por que não me falou nada?

— Você estava com Chloe. Não queria incomodar. E correu tudo bem. Nós só conversamos. Não foi tão ruim quanto eu imaginava que poderia ter sido, depois de como saí da casa dele no outro dia.

— O que ele falou?

— Sabe de uma coisa? Não quero desperdiçar essa noite com isso. Meu pai e eu... estamos bem. Foi uma visita normal.

— Tem certeza de que não quer falar sobre isso?

— Absoluta.

— Tudo bem. — Eu a abracei e encostei a testa na dela. — Sabe em que eu estava pensando? Talvez a gente deva ir à Itália nas férias. Quero beijar o chão da terra que me deu você. Nunca estive lá. Podemos visitar a Costa Amalfitana. O que acha?

— Tenho certeza de que a Itália é linda.

— Você não respondeu à minha pergunta. — Recuei para observar seu rosto. — Não está animada como achei que ficaria. Não precisa ser lá. Podemos ir a outro lugar.

Ela segurou meu rosto com as duas mãos e disse:

— Você é incrível. Eu teria sorte se fosse a qualquer lugar com você. — Mas não estava sorrindo.

Que porra é essa?

— Está tudo bem? Você parece triste. Tem certeza de que não se chateou com seu pai?

— Está tudo bem.

— Não acredito.

Ela ficou em silêncio, e isso começou a me assustar de verdade.

Passei o dorso da mão por seu rosto.

— Sabe que pode me contar tudo, não é? Sei que essa história com Genevieve e Chloe não tem sido fácil para você. Precisa se abrir comigo quando alguma coisa te incomodar, não tem que ficar guardando. Podemos resolver tudo, desde que não esconda nada de mim.

— Não tenho nada para falar. Só estou um pouco desanimada hoje. Podemos ir deitar?

Eu a encarei antes de responder.

— É claro.

Apesar da explicação, foi como se uma nuvem nos seguisse para o quarto. Tirei a gravata. Quando desabotoei a camisa, Soraya estava sentada na cama me observando. Eu adorava ver como ela ficava fascinada quando me despia, mas era meio estranho e atípico ela ficar só me olhando daquele jeito. Definitivamente, hoje ela estava estranha.

Joguei a camisa em cima da cadeira e disse:

— Não quer conversar, vou ter que encontrar outro jeito de fazer você se sentir melhor.

Ela ficou em pé, se aproximou de mim e, lentamente, começou a deslizar o dedo em torno da tatuagem sobre meu coração.

— Você ter feito isso significa muito para mim. Acho que eu nunca disse o quanto.

— *Você* significa muito para mim. Você me trouxe de volta à vida, Soraya. Isso era o mínimo que eu podia fazer para demonstrar o que sinto. Representa como está sempre comigo, mesmo quando não podemos estar juntos por causa do trabalho ou de Chloe. Saber que você está comigo e que me apoia é o que tem me ajudado a seguir em frente.

Ela continuou olhando para a tatuagem quando falou:

— Faz amor comigo?

— Quando foi que teve alguma dúvida disso?

— Nunca, mas hoje quero que seja bem lento. Quero aproveitar.

— Posso ir devagar.

Sexo não resolve tudo, mas eu tentaria usá-lo para tirá-la do desânimo em que estava. Mostraria com o corpo o quanto a amava, e que não havia nada que não pudéssemos resolver, desde que ficássemos juntos em todos os sentidos.

Ela começou a me beijar com paixão, de um jeito quase desesperado. Quando caímos na cama, Soraya me apertava com força, e me puxou contra o corpo enquanto abria as pernas.

— Por favor — implorou.

Vê-la nua e exposta daquele jeito me obrigou a lembrar do pedido dela para irmos devagar, porque naquele momento eu só queria devorá-la inteira.

Quando a penetrei, ela gemeu no meu ouvido. Enquanto me movia para dentro e para fora devagar e com intensidade, percebi que havia uma diferença entre sexo puro e descontrolado e fazer amor com loucura e paixão. Era preciso estar realmente apaixonado por alguém para conseguir essa segunda versão. E eu estava apaixonado por Soraya de um jeito como nunca estive por ninguém antes. Era hora de ela saber disso.

Quando a penetrei até o fundo, tentando não a esmagar com o peso do meu corpo faminto, sussurrei em seu ouvido:

— Te amo muito, Soraya. — Voltei a me mover, entrando e saindo dela, e repeti: — Te amo.

Ela respondeu me apertando com mais força, erguendo o quadril e guiando meu corpo. Eu queria muito que ela me devolvesse a declaração. Em vez disso, Soraya ficou em silêncio até eu sentir a umidade em meu ombro.

Ela estava chorando.

— *Baby*, o que foi?

Meu coração batia mais depressa. Eu havia me iludido pensando que ela lidava bem com tudo isso? Tudo estava se complicando?

Quando diminuí os movimentos, ela murmurou:

— Não para, Graham. Por favor, não para.

Frustrado, aumentei o ritmo, usando mais força do que pretendia. Ela gritou de prazer quando os músculos se contraíram em torno do meu pau. Quando explodi, eu me despejei dentro dela.

Meu peito e o dela arfavam.

Ela olhou nos meus olhos por um momento muito longo, como se tivesse dificuldade com as palavras. O que finalmente disse quase acabou comigo.

— Seu nome pode não estar tatuado em cima do meu coração, mas vai ficar marcado para sempre na minha alma. Passei quase duas décadas pensando que era incapaz de ser amada. Obrigada por ter provado que eu estava errada. Você mudou minha vida.

Embora a declaração não tivesse as palavras que eu queria ouvir, ela significava ainda mais.

Fizemos amor mais três vezes naquela noite, sempre com mais intensidade que na vez anterior. Enquanto Soraya finalmente dormia em meus braços, um mau presságio me mantinha acordado.

* * *

Ao longo da semana seguinte, começou a ficar claro que eu tinha bons motivos para ficar preocupado. Soraya me contava uma história diferente todas as noites para explicar por que não podia me encontrar.

A irmã precisava de ajuda com a mudança.

A mãe queria ir fazer compras.

Ela tinha planos com Tig e Delia.

O medo crescia a cada dia quando eu pensava em nosso último encontro, que apesar de sensual e apaixonado, foi marcado pelo comportamento estranho de Soraya.

Por mais que as palavras dela sobre eu ter mudado sua vida tivessem me emocionado, eu não conseguia deixar de pensar que em nenhum momento ela havia usado a palavra amor. A cada hora que passava, essa omissão parecia ter uma importância maior.

Talvez ela *não* me amasse.

De qualquer maneira, alguma coisa estava errada, e eu precisava saber o que era. Tentei dar a ela o espaço de que parecia precisar. Concentrei-me em Chloe para não pensar no fato de minha namorada estar se afastando de mim.

No fim da semana, porém, Soraya não me deixou alternativa, além de esperar na frente do prédio até ela aparecer. Supostamente, ela estava com Tig e Delia outra vez. Mas não foi com um deles que apareceu andando de mãos dadas pela rua às nove da noite.

CAPÍTULO 28
Soraya

Tudo aconteceu muito depressa.

Marco e eu tínhamos saído do estúdio de Tig. Como não via Graham fazia dias, desconfiava que ele poderia aparecer de surpresa essa semana. Só não sabia quando seria. O plano para esta noite era o mesmo de ontem. Ficaríamos sentados assistindo a um filme, esperando Graham aparecer. Se ele aparecesse, eu o deixaria ver Marco no meu apartamento e pediria desculpas, diria que tinha conhecido outra pessoa e que nunca tive a intenção de magoá-lo.

Não seria difícil de acreditar. Sentada ao lado de Marco no metrô, tive até que admitir que parecíamos mais um casal do que Graham e eu. Com a pele morena, o cabelo espetado, um chifre italiano no pescoço e os bíceps enormes, ele era mais parecido com Pauly D. do *Jersey Shore* do que com um homem que comandava uma sala de reuniões. Com toda honestidade, antes de Graham, ele era meu tipo. Mas não Marco, especificamente. Eu o conhecia há tempo demais para isso.

Marco era primo de Tig; éramos todos amigos desde crianças. Embora não o visse há alguns anos, sabia que ele me faria o favor de fingir que era meu namorado. Quando Tig o chamou no estúdio na segunda-feira, ele aceitou o pedido antes mesmo de eu explicar as circunstâncias.

— Você está bem, bonequinha? — Marco afagou meu joelho.

— Só nervosa.

— Quer ensaiar de novo o que tenho que dizer, se ele aparecer?

— Não. — Forcei um sorriso. — Já temos um plano.

Era o que eu achava.

Mas não contava que Graham estivesse esperando do lado de fora do prédio, antes de eu chegar lá. Ele estava apoiado no carro, olhando para baixo e digitando no telefone. Por sorte, eu o vi antes de ele me ver. Entrei em pânico antecipando o que ia acontecer e agarrei rapidamente a mão de Marco. Quando Graham levantou a cabeça e me viu, consegui enxergar em seu rosto o momento em que quebrei seu coração. Mesmo a meio quarteirão de distância, seus olhos se iluminaram por uma fração de segundo quando ele me viu. Uma luz que se apagou rapidamente quando ele notou o hipster alto, tatuado e moreno andando de mãos dadas comigo.

Meu coração saiu do peito diante da dor nos olhos de Graham. Eu havia ensaiado mil vezes as coisas que ia dizer, mas, quando ele nos abordou na rua, fiquei sem fala.

— Soraya? *Que porra é essa?*

Olhei para o chão, incapaz de encará-lo. Marco deduziu o que estava acontecendo e assumiu seu papel.

— Você deve ser Grant. Soraya me avisou que havia uma possibilidade de aparecer antes que ela tivesse uma chance de conversar com você.

— Falar comigo sobre o quê? Soraya? Que *porra* está acontecendo? — Graham estava praticamente gritando.

— Calma, cara. Ela vai explicar. Conversamos sobre isso ontem à noite, durante o jantar.

— Jantar? Ontem à noite? Soraya! Responde! O que está acontecendo?

Não respondi, não olhei para ele, e Graham tentou me agarrar. Fazer o papel do namorado protetor foi uma reação natural para Marco, que se colocou entre mim e Graham, parando diante dele.

— Cara, só vou avisar uma vez. Não toca na minha garota. Não quero ter que quebrar a sua cara de garotinho bonito aqui no meio da rua.

— *Sua garota?*

Depois disso, tudo aconteceu muito depressa. Graham recuou um passo, ameaçou virar, mas voltou e projetou todo o peso do corpo no soco que acertou o queixo de Marco. Um estalo alto fez o suco gástrico subir pela minha garganta, e por um segundo pensei que ia vomitar bem ali, na rua. Não sabia se o barulho tinha sido do queixo de Marco ou da mão de Graham, mas alguma coisa havia quebrado. Meu coração batia alto dentro dos meus ouvidos. Na verdade, o barulho podia ter sido do meu coração se estraçalhando.

Marco cambaleou para trás, a mão no queixo tentando diminuir a dor. Mas eu tinha crescido vendo as brigas de Marco e Tig, e sabia que uma coisinha como um queixo fraturado não ia pôr fim a esse confronto. Antes que eu conseguisse me colocar entre eles, Marco avançou contra Graham e o jogou em cima de um carro estacionado.

— Parem! — Finalmente consegui reagir. — Parem, por favor! Marco, não!

Graham conseguiu jogar Marco para o lado e parou na minha frente, o peito arfando, os dedos sangrando. Sem pensar, segurei a mão machucada.

— Graham!

Ele evitou o contato como se minha mão o queimasse.

— Fala, Soraya.

Abaixei a cabeça.

— Fala! Diz que você é uma traidora de merda e eu sou um idiota. Porque apesar de estar vendo tudo, *ainda* não quero acreditar.

Lágrimas corriam por meu rosto. Eu não conseguia olhar para ele.

Quando ele falou de novo, sua voz era baixa e sofrida. Parecia ter quebrado.

— Olha para mim, Soraya. Olha para mim.

Finalmente encontrei coragem para levantar a cabeça. Olhando nos olhos dele, com o rosto lavado pelas lágrimas, falei só a verdade:

— Sinto muito, Graham.

Ele fechou os olhos por um momento antes de virar, entrar no carro e ir embora sem falar nem mais uma palavra. Fiquei ali olhando, soluçando, até não ver mais nem sinal do carro dele.

O que eu tinha acabado de fazer?

* * *

— Deixa de ser chorão. — As mãos de Tig seguravam o rosto do primo. Ele havia aparecido com Delia quinze minutos depois de Marco e eu entrarmos no apartamento. Eu nem percebi quando Marco ligou para eles.

— Eu realmente acho que devíamos ir para a emergência. — Era a segunda vez que verbalizava a minha opinião de que o queixo deslocado de Marco deveria ser tratado no hospital.

— Tudo bem. Já fiz isso antes. Três vezes quando ele fazia aquela idiotice de kickboxing. — Ele entregou ao primo a garrafa de Jack Daniel's que tinha trazido. — Mais um gole, capricha.

O pobre Marco bebeu no gargalo, depois parou na frente de Tig de olhos fechados.

— Pronto.

— No três. Um...

— Caraaaaalhooo! — Marco deu um grito aterrorizante, e eu corri para o banheiro. Dessa vez vomitei de verdade.

Quando voltei, Tig estava rindo.

— Esqueci que era molengona.

— Você falou no três e fez no um. Não me deu chance para sair correndo.

— É claro. Quem vai contar até três quando a pessoa está tensa e esperando a contagem?

— Como eu podia saber?

— Pega um saco de ervilhas para o garanhão aqui, gata.

Abri o freezer para pegar uma embalagem de qualquer coisa congelada. Mas não tinha vegetais.

— Não como ervilha.

— O que tem aí?

Peguei uma caixa de Choco Tacos – sorvete em forma de taco. Tig pegou a caixa e a entregou ao primo.

— Isso é perfeito. Um taco para um fracote que teve o maxilar deslocado por um soco.

Marco se encolheu ao encostar a embalagem de sorvete no rosto.

— O cara tem um soco bem forte para um garotinho bonito.

— Imagino que as coisas não aconteceram exatamente como planejaram. — Delia tinha me abraçado até eu parar de chorar. Enquanto isso, Tig socorria o primo.

— Não. Nem chegamos ao apartamento. Ele viu a gente na rua, entrei em pânico e agarrei a mão de Marco.

— Deve ter sido uma cena linda.

Respirei fundo.

— Foi horrível. Ele ficou muito magoado, Del.

— Você sabia que ele ficaria. Acha que foi convincente?

Assenti, e lágrimas silenciosas voltaram a correr por meu rosto.

— Ele acreditou. Honestamente, não acho que houvesse outro jeito de resolver isso. Mesmo depois de me ver de mãos dadas com outro homem e ouvir Marco me chamar de sua garota, ele *ainda* quis uma confirmação. Acreditava tanto em nós que não quis crer no que estava diante de seus olhos. Ele é assim desde o dia em que o conheci. Nunca tinha conhecido um homem tão determinado em seu amor e apoio. Essa era a parte mais bonita dele.

Quando meus ombros começaram a tremer de novo, Delia me abraçou outra vez.

— Ele vai dar tudo isso à filha. Você quis fazer isso por ela. Essa parte dele não vai mudar. Só não vai mais ser dedicada a você.

CAPÍTULO 29
Graham

— Rebecca!

Era tão difícil assim encontrar pessoas competentes hoje em dia? Bati de novo no botão do interfone e gritei mais alto.

— *Rebecca!*

Era impossível ela não ter me ouvido nos últimos dez minutos. Todo o escritório devia ter me ouvido, apesar de a porta da minha sala estar fechada. Sem resposta, fui procurar a secretária. A mesa estava vazia como se ninguém houvesse estado ali hoje, embora eu a tivesse visto ali sentada quando cheguei, três horas antes. Resmungando e carregando uma pilha de papéis, fui até a recepção.

— Cadê a Rebecca?

— Quem?

— Minha secretária. Ela não está no lugar dela.

— Ah, está falando da Eliza.

— Tanto faz. Onde ela está?

— Ela se demitiu hoje de manhã, sr. Morgan.

— Ela o quê?

— Pediu demissão.

— Meu Deus. Não existe mais funcionários com quem se possa contar. — Joguei os papéis que carregava em cima da mesa da recepcionista. — Preciso de cinco cópias disso tudo.

Um pouco mais tarde, alguém bateu na porta da minha sala.

— Que é?

A recepcionista entrou com as cópias que eu havia pedido e vários jornais.

— Onde deixo as cópias?

Apontei com um dedo sem levantar os olhos do trabalho.

— Em cima do armário.

— Não pegou os jornais da sua caixa de correspondência essa semana, então eu os trouxe.

— Não quero.

Alguns minutos depois, eu ainda não havia levantado a cabeça, e percebi que a recepcionista continuava ali. Suspirando, reconheci sua presença, mesmo sem querer. Ela estava na frente da minha mesa olhando para mim, o que me deixava sem alternativa.

— Que foi?

— Ava. Meu nome é Ava.

— Eu sei.

— Posso dizer uma coisa, sr. Morgan?

Joguei a caneta em cima da mesa.

— Já me interrompeu, fala logo o que tem para falar e acaba com isso.

Ela assentiu.

— Trabalho aqui há dois anos.

Sério?

— E...?

— Sabe quantas secretárias teve nesse período?

— Não faço ideia. Mas como está me fazendo perder tempo, imagino que tenha a intenção de me contar.

— Quarenta e duas.

— Em uma cidade deste tamanho, é bem impressionante a dificuldade para se encontrar bons assistentes.

— Sabe por que elas não ficam aqui?

— Não sei se me interessa.

— Elas não ficam porque é complicado trabalhar para um tirano.

Levantei as sobrancelhas.

— É mesmo, Ava?

— É, sim, sr. Morgan.

— E por que você continua aqui? Acabou de dizer que trabalha para mim há dois anos.

Ela deu de ombros.

— Meu pai era igual ao senhor. Além do mais, não interagimos muito, porque fico o dia todo na recepção. Na maior parte dos dias, o senhor passa por mim sem nem perceber a minha existência. O que, por mim, está ótimo.

— E está dizendo tudo isso por algum motivo? Está *tentando* encerrar seu período de dois anos me aturando? Porque em dez segundos, vai conseguir.

— Não, senhor. O que quero dizer é que... bem... há alguns meses, o senhor começou a mudar. Eliza, sua secretária, ficou aqui por mais de seis semanas e parecia gostar do emprego.

Fiquei olhando para ela sem dizer nada, forçando-a a continuar.

— Até alguns dias atrás. Quando o sr. Morgan Furioso voltou. Não sei o que aconteceu, mas o que quer que tenha sido, sinto muito. E espero que o sr. Morgan Legal volte bem depressa.

Sr. Morgan Legal? Esse era o babaca em quem as pessoas pisavam.

— Já terminou, Ava?

— Sim. Desculpe se o aborreci. Só queria dizer que parecia feliz. E agora não parece mais.

Peguei a caneta e voltei ao trabalho. Dessa vez, Ava entendeu a mensagem. Quando ela estava saindo, perguntei:

— O que aconteceu com seu pai?

— Como?

— Você disse que seu pai era igual a mim.

— Ah. Ele conheceu minha madrasta. Hoje é diferente.

— Deixa os jornais em cima do armário, e cuidado para a porta não bater na sua bunda quando sair.

* * *

Peguei uma bebida e olhei pela janela do escritório. Já estava escuro. Nos últimos três dias, eu tinha saído de casa antes do nascer do sol e voltado no meio da noite. Estava exausto, e esse cansaço não tinha nada a ver com falta de sono. A raiva que carregava era fisicamente esgotante. O sangue fervia nas veias. Eu me sentia atormentado, rejeitado, traído, cheio de raiva. A dor espremia o músculo frio que havia substituído o coração quente em meu peito, um coração que havia começado a descongelar depois que conheci Soraya.

Havia sido traído antes. Porra, Genevieve era minha noiva e Liam, meu melhor amigo. Quando a merda toda aconteceu, perdi duas pessoas que foram a maior parte de minha vida durante anos. Mas aquela perda foi diferente dessa. Agora, não havia comparação. Isso era a total devastação, o tipo de perda que se sente quando alguém querido morre. Ainda não conseguia aceitar o que Soraya tinha feito comigo... com nós dois. Nunca imaginei que ela fosse capaz de ser infiel. A mulher por quem me apaixonei era franca e honesta. Isso me fazia questionar se realmente a conhecia.

O celular vibrou em meu bolso, e como nos últimos três dias, tive esperança de ver o nome de Soraya brilhando na tela. Mas não era ela, é claro; ela tinha ido embora. Esvaziei o copo com um só gole e atendi.

— Fala, Genevieve.

— Graham, o que está acontecendo? Onde se meteu?

— Estou ocupado.

— Chloe está começando a fazer perguntas. Você cancelou seu encontro com ela duas noites seguidas. Ela está muito vulnerável depois da morte de Liam, precisa de consistência. Ela precisa de *você*, Graham. Já está apegada, de algum jeito.

Fechei os olhos. A última coisa que queria era decepcionar Chloe. Tinha cancelado porque não queria que ela me visse desse jeito, infeliz e revoltado. Mas agora eu era pai. Tinha que pôr a cabeça no lugar pelo bem de minha filha.

— Desculpa. Não vai mais acontecer.
— O que aconteceu?
— Nada que seja da sua conta.
— Tem alguma coisa a ver com aquela sua namorada?

Ignorei a pergunta.

— Tudo bem se eu for tomar café da manhã e levar Chloe para a escola?
— Seria ótimo. — Houve um instante de silêncio. — Chloe não é a única que sente sua falta, Graham. Gosto de ter você por perto.
— Chego amanhã, às sete, Genevieve.

Desliguei o celular e deixei o copo em cima do armário. A pilha de jornais que Ava havia trazido continuava lá, incluindo o *City Post*, jornal que publicava diariamente a coluna "Pergunte a Ida". Peguei o exemplar no topo da pilha e olhei para ele. Tinha evitado o jornal de propósito, porque sabia que ia ler a coluna "Pergunte a Ida" em busca de traços das palavras de Soraya. A última coisa de que precisava era ler os conselhos dela para uma pobre alma sobre assuntos como amor ou traição. *De jeito nenhum*. Joguei o jornal em cima da pilha e decidi encerrar o expediente.

* * *

— Mamãe disse que você gosta de banana na panqueca.

Chloe e eu estávamos sentados à mesa de jantar terminando o café da manhã e bebendo leite com morango. Genevieve tinha subido para se vestir para ir trabalhar.

— Gosto. E de gotas de chocolate também. Minha avó sempre fazia panquecas de banana e gotas de chocolate para mim quando eu tinha sua idade. — Eu me inclinei em direção à minha filha. — Quer saber um segredo?

Ela balançou a cabeça depressa.

— Às vezes, ela ainda faz. E são melhores que as da sua mãe.

Chloe riu. O som era o melhor remédio do mundo para mim. Nada me impedia de rir quando eu ouvia essa risada. Tinha ficado longe de minha filha para protegê-la do que estava sentindo, com medo de que meu mau humor fosse contagioso. Mas o que acontecia era o oposto, a personalidade naturalmente feliz de Chloe era contagiosa. Essa menininha maravilhosa havia perdido um homem que amava, seu pai, há poucos meses, mas estava ali sorrindo. Se ela conseguia, eu também ia conseguir. Minha filha era inspiradora.

Segurei o rosto dela entre as mãos.

— Senti saudade de você, meu bem.

— Você passou uns dias sem vir me ver.

— Eu sei. Desculpa. Fiquei preso em um problema. Mas isso não vai mais acontecer.

— Podemos ir tomar café com a sua avó algum dia?

Ela não só era inspiradora, como era cheia de boas ideias.

— Ela vai adorar. Já contei sobre você, e ela está ansiosa para te conhecer.

— Soraya pode ir também?

Meu peito ficou apertado quando ouvi o nome dela. Ainda conseguia visualizar nós quatro juntos. Eu e as três pessoas mais importantes da minha vida. Minha filha, Meme e a mulher que eu amava. Era difícil falar disso, mas eu não ia mentir para minha filha.

— Sinto muito, Chloe. Ela não vai poder ir com a gente. Mas nós dois podemos ir no fim de semana, o que acha?

Genevieve entrou na sala justamente nesse momento.

— Está bravo com Soraya?

Olhei rapidamente para Genevieve antes de responder à pergunta de minha filha.

— Às vezes, as coisas não dão muito certo entre os adultos, e eles param de se ver.

— Por que as coisas não deram certo com você e Soraya? Eu gostava dela.

Respirei fundo.

— Eu também gostava. — Olhei para o meu relógio e mudei de assunto. — Você vai se atrasar, se não sairmos logo. Quer que eu te leve para a escola hoje?

Chloe foi correndo pegar as coisas dela, enquanto Genevieve e eu tirávamos os pratos da mesa.

— Quer jantar com a gente hoje? Vou fazer outro dos seus pratos favoritos, frango à parmegiana.

Eu esperava que Genevieve tentasse falar sobre o que havia acontecido entre mim e Soraya. Fiquei aliviado quando ela não tocou no assunto. Talvez pudéssemos enfrentar essa coisa da coparentalidade melhor do que eu havia imaginado.

— Eu venho, sim. Obrigado.

* * *

Genevieve estava toda arrumada quando cheguei, usando um vestido azul e justo que exibia a silhueta. Ela sempre foi uma mulher bonita, mas a maternidade parecia ter aumentado um pouco suas curvas, tornando o corpo mais voluptuoso. Entreguei a ela a garrafa de seu merlot favorito, que havia comprado no caminho. Ela me alimentava há algumas semanas. O mínimo que podia fazer era não chegar de mãos vazias.

— Vai sair?

— Não. Não tenho nada planejado. Por quê?

— Está... bonita.

Ela sorriu.

— Obrigada.

— De nada.

— Preciso verificar a massa. Não quer vir até a cozinha e abrir o vinho para nós?

Genevieve pegou duas taças de cristal do armário, e eu tirei a rolha da garrafa enquanto ela mexia a massa na panela.

— Chloe está lá em cima?

— Ela ainda não chegou, na verdade. Emily, a melhor amiga dela, a convidou para brincar. A mãe telefonou agora há pouco perguntando se ela podia ficar para jantar. Espero que não se importe. Ultimamente, tem sido difícil dizer não para os pedidos de Chloe. Depois que Liam saiu de casa no ano passado, ela se apegou muito a mim. E desde que ele morreu, ela nunca mais quis brincar com as amigas. Achei animador ela querer ficar para jantar com Emily, por isso deixei. Chloe vai estar aqui quando terminarmos de comer, tenho certeza.

Eu odiava pensar em Chloe sozinha, sem querer brincar com as amigas. Quando minha mãe ficou doente, passei por um período semelhante de retraimento. Agora entendia que tinha medo de sair de perto dela. Se fosse a algum lugar, alguma coisa poderia mudar ou acontecer. Genevieve tomava boas decisões com Chloe.

— Você é uma boa mãe.

Ela se surpreendeu com o elogio.

— Obrigada, Graham. Vindo de você, isso significa muito.

Durante o jantar, falamos basicamente de trabalho. Eu havia esquecido como era fácil conversar com ela. Fazia anos que não tínhamos uma conversa de verdade. Depois que terminamos a refeição, servi a segunda taça de vinho para nós.

— Muito bom — disse ela.

Concordei balançando a cabeça.

— Posso fazer uma pergunta pessoal?

— Vai desistir se eu disser que não?

Ela sorriu.

— Provavelmente não. O que aconteceu entre você e Soraya?

— Prefiro não falar sobre isso.

— Eu entendo.

Havia muitas questões não respondidas em minha cabeça. Talvez fosse hora de procurar algumas respostas.

— Posso fazer uma pergunta pessoal também?

Ela levantou as sobrancelhas.

— Fique à vontade.

— Tem certeza? — confirmei.

— Antes, vou pegar alguma coisa mais forte que vinho para nós.

Terminei a segunda taça de vinho enquanto Genevieve ia à cozinha. Ela voltou com duas taças de conhaque.

— Não quer sentar na sala de estar?

Genevieve tirou os sapatos de salto e sentou no sofá ao meu lado. Ficamos os dois quietos por um tempo, bebendo devagar. Eu olhava para o chão quando finalmente falei:

— Por que se aproximou do Liam? — Era uma pergunta que havia ruminado durante quase um ano. Os acontecimentos recentes obviamente a trouxeram de volta.

Ela exalou com um ruído audível.

— Eu me perguntei a mesma coisa um milhão de vezes. A resposta não é tão simples. Fui egoísta. Gostava da atenção que Liam me dava. Você estava muito ocupado, envolvido com a construção da empresa, e eu me sentia um pouco negligenciada. Não quero dizer que foi sua culpa, porque não foi. Eu só queria ser o centro do seu mundo, o motivo que te fazia querer sair da cama todas as manhãs. Éramos compatíveis em muitas coisas, é claro. Tínhamos nosso trabalho, e o sexo nunca foi menos que espetacular. Mas nunca senti que era o amor da sua vida. Liam me fez sentir isso. O problema era que, depois que rompemos e fiquei com Liam, percebi que ele não era o motivo pelo qual *eu* saía da cama todas as manhãs. Você era.

Olhei para Genevieve pela primeira vez. Há quatro anos, eu não teria entendido o que ela estava dizendo. Acreditava que ela era o amor da minha vida. Até conhecer Soraya. Tive que me forçar a sair da cama nos últimos dias, desde que ela deixou de fazer parte da minha vida.

Assenti.

— Obrigado pela resposta honesta.

— É o mínimo que eu posso fazer.

Bebi o restante do conhaque no copo e levantei.

— Acho que preciso de outro. Quer mais um também?

— Não, obrigada.

A dose seguinte me deixou mais relaxado. Genevieve e eu mudamos de assunto, falamos sobre coisas mais leves, e eu me acomodei confortavelmente no sofá para esperar minha filha.

— Graham? — Seu tom de voz mudou, e ela esperou eu olhar em seus olhos para continuar. — Desculpa. Sei que já disse isso antes, mas quero que saiba que é verdade, do fundo do coração. Nunca tive a intenção de te magoar e queria poder voltar atrás e evitar todas as decisões egoístas que tomei.

— Obrigado.

— Eu amadureci. Ter uma filha me ensinou muito sobre mim. Não preciso mais ser o centro do universo de ninguém, porque ela é o centro do meu.

— Dá para ver.

Só quando levantei para ir ao banheiro, uma hora mais tarde, todo o álcool que bebi fez efeito. Tinha tomado um drinque no escritório antes de sair, duas taças de vinho durante o jantar e quatro doses de conhaque. Jamais gostei de ficar bêbado. A sensação de não raciocinar com clareza era algo que eu desprezava, normalmente. Mas hoje, ela era boa. Meus ombros relaxaram, e a raiva que me acompanhava a todos os lugares também parecia ter diminuído um pouco.

Saí do banheiro e fui encher de novo a taça que insistia em ficar vazia, e voltei à sala de estar cambaleando. Genevieve não estava lá, e tudo era silencioso. Bebi metade da dose e fechei os olhos, a cabeça descansando sobre o encosto do sofá. Devo ter cochilado por alguns minutos, antes de a voz de Genevieve me acordar.

— Chloe acabou de telefonar enquanto eu trocava de roupa, ela queria saber se pode dormir na casa de Emily. Estava muito animada, não consegui dizer não. Desculpa. Espero que não se aborreça por não ter falado com você antes.

— Se ela está feliz, eu também estou. É tarde. Preciso ir embora. — Levantei do sofá e cambaleei um pouco.

— Vou fazer um café para você. Enquanto isso, pode pedir um táxi ou ligar para o motorista, em vez de pegar o trem.

— Boa ideia.

O sofá era tão confortável que desabei em cima dele outra vez e fechei os olhos. Era a última coisa que eu lembrava de ter feito antes de a voz de Genevieve me acordar horas mais tarde, no meio da noite.

— Graham?

— Hum...?

— Você pegou no sono.

— Merda. — Passei as mãos no rosto. — Desculpa. Já estou indo embora.

Havia um cobertor em cima de mim. A sala estava escura, mas a luz do corredor era suficiente para eu ver Genevieve na minha frente. Ela usava um longo robe de seda amarrado na cintura.

— Prefiro que fique. Mas... — Ela desamarrou a faixa e o robe se abriu. Hesitante, levantou as mãos e afastou o tecido dos ombros. O robe caiu a seus pés e ela ficou ali parada, *completamente nua*. — Vim te acordar torcendo para você ir para a cama, em vez de continuar no sofá.

CAPÍTULO 30

Soraya

Acordei suando frio depois de um pesadelo. Embora não conseguisse me lembrar dele com clareza, sei que envolvia Graham e Genevieve nus. Foi tão perturbador, que não consegui voltar a dormir.

Os poucos carros que passavam pela rua projetavam lampejos de luz no quarto escuro, onde eu era dominada pelo mesmo sentimento horrível de dúvida que me causava insônia quase todas as noites desde o fiasco com Graham e Marco.

Eu fiz a coisa certa?
E se ele não ficasse com Genevieve?
E se tivesse sido tudo em vão?

Esses pensamentos giravam em minha cabeça. Eu também sempre me perguntava onde ele estava e o que estava fazendo, mais especificamente, se estava fazendo com *ela*. Graham tinha ido embora muito ferido. Não me surpreenderia nem um pouco se Genevieve tirasse proveito da situação assim que soubesse o que havia acontecido.

As últimas palavras dele continuavam me assombrando.

Olha para mim.

Sentia o peito apertado. Ou eu era a mulher mais egoísta da Terra, ou a mais burra. De qualquer maneira, a dor de perder Graham não cedia. Acho que nunca deixaria de chorar por ele, mas algum dia isso perderia a força? Até agora, o tempo não havia ajudado.

Se estava ou não afogando as mágoas com alguém, Graham estava por aí, em algum lugar, arrasado. Ele realmente me amava. De algum jeito, tinha certeza de que ele *ainda* me amava, mesmo decepcionado comigo. O amor que chega para ficar não desaparece tão depressa. Sentia que o nosso teria resistido ao teste do tempo, se eu não tivesse posto um fim em tudo.

Quando o primeiro raio de sol entrou no quarto, peguei o telefone. Delia sempre acordava muito cedo. Precisando sempre me assegurar de que havia tomado a decisão certa, liguei para ela na primeira oportunidade que tive.

Ela atendeu.

— Não dormiu de novo?

— Eu sei. Alguma coisa tem que acontecer. Estou péssima. Não tenho energia nem para pintar as pontas do cabelo de vermelho.

— Bom, é assim que eu sei que a coisa é séria.

— É sério, não é? Meu mundo virou de cabeça para baixo, e continuo com o mesmo azul.

— Olha, só, Rainbow Brite, conversei com Tig ontem à noite, e ele também acha que a gente precisa sair daqui.

— Você e Tig? — Entrei em pânico. — Não podem me deixar sozinha agora!

— Não... você e eu! Tipo uma viagem de amigas. Você precisa sair da cidade. Tudo aqui lembra Graham.

— Para onde vamos?

— Bom, como você não tem mais um namorado milionário, é claro que vamos pensar no custo, mas acho que tenho a solução perfeita para isso.

— Ok...

— Já contei que meu irmão Abe trabalha na Japanimation? Ele agora está no Japão, na verdade.

Grogue, fui à cozinha fazer café e bocejei.

— Quer ir para o Japão?

— Não! Abe tem um apartamento perto da praia, na Califórnia. Hermosa Beach. E está vazio. Podemos ficar lá de graça. Olhei o preço das passagens ontem à noite, e está razoável, mais ou menos trezentos dólares. O que acha?

Qualquer coisa seria melhor que permanecer em Nova York. Não conseguia lembrar a última vez que tirei férias.

A decisão era fácil.

— Sabe de uma coisa. Sim. Vamos nessa. Vamos para a Califórnia.

* * *

Cresci no Brooklyn, e sempre sonhei em conhecer a Califórnia, um cenário glorificado em muitas séries que eu via na adolescência. Embora eu fosse o oposto do estereótipo da garota californiana, queria ver o Oceano Pacífico e sentir o clima mais livre que sempre associei à Costa Leste. Sempre me pareceu o polo oposto ao Brooklyn.

O apartamento de Abe, irmão de Delia, ficava na praia. Sentada na areia, ouvindo o barulho das ondas, eu não parava de pensar em Graham. Minha amiga estava dormindo em casa, e eu aproveitava o tempo sozinha para apreciar a praia vazia, antes que lotasse.

Olhei para o lado, para as únicas outras duas pessoas ali. Uma mulher e uma menininha sentadas lado a lado com as pernas cruzadas, uma posição que eu reconhecia da única aula de ioga que tinha feito.

Elas estavam de olhos fechados, inspirando e expirando, ouvindo os sons do mar. Desesperada para acalmar a mente, fiz uma coisa que, normalmente, jamais faria. Eu me aproximei delas e perguntei:

— Posso participar?

— É claro — respondeu a mulher. — Mas estamos quase acabando a meditação do aquecimento. Senta na areia e faz o que estamos fazendo.

Fechei os olhos, afastei da mente os pensamentos aflitivos sobre Graham e Genevieve e tentei prestar atenção somente à minha respiração e aos sons à minha volta. Durante a meia hora seguinte, acompanhei os movimentos perfeitamente sincronizados de mãe e filha, aprendendo posições como a do cachorro baixo. Tentei não pensar que elas me lembravam um pouco Genevieve e Chloe. Essa menina era só um pouco mais velha que a filha de Graham.

Eu me sentia muito mais calma quando terminamos.

A mulher me ofereceu uma água que levava na bolsa.

— Você é daqui?

— Não, sou de Nova York. Vim passar uma semana.

— Sempre quis ir a Nova York! — A menininha falou olhando para a mãe.

— Talvez seu pai e eu possamos te levar no ano que vem.

Vi a empolgação invadir os olhos da garota.

— Sério?

— Vocês fazem muitas viagens em família? — perguntei.

— Nos fins de semana, sim. Meu marido e eu compartilhamos a guarda da Chloe com a mãe dela.

Quase engasguei com a água.

— Você disse Chloe? — Olhei para a menina. — Seu nome é Chloe?

— Aham. — Ela sorriu.

— É um lindo nome.

— Obrigada.

Perguntei para a mulher:

— Então... você é madrasta dela?

— Isso.

— Uau. Pensei que...

— Que ela fosse minha filha? Porque nos damos bem?

— Sim.

— Bem, você está certa. Ela é minha filha. Não a considero menos que uma filha de verdade por não termos laços sanguíneos.

— É muita sorte ter duas mães — disse Chloe.

Concordei balançando a cabeça.

— É verdade.

— Bom, temos que ir. Chloe tem aula de balé. — Ela estendeu a mão. — Aliás, meu nome é Natasha.

Apertei a mão dela.

— Soraya.

— Foi muito bom te conhecer, Soraya. Espero que goste de Hermosa Beach.

— Talvez a gente se veja em Nova York no ano que vem! — disse Chloe, dando uns pulinhos.

Sorri.

— Talvez. Obrigada pela aula de ioga.

Sozinha de novo na areia, pensei no significado desse encontro. Nos dias que antecederam o rompimento com Graham, procurava sinais que confirmassem como certa minha decisão de deixá-lo. Hoje não estava procurando sinal nenhum, mas um deles me acertou na cara com a força de uma tonelada de tijolos.

Chloe.

Não podia ser coincidência.

Nunca pensei que uma criança pudesse considerar a chegada de uma madrasta como ganhar mais uma mãe, em vez de perder o pai para outra pessoa. Minhas experiências haviam guiado minhas decisões. Theresa nunca tentou me conhecer, muito menos agir como uma segunda mãe. Nunca se esforçou para me incluir em nada que meu pai e as filhas dela faziam. Não teria sido assim comigo e Chloe. Por que nunca pensei na situação desse jeito? Medo, estresse e culpa me cegaram, e agora eu via as coisas pela primeira vez de uma perspectiva totalmente diferente. Agora que era tarde demais.

* * *

Mais tarde, Delia e eu relaxávamos na sala com ar-condicionado depois de uma tarde na praia.

Num impulso, peguei o celular e abri a sequência de mensagens que havia trocado com Graham, relendo tudo desde o começo. A última mensagem dele era da manhã anterior àquela noite em que ele me viu com Marco. Dizia apenas: te amo.

Delia não sabia o que eu estava fazendo, devia imaginar que eu estava só na internet. Quando percebeu as lágrimas transbordando dos meus olhos, ela se aproximou e arrancou o celular da minha mão.

— Lendo mensagens antigas? Chega! Vou desligar essa coisa. Não foi para isso que eu te trouxe aqui.

— Não pode confiscar meu telefone!

— Quer apostar? — Ela desligou o aparelho. — Devolvo quando a gente voltar para Nova York.

CAPÍTULO 31
Graham

Meu celular vibrou quando eu estava saindo do escritório.

— Oi, Genevieve.

— Por que não respondeu às minhas mensagens?

— Dia cheio.

— Queria saber se pode passar aqui depois do trabalho. Precisamos conversar sobre o que aconteceu entre nós.

— Já estou indo ver Chloe.

— Certo. Estamos esperando.

A última coisa que eu queria era falar sobre o que aconteceu há algumas noites com Genevieve. Estava atolado até o pescoço de trabalho depois de semanas de preocupação, e não fui ver Chloe nas duas últimas noites porque saí tarde do escritório, depois da hora de minha filha ir para a cama. Isso não podia acontecer de novo. O plano era jantar com Chloe e voltar ao escritório.

A chuva lavava as janelas do carro. Quase todas as noites, quando ia para casa, pegava o celular para mandar uma mensagem para Soraya instintivamente, esquecendo por uma fração de segundo que tínhamos terminado. Então, aquela horrível acidez que a realidade depositava no fundo do meu estômago se instalava. Era revoltante ter confiado tanto nela. Depois do que aconteceu com Genevieve e Liam, eu era a pessoa mais desconfiada do mundo, provavelmente. Mas teria confiado minha vida a Soraya. Como não percebi a mudança? Nada fazia sentido.

— Não sei quanto tempo vou passar aqui, Louis. Eu mando uma mensagem quando precisar do carro para voltar ao escritório — avisei quando paramos na frente da casa de Genevieve.

Ela me cumprimentou, pegou meu paletó molhado e o pendurou.

Ficou ali sem jeito, mexendo no colar de pérolas.

— Sobre a outra noite, eu...

— Dá para deixar esse assunto para mais tarde, depois que eu vir minha filha?

— Tudo bem. — Ela abaixou a cabeça. — Chloe está no quarto dela.

Ela brincava com a casa de boneca.

— Graham Cracker! Que saudade.

Abaixei para abraçá-la e disse:

— Também senti saudade de você, bonequinha esperta.

— Ainda está triste?

— Como assim?

— Por causa da Soraya?

— Por que está perguntando isso?

— Seu sorriso não é grandão como costuma ser.

Ela era muito observadora. Aparentemente, não puxou o pai sem noção. A última coisa que queria era que ela pensasse que tinha algum problema sério comigo, ou que a culpa era dela. Tentei pensar em um jeito de explicar a situação, e decidi que a melhor coisa era ser honesto.

— É, estou um pouco triste, Chloe, por causa da Soraya. Mas não foi por isso que não vim nos últimos dias. Saí do trabalho muito tarde, mas não vou mais passar dois dias sem vir te ver, ok?

— Meu pai também trabalhava até tarde.

Pensei em quanto isso tinha a ver realmente com trabalho, ou se Liam chegava tarde porque estava traindo Genevieve.

— É mesmo?

— Quando vai parar de ficar triste?

— Não sei, mas sabe de uma coisa? Já me sinto melhor aqui com você.

— Foi assim que me senti quando te conheci. Depois que meu pai morreu, você me fez sentir melhor, mesmo que eu ainda ficasse triste.

Eu SOU seu pai.

E te amo muito.

Abracei Chloe e beijei sua testa.

— É bom saber que pude fazer isso por você.

Nós brincamos um pouco com a casa de boneca, até Genevieve entrar no quarto e se ajoelhar perto de nós. Eu sentia seu olhar em mim, a ansiedade para conversar. Depois da outra noite, eu estava apreensivo com a possibilidade de ficar sozinho com ela outra vez. Mesmo que, com Chloe em casa, pouca coisa pudesse acontecer.

— O jantar vai ficar pronto em cinco minutos — avisou Genevieve antes de sair do quarto.

Ela preparou pizza caseira de *prosciutto* e figo no pão sírio para nós e uma simples de queijo para Chloe. Insistia em encher minha taça com cabernet, e eu deixava, sabendo que isso ajudaria a reduzir a tensão da conversa que teríamos mais tarde.

Depois que pus Chloe na cama e li uma história para ela, encontrei Genevieve esperando na cozinha, bebendo vinho.

Antes que ela pudesse abrir a boca, eu disse:

— Não acho que seja necessário falar sobre isso.

— Preciso pedir desculpa de novo. Forcei a barra. Não sei o que deu em mim. Quando vi você deitado tão à vontade em minha casa, foi como se tudo voltasse. E tínhamos bebido demais...

— Não foi o álcool, e você sabe disso. Faz um bom tempo que tem deixado suas intenções bem claras.

— É verdade. Com ou sem álcool, eu te quero de volta, Graham. Faço o que for preciso para ter uma chance de te fazer feliz de novo.

— Achou que me mostrar o meio das pernas ia me fazer esquecer tudo o que você fez?

Quando Genevieve tirou a roupa naquela noite, pulei do sofá e exigi que ela se vestisse. Ela ficou chocada com a rejeição.

— Pensou que eu ia ceder, só porque tinha terminado com a Soraya? O que aconteceu com Soraya não muda nada, nunca mais vou conseguir confiar em você, Genevieve. E mesmo achando que você seria ótima para uma rapidinha da vingança, não vou trepar com a mãe da minha filha sabendo que não tenho a menor intenção de voltar para ela.

— Não está raciocinando direito, Graham. O que temos agora é uma chance de mudar a vida da nossa filha. Não vou conseguir te esperar para sempre.

— Vou te poupar do esforço, então. Desiste de esperar.

— Não sabe o que está dizendo. Como pode fechar a porta para essa possibilidade assim tão fácil?

— Você fechou essa porta, Genevieve. E jogou a chave fora.

— Eu errei!

— Shh. Vai acordar a menina. — Fechei os olhos para me controlar, respirei fundo e disse: — Chloe sempre vai ter o meu amor. Você, como mãe dela, sempre vai ter o meu respeito. Mas perdeu a chance de um futuro comigo no dia em que decidiu trair minha confiança. Quero que minha filha se respeite. Preciso dar o exemplo mostrando para ela o respeito que tenho por mim. — Não tolerava mais essa conversa. Fui pegar meu paletó onde estava pendurado e o vesti. — Meu motorista está lá fora. Preciso voltar ao escritório. Obrigado pelo jantar. Eu volto amanhã à noite.

* * *

O escritório estava totalmente escuro, exceto por uma luminária verde acesa em cima da mesa. Mexendo na pulseira do relógio, eu só conseguia pensar na porcaria da pilha de jornais do outro lado da sala.

Durante a última semana, tinha pensado várias vezes em ler todas as respostas da coluna "Pergunte a Ida" em busca de alguma pista do estado mental de Soraya. Depois de confessar minha tristeza a Chloe e discutir com Genevieve nesta noite, eu me sentia mais fraco.

Levei a pilha de jornais para minha mesa e, como um lunático, examinei cada edição procurando a coluna. Depois de dissecar completamente mais de dez respostas, não tinha encontrado nada incomum. Até chegar à resposta número vinte.

Uma mulher havia escrito a respeito de um dilema sobre se devia ou não terminar com o namorado, por quem era muito apaixonada, para que ele pudesse voltar para a mãe de sua filha. *Pelo bem da criança.* Olhei a data. Pouco antes de termos terminado. Os outros detalhes descreviam exatamente o que havia acontecido entre mim e Genevieve.

Meu coração disparou no peito.

O nome: *Theresa, Brooklyn.*

Theresa era o nome da madrasta dela.

Se eu tinha alguma dúvida de que Soraya tinha mandado aquela pergunta, a resposta a eliminava completamente. O conselho de Ida era terminar o namoro, e ela sugeria que "Theresa" desse a impressão de que o estava traindo, porque assim o tonto a esqueceria com mais facilidade.

"Mais razão que coração", Ida havia decretado.

Joguei o jornal do outro lado da sala. Tudo começava a fazer sentido.

Soraya mentiu.

Ela não estava saindo com aquele idiota. Estava só fingindo. A raiva provocada pela resposta de Ida se transformou em euforia. Nunca fiquei mais feliz por descobrir que alguém tinha mentido para mim.

Li de novo o começo da pergunta."**Estou namorando há quase dois meses um homem por quem me apaixonei perdidamente.**"

Ela se apaixonou por mim.

Perdidamente.

Congelei, fiquei paralisado pelo choque, depois senti um alívio intenso e então uma urgência incontrolável de ir atrás dela.

Eu também me apaixonei perdidamente, baby. Completamente.

Peguei o celular e liguei para ela.

A chamada foi para a caixa de mensagens depois de vários toques.

Liguei de novo.

A mesma coisa.

Mandei uma mensagem.

Onde você está?

Cinco minutos, e ainda não tinha recebido nenhuma resposta. Mandei outra mensagem.

Preciso te ver. Está em casa?

Incapaz de continuar esperando, peguei o paletó e liguei para o motorista ir me buscar.

Quando chegamos ao prédio de Soraya no Brooklyn, ninguém atendeu à campainha. Olhei para a janela lá em cima e vi que as luzes estavam apagadas.

Onde ela se meteu?

— Para onde vamos agora, senhor? — perguntou Louis quando voltei ao carro.

— Oitava Avenida. Para o estúdio de tatuagem Tig's.

Quando chegamos, disse a Louis para me esperar ali fora. Ia precisar do carro por perto assim que fizesse o amigo de Soraya me dizer onde ela estava.

Tig soprou a fumaça do cigarro.

— Engomadinho! O que está fazendo aqui? É tarde. Já vou fechar.

— Cadê ela?

— Não está aqui.

— Onde? — repeti mais alto.

— Ela foi para a Califórnia com Del.

— Califórnia?

— É. Viagem de amigas. Foram só as duas.

— Onde elas se hospedaram?

— Não vou contar onde elas estão! Você é a porra do ex maluco!

— Preciso ligar para o hotel. Ela não atende o celular. Pensando bem, liga para a Delia. Diz para ela que preciso falar com Soraya.

— Não.

Cheguei mais perto dele, bem perto de seu rosto.

— Dá logo essa informação, Tig. Você não tem ideia do que sou capaz de fazer no estado em que estou.

— Ah, sei o que é capaz de fazer, menino bonito. Você deslocou o queixo do meu primo Marco.

Tig percebeu que tinha escorregado. *Seu primo.* Ele havia participado da armação.

— Ele não é namorado dela, é?

— Eu não disse isso.

— Eu li a porra da coluna da Ida, Tig. Sei que ela inventou tudo. Não precisa admitir, eu sei a verdade. Só precisa me dizer onde ela está.

— Qual é, vai fretar um jatinho para ir à Califórnia? Usa seu dinheiro para contratar um detetive particular. Não vou falar onde ela está.

Tive uma ideia quando me dirigi a uma caixa escondida no canto do estúdio.

— O que é isso aqui? Seu estoque de erva? Aposto que a polícia vai adorar saber disso.

— Não teria coragem...

— Faço *qualquer* coisa para encontrar Soraya agora. Minha cara é de quem está brincando?

— Jesus, que olhar demoníaco.

— Fala onde ela está, Tig.

Furioso, ele rolou a tela do celular e anotou o endereço em um pedaço de papel, que jogou para mim.

— Pronto. É o apartamento do irmão da Del em Hermosa Beach.

Guardei o papel no bolso da camisa e me dirigi à porta.

— Obrigado. Sem ressentimentos. Eu não ia te entregar. Soraya nunca mais ia falar comigo. E não posso correr esse risco, porque amo aquela mulher.

— Conversa mole, SGB. — Pela primeira vez, Tig parecia acreditar em mim. Ele balançou a cabeça, e a boca se distendeu num esboço de sorriso. — É melhor não machucar aquela garota, Engomadinho.

* * *

Peguei o primeiro voo comercial para Los Angeles.

Quando cheguei ao apartamento, não tinha ninguém lá. O telefone de Soraya continuava mandado as chamadas para a caixa postal, e o de Delia também. Pelo menos, sabia que ela voltaria. De acordo com Tig, as duas ainda ficariam alguns dias.

Fui até a praia e decidi que precisava avisar Soraya que estava aqui. Comecei a mandar uma série de mensagens que continham todo meu coração, embora ela nem tivesse respondido às anteriores.

Eu não estava prestando atenção e acabei tropeçando em um homem musculoso que passeava com um bode malhado.

Que porra é essa?

— Olha por onde anda, cara — disse ele com sotaque australiano.

— Desculpa, cara. Minha cabeça está longe daqui.

— Está se sentindo bem?

— Sim, estou procurando uma pessoa.

Ele assentiu como se me entendesse.

— Uma mulher.

— Como percebeu?

— Lembrei de mim alguns anos atrás, andando por essa praia e sofrendo por minha Aubrey, sem notar as pessoas à minha volta. Se tiver que ser, tudo vai dar certo.

— Por que está... levando um bode para passear?

— É uma longa história. Se quiser passear com a gente, eu conto. Vai te distrair um pouco... até encontrar essa mulher.

O nome dele era Chance Bateman. Ele havia sido um astro do futebol australiano, e agora morava em Hermosa Beach. Chance me contou como conheceu a esposa, Aubrey, em um posto de combustível em Nebraska. Eles fizeram uma viagem radical juntos, mas acabaram se separando algum tempo depois. Mas tudo se acertou no final.

Contei minha história para ele. A grande semelhança era que nós dois conhecemos as mulheres em lugares improváveis.

— Pensa nisso, cara. Coincidências não existem. Um australiano e uma princesa esnobe de Chicago se encontram no meio de Nebraska. Mas ela era minha alma gêmea. E você... você disse que normalmente não pega o trem. Por algum motivo, naquela manhã você pegou. Precisa confiar no destino. Está tudo escrito. Não importa se vai ser hoje ou daqui a dois anos, se tiver que ser, será, de um jeito ou de outro.

Chance olhou para o celular.

— Tenho que ir. Você é um cara legal. Se tudo der certo com sua mulher, passe lá em casa com ela antes de ir embora.

Esse homem devia ser uma das pessoas mais carismáticas que já conheci.

Sorri pela primeira vez no que parecia ser uma eternidade.

— Talvez apareça.

Ele deu um tapinha no meu ombro.

— Boa sorte, cara.

Como se também se despedisse, o bode soltou um longo "bééé".

Vi o homem se afastar com o animal e balancei a cabeça, me divertindo com a cena. Mandei mais uma mensagem para Soraya, ainda sem saber se ela havia recebido alguma das anteriores.

Acabei de tropeçar em um homem passeando com um bode.

CAPÍTULO 32
Soraya

Delia estava no banho. Era a única oportunidade de tentar encontrar meu celular. Ela havia decidido desligar o dela também. Estávamos sem telefone há vinte e quatro horas, e eu já começava a ter tremedeira.

Revirei a bolsa dela e nem acreditei que tinha sido tão simples. Delia havia guardado o aparelho no lugar mais fácil. Confiava em mim, pelo jeito, e não devia.

A maçã surgiu na tela quando liguei o telefone.

Que desânimo.

Várias mensagens de voz e texto.

Todas de Graham.

Tinha acontecido alguma coisa?

Comecei pela mensagem mais antiga e engoli em seco ao ler o começo dela.

Onde você está?

Preciso te ver. Está em casa?

Você mentiu. Descobri tudo.

Esqueceu uma coisa importante quando fez o que achava que era certo. Não pode me obrigar a deixar de te amar.

Não estou feliz, minha filha pode sentir. Já sentiu. Sei que acha que sua vida teria sido melhor se seus pais tivessem ficado juntos, mas já pensou que poderia ter sido pior? Se seu pai tivesse estado presente, mas deprimido e triste por sentir falta de outra mulher?

Minha filha vai entender que o amor que sinto por você não tem nada a ver com meu amor por ela. Seu pai não soube transmitir essa informação. Eu vou aprender com os erros dele. Você vai me ajudar. Vamos fazer isso juntos.

Meu coração disparou quando li a mensagem seguinte.

Acabei de pousar em Hermosa Beach. Estou indo para aí.

Merda. Você não está em casa. Fala onde posso te encontrar.

Eu volto.

Estou na praia. Só consigo pensar em te abraçar de novo, em te beijar e bater nessa sua bunda por algum dia ter acreditado que eu estaria melhor sem você.

A última mensagem não fazia sentido, mas me fez dar risada.

Acabei de tropeçar em um homem passeando com um bode.

* * *

Pobre Delia, estava com a cabeça cheia de xampu quando invadi o banheiro gritando sobre as mensagens de Graham. Esperava que ela ficasse brava por eu ter desrespeitado nosso pacto de ficar sem celular, mas não foi o que aconteceu. Depois de enxaguar o cabelo, ela saiu do chuveiro e me encontrou no quarto revirando o conteúdo da mala, procurando alguma coisa que não fosse a calça de moletom que não era lavada há três dias.

— Você está bem?

— Eu me enganei. Não devia ter decidido por nós dois. Eu o amo, Del. Graham está certo. Eu não o teria afastado da filha. Estaria dando a ela mais uma pessoa e mais amor. Não sou Theresa. Quero participar da vida de Chloe. Percebi ontem à noite que não estava triste só por ter perdido Graham. Também perdi uma garotinha que amava.

— O que vai fazer?

— Ajoelhar e pedir perdão.

Delia deu risada.

— Ele é homem. Se ajoelhar, você não vai conseguir pedir nada. Vai ficar de boca cheia.

Era verdade. Tirei toda a roupa e corri para o banheiro de calcinha e sutiã para me limpar. Enquanto usava uma esponja para lavar o rosto, embaixo dos braços e todas as partes importantes, falei para Del:

— Devo a ele um enorme pedido de desculpas. Espero não ter estragado as coisas para nós. Ele já parece ter entendido por que fiz o que fiz. Agora é torcer para eu conseguir consertar tudo.

Minha amiga se encostou à porta do banheiro enquanto eu escovava os dentes. Ela segurava algumas peças de roupa, que me entregou quando terminei.

— Pega. Veste isso. Seus peitos pulam para fora do decote dessa blusa. Isso ajuda a consertar qualquer coisa.

Sorri ao vestir a calça.

— Tudo começou por causa desses peitos, sabe?

— E da pena no seu pé. Também mereço créditos por isso, já que foi meu marido que tatuou a marca que ajudou o sr. Grande Babaca a resolver o enigma Soraya.

A menção à tatuagem me fez olhar para baixo. Eu estava descalça, e olhei para a pena. Graham tinha o mesmo desenho tatuado sobre o coração. Como eu podia ter pensado que ficar longe dele seria bom para um de nós? Estávamos juntos havia pouco mais de um mês quando ele tatuou meu nome em seu corpo. Ele era o engomadinho esnobe mais romântico e arrogante que eu já tinha conhecido. E era perfeito para mim.

Limpa e vestida, voltei ao quarto para procurar um perfume. Delia continuou me seguindo.

— Vai mandar uma mensagem para ele ou só esperar ele voltar aqui?

— Não sei. O que acha que devo fazer? — Meu coração batia acelerado com a ansiedade. Se tivesse que esperar muito mais para vê-lo, ele poderia explodir.

Delia ficou quieta enquanto eu escovava o cabelo e calçava o chinelo. Depois, pegou o celular e ligou para Tig. Ouvi parte do que ela disse. Quando desligou, sorriu para mim.

— Tenho um plano para você voltar para o SGB.

— Um plano?

— Confia em mim?

— É claro que sim.

— Tira a blusa, então.

CAPÍTULO 33

Graham

A alguns quarteirões de onde Soraya estava hospedada, vi um velho vagão vermelho que havia sido transformado em restaurante. Sorrindo, decidi entrar e tomar um café. Tinha viajado a manhã toda e andado pela praia durante horas para esperar uma mensagem de Soraya. Precisava de um pouco de cafeína para garantir a energia necessária para atacar com a força que planejava, quando tivesse minha mulher de novo em meus braços.

— Quero um café puro, grande — falei para a garçonete quando me sentei em uma das mesas. O interior do restaurante era todo decorado para parecer uma lanchonete retrô, mas boa parte do vagão de trem original permanecia intacta. Eu estava sentado em um banco de trem legítimo, quando o celular vibrou no meu bolso. Ver o nome de Soraya na tela fez todo meu corpo ganhar vida instantaneamente. Destravei a tela e descobri que não era uma mensagem, mas uma foto. *Fotos*, na verdade. Bem inesperadas. *Uma foto dos seios maravilhosos, outra das pernas sensuais e uma da bunda apetitosa.* As três fotos eram muito semelhantes às da nossa primeira troca de mensagens, quando saiu furiosa do meu escritório. Mas eu sabia que estas eram recentes, porque a pele tinha marcas de bronzeado. Na primeira vez, Soraya me mostrava o dedo do meio junto dos seios, e desta vez o dedo não aparecia. Salvei as fotos e respondi imediatamente.

Graham: Onde você está? Isso tudo é meu: peito, pernas e bunda. Estou indo buscar o que é meu.

Fiquei sentado no restaurante esperando a resposta, e nesse momento tive um *déjà-vu*. O cara que passeava com o bode hoje estava absolutamente certo. Aqui estava eu, sentado em um vagão de trem, olhando para as fotos dos seios, das pernas e da bunda de uma mulher que me deixava maluco. *De novo*. Não havia coincidências na vida. Esse caminho que trilhávamos, apesar das curvas malucas, tinha que acontecer para nós.

Soraya: Saí com Delia. Vou demorar algumas horas para voltar.

Passei a mão na cabeça num gesto de frustração. Precisava vê-la agora. Se isso não fosse possível, precisava ao menos saber que estávamos pensando a mesma coisa.

Graham: Fala que estou certo. Não posso mais esperar. Você não me traiu, e fez tudo isso por Chloe.

Esperar enquanto ela digitava a resposta era uma agonia.

Soraya: Pedi para o Marco fingir que estava comigo. Ele é primo do Tig. Eu nunca teria te traído.

Graham: Devia ter conversado comigo.

Soraya: Agora eu sei. Foi uma burrice.

Graham: Foi, e vou te pôr no meu colo e te dar uns tapas na bunda mais tarde. Vai ser sua punição.

Soraya: Promete?

Graham: Quero prometer muitas coisas, meu amor. Mas prefiro que seja pessoalmente. Que horas você volta?

Soraya: Não sei. Eu aviso quando chegar ao apartamento. Onde você está?

Graham: A alguns quarteirões do prédio, em um trem.

Soraya: Trem?

Graham: Não se preocupe, ele não sai do lugar. Não vou a lugar nenhum sem você.

Soraya: Promete?

Graham: Nada vai me fazer ficar longe de você, Soraya.

Fiquei ali sentado mais duras horas, esperando. Soraya disse que avisaria quando chegasse ao apartamento, e minha paciência estava acabando. Incapaz de continuar ali sentado, caminhei pelo calçadão até meu celular vibrar.

Soraya: Voltei.

Graham: Indo.

O apartamento do irmão de Delia ficava no sexto andar, era o 6G. Apertei o botão do elevador e esperei impaciente. A luz sobre a porta mostrava cada número conforme a cabine ia passando pelos andares. Aquela porcaria rastejava, e ainda teria que descer de novo. Não dava para esperar tanto. Encontrei a porta da escada e comecei a subir. No terceiro andar, eu devia estar reduzindo a velocidade, mas em vez disso, comecei a pular os degraus de dois em dois. Meu coração batia como se fosse saltar do peito, mas eu não estava nem ofegante. *Precisava* encontrá-la. Comecei a correr no primeiro degrau do sexto lance de escada e corri até o fim da subida. Quando cheguei ao sexto andar, abri a porta e continuei correndo para o apartamento. A adrenalina pulsava em minhas veias quando parei na frente da porta do 6G.

Tentei respirar fundo e me acalmar, mas era impossível relaxar. Meu peito subia e descia. *Eu precisava muito vê-la.*

Bati e esperei.

Quando ela abriu a porta, fiquei paralisado por um momento.

Soraya.

Ela estava incrível.

Parada na porta só de calcinha e sutiã rosa-choque, exibia as pontas do cabelo da mesma cor para combinar. Nunca em toda minha vida tinha visto tanta beleza. Fiquei ali por um minuto inteiro, só olhando para ela. Depois, finalmente falei.

— O que significa o rosa?

Ela olhou dentro dos meus olhos.

— Amor. Significa que estou apaixonada.

Fechei os olhos. Por um segundo, pensei que ia cair ali mesmo, na porta, e chorar. Estava tão feliz que precisava extravasar as emoções.

— Estou com medo de entrar.

— Por quê? — Ela parou de sorrir por um momento.

— Porque quero fazer tanta coisa com você, estou sentindo tanta coisa, que acho que não vou conseguir ser delicado.

Ela corou.

— Não quero que seja delicado. Quero que seja você. Um cara esnobe e autoritário, mas com um lado inesperadamente doce. Um pai que vai amar a filha incondicionalmente, aconteça o que acontecer, e nunca vai deixá-la para trás. E um parceiro dominador na cama que às vezes precisa de um lance um pouco mais selvagem. Quero você inteiro, Graham.

Entrei e fechei a porta.

— Ah, você vai ter tudo. Boca, mão, dedos, corpo, pau. — Peguei Soraya nos braços e a beijei com toda minha vontade.

Entre um beijo e outro, ela pediu desculpas muitas vezes.

— Desculpa. Pensei que estava fazendo o que era certo.

— Eu sei. Só promete que nunca mais vai me afastar de você, *baby*.

— Prometo.

Eu a tirei do chão e segurei em meus braços.

— Já que abriu a porta com essa roupa, imagino que Delia não está em casa.

— Ela tem família em Hermosa Beach. Foi passar a noite na casa de um primo.

— Não me deixa esquecer de mandar um presente para ela, uma demonstração de gratidão. Talvez um carro.

Comecei a andar pelo corredor procurando um quarto. Quando a coloquei em cima da cama, percebi seu pé enfaixado.

— O que aconteceu?
— Fiz uma mudança na tatuagem.
— Na pena? — *Ela mudou o desenho que fiz no meu peito?*
— Sim. — Soraya se apoiou na cômoda e levantou parte do curativo. Parei de respirar até entender que ela não havia coberto a tatuagem, só acrescentado um detalhe a ela. Como na minha, agora havia um nome escrito sobre a pena. *Graham.*

Sem palavras, eu a beijei. Quando interrompemos o beijo para respirar, ela olhou para o pé, me convidando a olhar também.

— Não quer ver a mudança completa?

Olhei para ela desconfiado.

— Fez mais alguma coisa?
— Vai, olha.

Ela mordeu o lábio, e eu levantei sua perna torneada.

Se eu tinha alguma dúvida de que essa era a mulher perfeita para mim, ver o que ela havia feito apagou até os últimos resquícios dela. Fiquei olhando para a tatuagem e me senti sufocado pela emoção.

— Não sei o que dizer. É lindo. — Com a mesma letra cursiva do meu nome sobre a pena, embaixo dela estava escrito *Chloe.*

— Eu te amo, Graham. E amo sua filha também. Sei que é cedo, temos que ir devagar, mas quero fazer parte da vida dela. Quero me envolver. Você tem razão. Minha história com meu pai não quer dizer que esse tipo de situação não pode dar certo. Quero ir buscá-la na aula de balé e fazer biscoito com ela nos fins de semana. Quero vê-la crescer e aprender com o cara incrível que é o pai dela. Não amo só você, Graham... — Peguei uma lágrima que descia pelo rosto de Soraya. — Eu amo Chloe também.

Quando ouvi essas palavras, foi como se um peso imenso saísse de cima dos meus ombros. *Ela me ama e ama minha filha.* Era a primeira vez, desde que era criança, que tinha a sensação de ter de novo uma família de verdade.

— Cheguei aqui com tantas emoções represadas que tive medo de não ser delicado com você. Mas você me acalmou. Também te amo, linda, mais que tudo. Agora estou mais controlado, embora ainda sinta necessidade de entrar em você. Fala... — Comecei a me despir. — Quer fazer amor agora e foder forte mais tarde? Ou foder agora e deixar a doçura para depois?

Soraya não respondeu de imediato. Continuei tirado a roupa, e quando estava abaixando a cueca, parei e olhei para ela esperando a resposta.

— E aí, Soraya? — Terminei de tirar a cueca, mostrando que estava totalmente pronto para ela, de um jeito ou de outro.

Ela lambeu a boca.

— Foda primeiro. Amorzinho depois.

— Boa escolha. — Ela estava sentada na beirada da cama. Tirei sua calcinha e senti a umidade entre suas pernas antes de levantá-la. — Passa as pernas em volta da minha cintura.

Mudei de lugar, apoiei as costas dela na parede e a penetrei. Não contive um gemido quando a puxei para mim. Era incrível que só duas semanas tivessem se passado desde a última vez que estive dentro dela. A intensidade com que desejei isso me fazia sentir como se tivéssemos passado uma eternidade separados. Tentei ir devagar no início, querendo ter certeza de que ela estava pronta para mim. Mas quando ela gemeu e disse que me amava e que amava sentir meu pau dentro dela, desisti de tentar.

Comecei a me mover depressa, com força. Em um momento, tive medo de machucá-la por causa do barulho de seu corpo batendo contra a parede. Mas, quando tentei ir mais devagar, ela implorou para eu ir mais depressa. Não tem nada melhor que ouvir a mulher que você ama dizer que ama seu pau e quer mais e mais forte. Nós dois tivemos um orgasmo intenso e longo, e gritamos quando chegamos ao clímax juntos. Os vizinhos devem ter ouvido. Ah, eu *queria* que ouvissem. Queria que o mundo todo soubesse o que essa mulher fazia comigo.

Murmurei contra os lábios dela:

— Amo você, Soraya Venedetta.

— Também te amo, Engomadinho. Acho que me apaixonei antes mesmo de te encontrar.

Eu ri.

— Deve ter sido minha mensagem de texto incrivelmente charmosa.

— Na verdade, você foi um tremendo babaca. Foram as fotos no seu celular que me fizeram perceber que havia um homem lindo embaixo daquele coração de aço.

— Gosto muito mais das fotos que me mandou hoje do que das que eu tinha antes de a gente se conhecer. Acho que devia me mandar fotos todos os dias como parte da compensação que me deve pelo sofrimento que me causou.

— Posso mandar. Você é fácil de agradar.

— Não falei que vai ser só isso.

— Hum, vai querer pagamento adicional na forma de boquete?

— É um bom começo.

Ela levantou as sobrancelhas.

— Começo? Qual é o tamanho da minha dívida e durante quanto tempo vou ter que pagar as prestações?

Segurei seu rosto.

— Acho que sessenta resolvem o problema.

— Sessenta dias? Dá para encarar.

— *Anos*, Soraya. Vai ter que me recompensar com fotos sensuais e boquetes pelos próximos sessenta anos.

Ela ficou séria.

— Não tem nada que eu queira mais.

— Que bom. Porque você não tem escolha, na verdade. Essa foi a primeira e a última vez que você me abandonou.

EPÍLOGO
Soraya

Chloe tomava o chocolate quente gelado no Serendipity 3. Graham continuava me mandando mensagens. Ele estava surtando porque ficou preso no trânsito depois de levar Meme para o primeiro dia de aula no retorno a hidroginástica. Eu sabia que ele queria que a noite fosse perfeita, mas garanti que Chloe estava tranquila e que ele não precisava correr.

É claro, eu entendia o nervosismo. Para Chloe, porém, era como qualquer outra noite em que saíamos para jantar.

— Posso beber um gole? — perguntei.

Ela assentiu e virou o canudo para mim.

— Hum. Isso é bom. Não é à toa que você gosta tanto.

Chloe apoiou o queixo na mão e contou:

— Minha mãe ficou brava comigo hoje de manhã.

— Por quê? — perguntei com a boca cheia da bebida.

— Eu queria ter cabelo cor-de-rosa igual ao seu.

Genevieve devia me amar.

— Ah, não. O que você fez?

— Pintei o cabelo com aquarela.

Tentando disfarçar a vontade de rir, sorri por dentro. Era tocante que ela quisesse ser como eu.

— Chloe, não faz mais isso. Não dá certo, você já deve ter percebido, não é? Um dia, se ainda quiser ter cabelo cor-de-rosa, faço para você do jeito certo.

Ela estava radiante.

— Você faz? — Adorava quando via a expressão de Graham no rosto dela.

— Faço, mas vai demorar.

Não podia me esquecer de comprar uns apliques rosa-choque com presilha para a próxima vez que a gente brincasse de desfile. Chloe e eu nos divertíamos muito nos fins de semana, quando ela ficava comigo e Graham. Ela adorava pôr meus vestidos e tentar andar com meus sapatos de salto. Genevieve ficaria maluca, se soubesse metade das coisas que fazíamos. Para Chloe, eu era mais como uma irmã mais velha divertida do que uma disciplinadora.

Alguns meses depois do reencontro com Graham em Hermosa Beach, fui morar no apartamento dele. Eu gostava de ter meu espaço, mas não fazia sentido manter o apartamento, enquanto meu homem insaciável fazia questão da minha presença na cama dele todas as noites. Então eu cedi e, honestamente, isso facilitou muito a vida, porque agora só temos que nos locomover entre duas casas – a de Chloe e a nossa.

Quando entrou no restaurante, Graham acenou contornando as mesas, aparentemente agitado.

— Chegou! — Sorri.

— Maldito trânsito!

— Maldito é uma palavra feia, Graham Cracker — censurou Chloe.

— Me dá um pouquinho de açúcar, Biscoitinho Doce — disse ele quando se abaixou para beijá-la.

Graham me beijou nos lábios e sentou-se. Ele limpou o rosto suado com um guardanapo. Olhou para mim, e eu pus a mão em seu joelho.

— Te amo — disse ele, movendo os lábios em silêncio.

Mais gotas de suor se formaram em sua testa. A garçonete trouxe água e o cardápio, e ele começou a rasgar outro guardanapo. Estava nervoso. Quando o vi mexer no fecho do relógio, eu soube que o momento havia chegado. Ele começou a falar.

— Então, Chloe, quero falar com você sobre uma coisa.

Ela continuou bebendo o chocolate enquanto olhava para ele com aqueles olhos grandes e inocentes.

— Tem uma coisa que escondi de você — continuou Graham.

— Levou um dos meus brinquedos para sua casa por engano?

Ele riu nervoso.

— Não. É sobre seu pai.

— O que tem o papai?

Graham inspirou, depois exalou.

— Seu pai, Liam... ele te amava muito. Sei que foi muito duro perdê-lo. Ele vai ser seu pai para sempre. Mas existem tipos diferentes de pai. Às vezes, uma criança pode ter mais do que um. Como sua amiga Molly, por exemplo. Ela não tem mãe, mas tem dois pais que são casados. O que estou tentando dizer é... que eu sou um dos seus pais.

Ela ficou em silêncio por um instante, depois disse:

— Você era casado com meu pai que morreu? Mamãe me disse que ter dois pais tem nome, chama gay.

— Não. — Graham olhou para mim, e nós dois demos risada. Ele continuou: — Eu namorava sua mãe antes dele. Genevieve e eu fizemos você juntos. Eu não sabia. Depois sua mãe e seu pai Liam se casaram. Liam amava você e se tornou seu pai. Ele acreditava que era seu único pai. Eu só descobri que você existia quando Liam morreu. Quando vi seu rosto, soube que você era minha filha. Sei que é confuso, bebezinha. — Ele tocou seu queixo. — Percebe quanto somos parecidos? É porque você é minha filha.

Ela estendeu a mãozinha para tocar no rosto dele e começou a estudar seus traços. Foi adorável quando disse:

— Sempre achei que te conhecia de algum lugar.

— É. Desde que a gente se conheceu, não é? Porque existe uma ligação entre nós. — Graham sorriu.

— Você é meu pai de verdade.

— Sou — sussurrou ele, com voz trêmula.

— Uau. — Chloe ficou quieta por um momento, processando a informação. Depois, sem aviso prévio, pulou no colo dele. Graham fechou os olhos, feliz e aliviado.

Fiquei ali vendo os dois abraçados. A reação de Chloe confirmava que havíamos acertado quando decidimos contar a ela hoje. Genevieve tinha criado problemas. Queria estar presente, mas Graham prometeu sentar com as duas e conversar mais tarde, quando fosse levar Chloe para casa.

Havia um motivo para o momento dessa conversa.

Quando Graham olhou para mim por cima do ombro de Chloe, assenti, dando minha permissão silenciosa para que ele contasse a outra novidade.

— Soraya e eu temos mais uma coisa para contar.

Ela arregalou os olhos.

— Vão me levar para a Disney?

— Não. — Graham riu. — Um dia a gente vai.

Eu interferi.

— Sabe aquela história de querer um irmão ou uma irmã?

— Sei.

Graham passou um braço sobre meus ombros.

— Então... isso vai acontecer. Soraya e eu vamos ter um bebê. Você vai ser a irmã mais velha.

No começo Chloe não disse nada, mas, quando ela começou a pular na cadeira, Graham e eu suspiramos aliviados. Ela levantou e correu para mim.

— Onde está?

— Aqui. — Apontei para minha barriga, e ela a tocou.

— Vai ter cabelo cor-de-rosa?

Eu ri.

— Não. Mas vamos ver como ele ou ela é daqui a seis meses.

Ela começou a falar para a minha barriga.

— Ei, você aí dentro! Sou sua irmã. — Graham e eu nos olhamos e sorrimos. Quando Chloe olhou para mim, quase chorei ao ouvir: — Obrigada.

— De nada. Obrigada por ser tão carinhosa comigo.

A verdade era que, se a filha de Graham não tivesse aberto o coração para mim, não sei quanto tempo ele e eu teríamos durado. Sua bondade inata tornou tudo possível.

A garçonete passou e perguntou:

— Tudo bem por aqui?

Chloe gritou orgulhosa:

— Sim. Vou ser a irmã mais velha e tenho dois pais. Eu sou gay!

Era evidente que ela não havia entendido a explicação de Genevieve sobre os pais de sua colega de classe, deduzindo que qualquer pessoa que tivesse dois pais era automaticamente gay. Teríamos que explicar isso mais tarde.

A garçonete achou uma graça.

Graham falou:

— A palavra gay em inglês significa feliz, sabia?

Chloe sorriu com a cabeça apoiada em minha barriga.

— Então eu sou muito, muito gay.

Graham

SETE MESES DEPOIS

Querida Ida,
Faz tempo que não escrevo para você. Sou o Engomadinho Metido, o Celibatário em Manhattan, o Fodido em Manhattan e o Cinquenta Tons de Morgan. O mesmo cara. Bem, hoje tenho a alegria de dizer que ganhei um novo nome: Cara de Cocô em Manhattan. Isso mesmo. Acabei de olhar para mim no espelho do banheiro e vi que tenho merda na testa, literalmente. Não pergunte como foi parar lá. Sabe o que é engraçado? Nunca me senti mais feliz na vida. Isso mesmo. Este homem com merda na cara está delirando de felicidade! Perceber isso me fez mandar esta mensagem. Lembra da engraçadinha que conheci no trem, aquela sobre a qual eu escrevia? O nome dela é Soraya. Eu a engravidei. Você acredita nisso? Ela me deu um filho há um mês. Eu a prendi para sempre, e agora ela está produzindo pequenos Morgans italianos. Tenho um filho, Ida. Um filho! Daí a merda na minha testa agora. Deve ter sido de quando troquei a fralda dele agora há pouco. Sim, o cocô continua lá. Ainda não limpei, porque... não sei se já mencionei... estou delirando de felicidade? Não durmo há seis dias. SEIS DIAS, Ida! Nem sabia que humanos podiam sobreviver sem dormir, mas parece que podem! Eu sou a prova. Sabe por que isso é tão bom? Porque estou DELIRANDO DE FELICIDADE. Sem dormir. Mas tem uma coisa que faz falta em minha vida. Sabe, Soraya se recusa a me deixar fazer dela uma mulher honesta. Acha que precisa perder todo o peso da gravidez, entrar um vestido branco e elegante e caminhar até o altar. Marcamos

a data para daqui a seis meses, mas não consigo mais esperar. Quero que ela seja minha esposa. Sei que não precisamos de um pedaço de papel para validar o que temos, mas sou egoísta. Quero tudo isso, porque a amo muito. Então, minha pergunta para você é: o que posso fazer para convencê-la a se casar amanhã? – Cara de Cocô em Manhattan

Mandei a pergunta, e o celular de Soraya apitou. Eu a vi ler a mensagem que tinha acabado de mandar, não para o e-mail da Ida, mas diretamente para ela.

Sentada ao meu lado na cama com seus seios grandes e lindos para fora, ela amamentava nosso filho Lorenzo.

Menino de sorte. Está fazendo o que eu queria fazer agora.

Ela riu e digitou no celular durante um tempo antes de clicar em enviar. Meu telefone vibrou.

Querido Cara de Cocô,
Talvez um nome melhor para você seja Insone em Manhattan, mas essa sua mensagem dá a impressão de que está agitado. Embora esteja "delirando de felicidade", acho que ficar acordado cuidando de seu filho está te transformando em meio zumbi, meio atordoado. A propósito, ninguém nunca ficou tão sexy com merda na testa, mas vai limpar, por favor. Dito isso, você é oficialmente o melhor pai do mundo para nossos filhos, Chloe e Lorenzo. Esse cocô na sua testa é só mais uma prova disso. Nunca te amei mais. Estou começando a perceber que, se legalizar a situação é tão importante assim para você, é o mínimo que posso fazer para mostrar minha gratidão. Amanhã vamos até a prefeitura, e você faz de mim uma Morgan.
Amor eterno, sra. Morgan em Manhattan.
P.S. Vamos de trem.

FIM

Agradecimentos

Obrigada a todos os blogueiros maravilhosos que apoiaram nossas colaborações. Sem seus posts, resenhas e profundo amor pelos livros, nosso sucesso não teria sido possível. Somos eternamente gratos por tudo que fazem para trazerem os leitores a nós todos os dias.

Julie – A terceira mosqueteira. Obrigada pelo apoio e pela amizade.

Elaine – Obrigada pela atenção com os detalhes para deixar *Metido de terno e gravata* limpo e lindo. Ida não teria gostado de erros de digitação.

Lisa – Por organizar o lançamento e por todo apoio.

Nossos agentes, Kimberly Brower e Mark Gottlieb, por garantirem que as pessoas ouçam e vejam nossas histórias em tantos lugares diferentes!

Nossos leitores – Obrigada por seguirem nossa viagem maluca. Vocês nunca sabem quando e onde vão encontrar seu verdadeiro amor – em um posto de combustível, em um trem... mal podemos esperar por mais encontros casuais. Obrigada pelo constante apoio e pelo entusiasmo com nossos livros! Não seríamos nada sem vocês!

Muito amor,
Vi & Penelope

Leia também

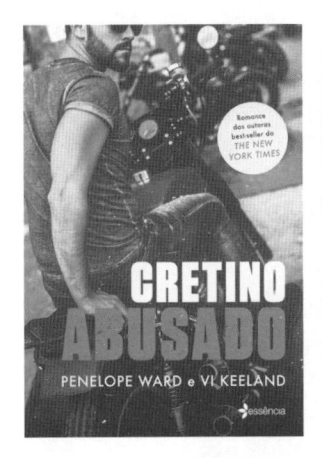

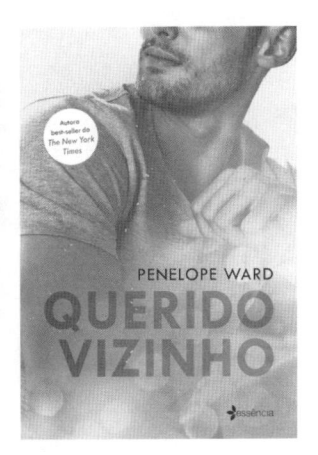

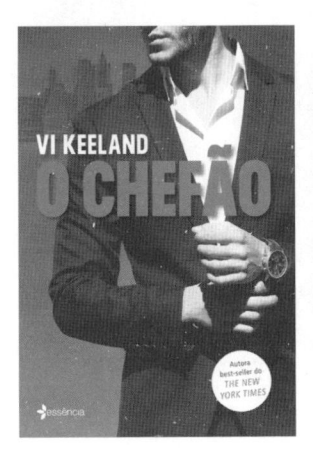

**Acreditamos
nos livros**

Este livro foi composto em Adobe Garamond e Bliss Pro para a Editora Planeta do Brasil em junho de 2021.